KB269054

염왕진무

閻王眞武

김저진 新무협 판타지 소설

FANTASTIC ORIENTAL HEROES

염왕진무 1

김석진 新무협 판타지 소설

초판 1쇄 찍은 날 § 2009년 1월 14일
초판 1쇄 펴낸 날 § 2009년 1월 22일

지은이 § 김석진
펴낸이 § 서경석

편집장 § 문혜영
편집책임 § 이재권
편집 § 서지현 · 문정흠

펴낸곳 § 도서출판 청어람
등록번호 § 제1081-1-89호
등록일자 § 1999. 5. 31
어람번호 § 제2-1659호

주소 § 경기도 부천시 원미구 심곡2동 163-2 서경B/D 3F (우) 420-822
전화 § 032-656-4452 팩스 § 032-656-4453
http://www.chungeoram.com
E-mail § eoram99@chollian.net

© 김석진, 2009

ISBN 978-89-251-1647-1 04810
ISBN 978-89-251-1646-4 (세트)

1

閻王眞武

염왕진무

김석진 新무협 판타지 소설

FANTASTIC ORIENTAL HEROES

도서출판 청어람

「삼류무사」, 「이인세가」로 많은 사랑을 받았던 김석진 작가님의 작품이 오랜 기간 심혈을 기울여 쓴 「염왕진무」가 출간을 하게 되었습니다.

작품에서 보여지는 작가 특유의 치밀한 구성과 톡톡 튀는 입담은 편집하는 내내 일한다는 생각을 잊게 만들었습니다.

그러다 보니 작품을 진행하면서 내 자식 같은 느낌에 평이 좋지 못한(그럴 리… 없겠죠? -.-;;) 것을 보게 되면 참 가슴 아프고, 속상하고 그렇습니다.

이것은 모든 편집자들의 공통적인 마음이겠죠?

그래서 표지도 좀 더 멋지게 나왔으면 좋겠다는 생각뿐이고…
평도 좋은 말만 있었으면 나의 바람일 뿐이고…
많은 사람이 관심을 갖고 봤으면 더더욱 좋겠다는…….

욕심 부리며 낸 작품, 좀 더 관심을 가져주셨으면 좋겠다는 편집자의 바람이었습니다. ^^

目次

작가서문

처음 무림동에 두근거리면서 삼류무사를 연재한지가 엊그제 같은데 벌써 팔 년이란 세월이 흘렀습니다.

서장 올리고 두근거리며 독자들의 반응을 30분 단위로 확인하면서 조회수 하나가 오를 때마다 속으로 작은 환호성을 터뜨렸었지요.

그렇게 흐른 팔 년인데 책은 고작 두 질을 완결했네요.

느린 손의 탓도 있겠고, 게으른 성격도 한몫을 했겠고, 나름대로 잘 써보려는 욕심도 작용했을 거라 생각합니다.

아무튼 이런저런 노력과 열성으로 세상에 빛을 보았던 두 질의 책이 여러분께 어떻게 다가왔는지 모르겠네요.

모든 결과물이 좋은 평가를 받는다면 그 작가는 정말로 축복받은 사람일 겁니다. 하지만 글을 쓰는 것도 사람이 하는 일이라 기대치보다 못한 글도 나올 수 있고, 기대치는 낮았지만 의외로 좋은 반응을 이끌어내기도 하겠지요.

이번 염왕진무는 보다 여러분께 가까이 가고픈 마음에 여러 가지의 장치를 넣어보았습니다.

삼류무사의 실전적인 박투보다는 비주얼에 충실한 강기 위주의 묘사라든가, 이인세가의 관조적인 관점보다는 당사자의 입장에서 직접적인 관점을 살려 보았다든가.

　물론 그래봤자 쓰는 사람이 바뀌지 않았기에 글의 기풍이나 전
달하고자 하는 바는 별반 달라지지 않았을 겁니다.

　세상에는 수많은 사람들이 서로를 공유하며 살아갑니다.

　자유로우면서도 얽매인 사람, 얽매여 있기에 자유를 추구하는
사람, 결코 충족될 수 없는 갈증으로 헤매는 사람.

　염왕진무는 기본적으로 한 사람의 이야기입니다. 하지만 두 사
람의 이야기일 수도 있고, 세 사람, 아니 수많은 인간 군상들이 모
여서 크고 작은 하모니를 만들어낼 테지요.

　더 이상 보태봐야 잡설밖에 안 될 듯하네요.

　그럼 이제부터 염왕으로 우뚝 설 진무와 함께 여행을 떠날 시간
입니다.

　자, 준비되셨나요?

2009. 己丑年 초입. 김석진 드림.

서장
어둠에 몸을 묻다

천지가 암흑이다.
무언가 움직이지만 움직이지 않는 것도 같다.
치 떨리도록 싫었던 어둠인데 지금은 정겹기 그지없다.

과연 이곳이 이승일까?

"십일호! 십이호!"
소리조차 제대로 내지 못하고 누군가를 부르던 소년이 털썩
주저앉았다. 그의 전신은 피칠갑이 되어 흡사 사냥을 끝낸 맹
수처럼 보였지만 눈에 담긴 피로와 공포로 미루어 쫓는 자라
기보다 쫓기는 자의 그것으로 비쳤다.

그렇게 어둠을 그늘 삼아 몸을 숨기던 소년이 풀잎 밟는 소리에 화들짝 고개를 돌렸다.

"누구야? 너희들이야?"

찍찍—

쥐 한 마리가 풀숲에서 황급히 도망쳤고 소년은 고개를 푹 숙였다.

"모두, 모두 죽은 거야?"

숨을 몰아쉬던 소년의 눈에 화광이 일렁였다.

"빌어먹을……."

그들은 말했다.

너희들은 충분하다고.

그들은 말했다.

너희들이면 두려울 것이 없다고.

그들은 말했다.

너희들은 능히 목적한 바를 이룰 것이라고.

그들은 똑똑히 말했다.

너희들은 최고라고!

그렇다면 그들의 계산이 틀렸단 말인가? 마치 하늘이라도 재단할 것만 같았던, 아니, 하늘 그 자체였던 그들이 몇 번이고 검토했던 일인데 설마 잘못되기라도 했다는 건가?

"우리들은 결코 최고가 아니었다고……."

먹이를 빼앗긴 새끼 사자처럼 으르렁거리던 소년이 가까스로 몸을 일으켰다.

잠시 쉬어야겠어.
생각할 시간이 필요해.
처음부터 되짚어보는 거야.
어째서 이런 결과가 나오게 되었는지.

"주저앉을 시간 따윈 없어……."

다행히 암흑은 어머니의 따사로운 품처럼 그를 감싸주었기에 비틀거리며 소년은 어둠에 몸을 비비다 서서히 녹아들었다.

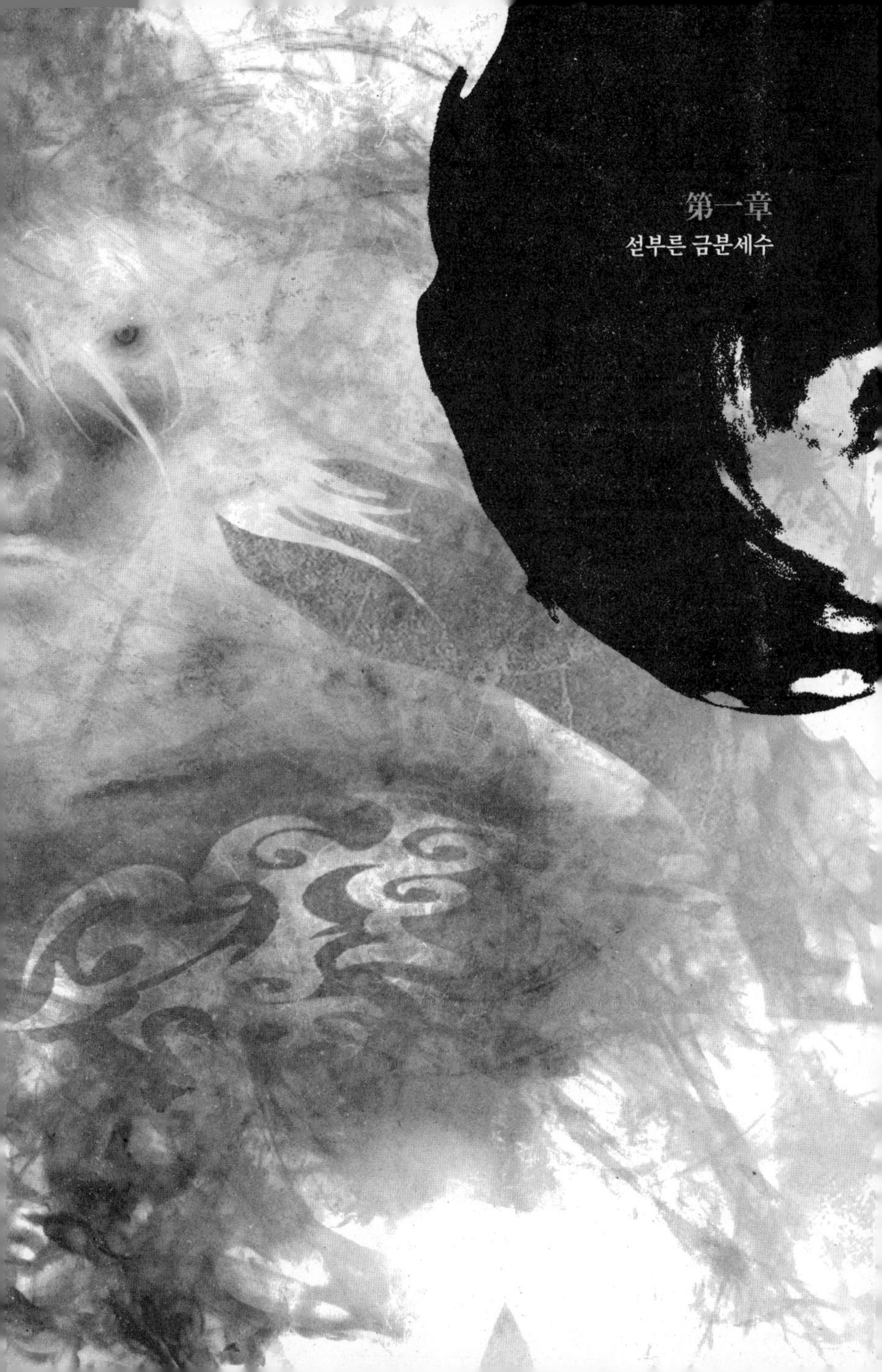

第一章
섣부른 금분세수

염왕진무
閻王眞武

수많은 영웅과 효웅이 역사를 만들어내고 아홉 개의 커다란 문파와 다섯 개의 세가, 그리고 수많은 마도와 사도의 세력들이 뒤엉켜 하루라도 조용하지 않았던 강호에 일대 파란이 일었다.

천외사선(天外四仙)!

동시대에 나타난 네 사람의 절대무인!

혹자는 그들을 달마에 비교하기도 했다.

혹자는 그들을 장삼봉과 견주기도 했다.

혹자는 그들을 사백여 패도문파를 일통한 구천마련의 초대 련주와 가늠해 보기도 했다.

아무튼 사람들은 흥미진진한 시선으로 이들 네 사람의 행보를 지켜보았다. 한 산에 두 마리의 호랑이가 살 수 없다는데 무려 넷이라면 충돌은 불가피할 테니.

하지만 사선은 추구하는 바가 달랐다. 그들에겐 무림의 일통이나 군림 따위의 가치가 중요치 않았으니까.

말 그대로 그들은 도가에 몸담은 사람들이었기에 목표는 단 하나였다.

신선도(神仙道)!

도의 길을 걷는 이들이라면 누구나 꿈꾸지만 결코 이를 수 없다는 전설상의 경지!

면벽이나 수련으로는 도저히 다다르지 못한다는 신선도야말로 사선의 절대명제였으며 가치였다. 그들의 초절한 무학까지도 신선도에 이를 방편 가운데 하나였다.

그러나 신선도는 생각만큼 쉽지 않은 길이었고, 그 초입조차 열리지 않았기에 고뇌하던 천외사선은 궁리 끝에 한 가지의 결론을 내린다.

신선도에 대해 처음부터 잘못 접근하고 있지는 않을까?
접근 방법이 틀렸기에 결과가 나오지 않는 것은 아닐까?
그렇다면 무엇이 잘못된 것일까?

곧 천외사선은 하나의 결론에 이를 수 있었다.

인간(人間)!

인간의 본성조차 제대로 모르면서 어찌 신선경을 바랄까?

하여 그들은 인간에 대해 탐구하기 시작했고 곧 사람의 기본적인 감성이라는 희(喜), 노(怒), 애(哀), 락(樂)에 부딪치게 된다.

희로애락, 가장 인간적이기에 신선도를 추구하는 이들이라면 끊어버리려는 다섯 가지 욕심과 일곱 가지 감정[五慾七情] 가운데 가장 인간적인 감정들.

그리고 그들은 각자 한 가지의 감정을 인간의 본성이라 여기고 그것에 관하여 파고들었다.

그것이 그들의 마지막 소식이었다. 네 가지의 감정을 나누어 탐구하겠다며 모습을 감춘 천외사선을 다시 보았다는 사람은 아무도 없었다.

천외사선 가운데 누군가가 남겼다 전해지는, 인간이라면 도저히 익힐 수 없는 세 가지의 무학 이름만이 그들의 자취를 대신했다.

수라격체술(修羅擊體術).

나찰호접무(羅刹胡蝶霧).

그리고…….

＊　　　＊　　　＊

"염왕군림보(閻王君臨步)……."

한 남자가 가만히 앉아 혼잣말을 뇌까렸다. 그는 육십을 바라보는 노인이었는데 멀리서 보면 신선이 하강했나 싶을 정도로 멋진 풍모를 지니고 있었다.

"염왕군림보라, 염왕……."

하필 오늘따라 이 이름이 떠오르는 이유가 뭘까. 정말로 잊고 싶은 기억일진대. 절대로 떠올리고 싶지 않은, 되돌아보고 싶지 않은 과거일진대.

그렇게 허공을 응시하던 노인이 입술을 꼭 깨물었다.

"됐어! 어차피 익히지도 못하고, 익힐 수도 없으니까!"

머릿속에서 무언가를 밀어내려는 듯 고개를 마구 젓던 노인이 누군가의 부름을 받고 벌떡 일어섰다.

"다 끝난 일이야! 잊어버려도 충분하다고!"

독백으로 자신을 위로하며 노인이 거칠게 방문을 열었다.

벌컥!

소리도 기운차게 방문을 열어젖힌 노인이 수많은 사람들 앞에 당당히 섰다.

천군만마라도 능히 굴복시킬 것만 같은 기세로 몇 백 명의 무인들을 바라보던 노인이 곧 입을 열었다.

"오래 기다리셨습니다."

순간적인 침묵.

노인의 위세는 사뭇 대단한 것이라 운을 띠운 것만으로도 중인들은 모든 동작을 멈추고 그의 말을 기다렸다.

"오늘은… 제 인생에 잊을 수 없는 하루가 될 것입니다!"

“아아!”

“맹주님!”

탄식하는 사람들을 바라보던 노인이 슬그머니 고개를 돌려 수많은 탁자의 정중앙, 더 정확하게 말해서 중앙에 위치한 탁자에 놓인 금빛 동이를 쫓았다.

부르르—

걷잡을 수 없으리 만치 떨리는 어깨.

슬픔에 젖은 사람들에게 은근히 시선을 이동시킨 노인이 피식 웃었다.

‘흥, 내가 또 넘어갈 줄 알고? 이번만큼은 절대로 양보할 수 없지. 암, 양보할 수 없고말고!’

하지만 입에서 나오는 말은 사뭇 애절했다.

“이 불쌍한 노인의 고뇌 어린 결심을 넓은 마음으로 이해해 주시기 바라며 차린 건 없지만 많이들 드시기 바랍니다.”

“맹주님!”

“흐흐흑!”

잠시 머뭇거리던 사람들이 하나둘 음식에 손을 가져가더니 아예 자리를 잡고 본격적으로 부어라, 마셔라, 먹어라를 시작했는데 금방의 통절함은 어디로 도망갔는지 알 길이 없었다.

‘허이구~ 슬프다면서?

돼지처럼 음식을 입으로 구겨 넣는 군상들을 어처구니없다는 표정으로 바라보던 노인이 슬쩍 방으로 돌아와 문을 닫았다.

탁!

"으흐흐흐……."

신선의 풍모와 대조되는 너무도 간사한 웃음. 뭔가 음모를 꾸미고 있는 걸까.

"오늘 모든 건 끝난다……."

이때,

"그렇게도 좋으신 겁니까?"

화들짝!

느닷없이 뒤에서 들려온 소리에 노인이 깜짝 놀라 몸을 돌렸다.

"와, 왔느냐?"

그곳엔 중년의 사내가 서 있었는데 뭐가 그리 못마땅한지 뚱한 표정으로 노인을 바라보다 폭포수와도 같은 탄식을 터뜨렸다.

"아니, 일이란 일은 모조리 다른 사람들에게 떠넘기시고 그렇게 좋다는 겁니까?"

"좋지!"

단호한 대답.

"내가 이 빌어먹을 곳에서 몇 년을 썩었는 줄 알아? 자그마치 사십사 년이야, 사십사 년!"

양손을 펴 손가락 네 개를 꼽고도 모자라 방방 뜨던 노인이 가슴을 탕탕 쳤다.

"재작년에 은거한 노호팔수(怒虎八手)들이 지금 뭐 하는 줄 알아? 산수를 유람하면서 모은 나무열매들로 술을 담그는 재미에 빠져서 '중원에서 가장 맛있는 술 담그기'란 책도 냈다고! 그뿐이야? 매화사로(梅花四老)는 또 어떻고? 중원 절경을 하도 돌아다녀서 요즘은 지도까지 제작을 할 정도래! 그런데 난 뭐냐고!"

처연한 표정으로 의자에 몸을 묻은 노인이 머리를 쥐어뜯었다.

"꼭두새벽부터 업무 보고를 시작해서 점심은 사절단이나 기타 손님들 접대하지, 밥 먹고 나면 잠시도 쉴 틈 없이 강호정세와 마련의 동향에 관한 보고가 이어져, 퇴근하려고 하면 꼭 약속이 잡히지. 결국 숙소에 들어가는 시간은 자정을 훌쩍 넘겨. 이런 불쌍한 인생을 봤어?"

들어보니 딱하긴 하다.

고개를 쳐든 노인이 사내를 바라보았는데 이건 오뉴월 더위에 축 처진 똥개 같은 눈빛이라 일견 처연하기까지 했다.

"내 인생에 남은 게 뭐야? 남은 게 뭐냐고……."

"으, 으음……."

노인의 눈빛 공격은 너무도 강렬한지라 사내가 침음을 흘리며 주춤 물러섰다.

"그러나!!"

의자를 박차고 일어서며 두 주먹을 불끈 쥔 노인이 입가에 멋들어진 선 하나를 그려냈다.

그건 미소, 자신만만의 극치를 달리는.

“오늘부로 모든 건 바뀌지, 암, 바뀌고말고!”

다시금 음모적인 괴소를 흘리며 노인이 뒷짐을 지고 방 안을 빙빙 맴돌았다.

“흐흐흐… 오늘부로 고생 끝, 행복 시작이지. 이제 나에게도 봄이 오는 거야!”

행복한 노년이여 오라, 어쩌고 하며 기분을 내던 노인이었는데 문밖에서 중인들의 환호와 아우성이 이어지자 청년의 어깨를 몇 번 두드려 주고 기세 좋게 방문을 열었다.

“오래 기다리셨습니다!”

노인이 나서자 진행자로 보이는 중년인이 사람들을 진정시키는 일방 금빛 동이를 가져오게 하였다.

“지금부터 철혈신권(鐵血神拳) 조 대협의 금분세수식을 시작하겠습니다!”

“와아아아!”

그런데 지금 철혈신권이라고 했나?

철혈신권. 현임 정도맹주이자 타칭 천하제일인.

약관이라는 열아홉에 강호 출두하여 수많은 비무를 승리로 이끌어 그의 나이 삼십에 이르렀을 땐 더 이상의 적수가 없었다.

뭐, 당연한 일이지만 정도맹의 일을 조금씩 봐주다 억지로 맹주 직에 앉았고 그가 집권한 이후부터 강호는 태평성대라는 말이 무엇인지 실감케 하는 세월을 맞이하게 되었다.

그런 그가 지금 은거를 결심한 것이다.

‘으으으……’

중년인이 무림맹주가 이룬 업적에 관해 중언부언 떠들어 댔지만 철혈신권은 그저 좀이 쑤실 뿐이었다. 업적? 그런 건 개나 줘버리라고 외치고 싶었다.

오직 한 치 앞에 놓인 저 빌어먹을 동이에 손을 담그고 ‘젠장맞을 강호여, 안녕~’ 하며 자리를 피하고픈 충동이 대뇌를 압박하고 있었다.

이때…….

[맹주님, 급보이옵니다!]

아… 놔…….

이럴 때도 쉬지 못하게 한다. 역시 불쌍한 인생이라 스스로 위안하며 철혈신권이 짜증성 전음을 들려주었다.

[이제 나 맹주 아니거든? 다음 사람에게 보고해라.]

그러나 전음은 굴함이 없었다.

[아무튼 지금은 맹주 아니십니까. 하여 보고를…….]

[일각 후엔 맹주 아니라고! 그러니까 일각 후에 다른 이에게 보고하란 말이야!]

철혈신권의 서슬은 시퍼런 정도를 넘어선지라 전음이 한발 물러섰다.

[아무튼 보고서를 올려놓겠습니다. 보시든 말든 마음대로 하십시오.]

[이, 이봐!]

급히 전음으로 불렀지만 대답없는 메아리였다.

'에이, 몰라!'

보고자에게서 신경을 꺼버리고 철혈신권이 두근거리는 가슴을 누르며 진행자의 말이 끝나길 기다렸는데……

"…하여 사십이 세에는 백골마탑을 단신으로 작살내셨으며 사십삼 세에는 마련에서 보낸 공물을 되돌려주시는 기개를 보였고 사십사 세에는……."

이러다 날 새겠다.

[작작 좀 하지?]

'허걱!'

진행하던 중년인이 움찔 놀라 옆자리를 곁눈질했다.

부르르.

그곳에는 만면에 미소를 띤 철혈신권이 소매 밑으로 분노의 주먹을 부들거리고 있었고 진행자의 이마엔 한줄기 땀방울이 솟아났다.

저거… 제대로 맞으면 골로 간다.

"아무튼 대단했던 맹주셨습니다. 이제 웃음과 기쁨으로 쉬게 해드……."

"감사합니다!"

철벅철벅!

진행자의 말이 끝나기도 전에 그를 밀어내고 금빛 동이에 손을 담근 철혈신권이 요란한 소리를 내며 손을 씻었다.

뚝뚝.

물기 그대로의 손을 들어 보이며 철혈신권이 입을 열었다.

"제게 원이나 한이 있는 분은 셋을 세기 전에 얘기하십시오.
하나, 둘, 셋."

썰렁~

보통 이럴 땐 손을 씻기 전이라든가 수를 느리게 세는 법이
다. 그러나 철혈신권은 거의 번갯불에 콩 구워 먹는 속도로 수
를 세었고 폭풍 같은 기세에 나선 이는 아무도 없었다.

나서봐야 복날 개 맞 듯 얻어터졌겠지만.

아무튼 금분세수에 성공한 철혈신권이 만인의 환호를 받으
며 인자한 미소로 방문을 닫았다.

탁.

"흐흐흐……."

문이 닫히자 예의 괴소를 흘리던 철혈신권이 곧 춤을 추었
다.

"이제 진짜 해방이다! 완전히 해방이라고!"

덩실덩실 춤을 추던 철혈신권이 콧노래를 부르며 침상 밑에
서 행낭을 꺼냈다. 이로 미루어 철혈신권의 은거는 꽤 오래전
부터 계획되었음이 틀림없었다.

"여행을 떠나자~ 여행을 떠나는 거야~"

룰루거리며 이것저것을 행낭에 쓸어 담던 철혈신권이 손수
건을 집기 위해 탁자를 돌아보고는 얼굴이 굳어졌다.

"진짜 놓고 갔잖아?"

탁자에 다소곳이 올려져 있는 봉투 하나. 빨간 직인이 섬뜩
하리 만치 선명하여 뭔가 중요해 보였다.

극비(極秘)!

"극비는 얼어 죽을! 기껏해야 마련주가 알고 보니 짝궁둥이
더라, 뭐 이런 게 뻔한데!"

코가 거의 떨어져 나갈 정도로 콧방귀를 뀌고 돌아선 철혈
신권이 열심히 행낭을 챙기다 다시 탁자로 시선을 던지고, 또
무시하고 짐을 챙기길 수차례.

무시한다고 무시하고는 있는데…….

너무 신경 쓰인다!

"아, 진짜! 금분세수를 하고도 붙잡네, 정말!"

이러다 신경쇠약 걸리겠다.

"좋다! 진짜 진짜 마지막이다! 아무튼 이번 보고서도 짝궁둥
이 타령이면 넌 오늘 곡소리 난다!"

이를 악물고 자리에 앉은 철혈신권이 보고서를 거칠게 잡아
뜯었다.

일각 후…….

방문을 와락 열어젖힌 철혈신권이 중인들에게 외쳤다.

"이, 이거 무를 수 없겠소?!"

＊　　　＊　　　＊

오 년 후 귀주성.

귀주성 덕강(德江)은 깡.촌.이다. 하도 외진 곳이라 사람들의 왕래도 거의 없어 마을에 객잔이 딱 하나밖에 없었고, 그나마 장사도 안 돼서 주인장 겸 숙수를 병행하는 오 노인의 파리 잡는 실력이 무림 고수 못지않을 정도였다.

이렇게 심심한 동네에 한바탕 난리가 났다.

"강호영웅 선발대회?"

대자보를 보던 청년이 고개를 갸웃거리다 계속해서 읽어 내려갔다.

강호영웅 선발대회.

주최:정도맹(正道盟).

일시:오늘 진시 초부터 신시 말까지.

자격:십오 세 이상, 신체 건강한 덕강 주민 누구나.

모집 인원:약간 명.

그 이후 이러쿵저러쿵들을 읽던 청년의 눈이 대자보의 끝자락에서 딱 멈췄다.

"이것, 괜찮은데!"

두 주먹을 불끈 쥔 청년이 빙글 몸을 돌려 대회가 열리는 곳으로 성큼성큼 걸어샀나. 입가에 훤한 미소를 피워 물고.

*　　　*　　　*

　허관수(許官需)는 못마땅한 시선으로 응시자를 바라보다 불쑥 물었다.

"사백이십사 번, 이중주?"

"예! 그렇습니다!"

"그래, 이번 강호영웅 선발대회에 응시한 이유는?"

"정도맹의 일원이 되어 사마외도를 타파하여 무림의 안녕과 평화를……."

"됐어, 됐어!"

불쾌한 얼굴로 고개를 돌린 허관수가 속으로 중얼거렸다.

'비리비리한 것들. 여기서 무슨 인재를 뽑겠다고.'

일반적인 선발대회가 아니다! 정도맹에서 주최한 선발대회란 말이다!

정도맹이 어떤 단체인가? 소림과 무당을 위시한 구파일방, 그리고 검으로 일가를 이룬 남궁세가와 주먹으로 하늘을 가른다는 하북의 팽가가 주축이 된 오대세가까지 아우른 최대의 정파 단체가 아니던가!

강호삼패세(江湖三覇勢) 가운데 유일한 정도 단체이자 무림을 대표하는 세력이거늘!

'아무리 개천에서 용 난다지만 이런 또랑물에서 용은커녕 미꾸라지 한 마리 찾기 어렵겠다!'

허관수. 비쩍 마른 망아지처럼 길쭉한 얼굴과 앙상한 몸매를 지닌 그였지만 나름 대단하다고 자부하는 인물이었다. 이름 높은 정도맹의 백화영대(白華英隊)의 수장이 바로 그란 말이다!

'대정도맹의 백화영대주인 이 몸이 이런 깡촌에서 무슨 고생이란 말인가!'

툴툴거리던 그가 심드렁하게 외쳤다.

"다음!"

또 다른 청년이 올라오고 습관처럼 허관수의 입이 열렸다.

"사백이십오 번, 주태제?"

"예!"

"이번 강호영웅 선발대회에 응시한 이유는?"

"정도맹의 일원이 되어 사마외도를 타파하여 무림의 안녕과 평화를…….”

"내려가!"

곰 같은 사내가 머리를 긁으며 단에서 내려가자 팔짱을 끼고 자신을 우러러보는 응시자들을 외면하며 허관수가 고개를 절레절레 흔들었다.

"애당초 이런 촌구석에서 인재 발굴을 하겠다는 시도 자체가 미친 짓이지."

어떻게 이리도 천편일률적인 대답들인가? 뭔가 번뜩이면서도 나름대로 소신있는, 그런 창조적 사고의 젊은이는 없단 말인가?

"따분하다, 따분해!"

따분한 사람은 여기 또 있었다.

"아아, 따분하구먼."

심드렁하게 젓가락을 놀리던 사람이 이내 내려놓고 의자에 몸을 기대며 양팔을 쭉 폈다.

커다란 삿갓을 쓴 탓에 얼굴을 확인할 수는 없었지만 늙수 그레한 목소리로 미루어 노인임에 틀림없었는데 워낙 장대한 체격을 자랑하는지라 옆에서 수발을 드는 사십대의 장한이 어린애처럼 보일 정도였다.

"제가 뭐라고 했습니까? 그냥 객잔에서 기다리시라니까요!"

"객잔도 따분하기는 마찬가지야."

"그럼 산책이라도 하시던가요. 이 바보들 사이에서 인재를 찾을 거라는 생각을 어떻게 하신 겁니까? 에휴, 왜 제 말을 그리 안 믿으세요?"

"안 믿은 게 아니라……."

변명하는 노인에게서 고개를 돌린 장한이 계속해서 찡얼거렸다.

"그럼 안 믿은 거지, 이게 뭡니까? 지난 오 년 동안 인재 비스무리한 거를 한 개라도 건지셨으면 제가 이런 말을 안 합니다! 그러게 뜬금없이 금분세수는 왜……."

이때 노인이 피식 웃었다.

"어이구~ 우리 아도(兒度), 많이 컸네?"

"예, 예?"

당황한 장한이 움찔 몸을 떠는데 여전히 웃음기를 머금은 방립노인의 음성이 비수처럼 그에게 내리꽂혔다.

"솜털 뽀송뽀송 날리며 백화영대에서 밤새도록 칼춤 추던 것이 엊그제 같았는데 이제 외당의 부당주가 되더니 아주 보이는 것이 없나 보구나?"

"시, 설마요!"

급격히 쫄아든 장한을 넌지시 바라보던 방립노인이 바위를 이고 달리랴, 연못에 떠 있는 통나무 하나에 의지해서 몸을 날리랴, 분주하게 시험을 받는 청년들에게 시선을 옮기며 혀를 찼다.

"네 녀석 말마따나 이런 촌구석에서 인재를 찾겠다는 시도 자체가 미친 짓이었나? 아니면 오 년 전의 금분세수 자체가 미친 짓이었나?"

사실 이런 깡촌에서 열리는 대회는 대충대충 처리하고 보고서 한 줄 휘갈기면 땡이었다.

해당 인원이 없음, 이라고.

그런데 오늘은 사정이 다르다. 달라도 아주 다르다. 왜냐하면 사마천도(司馬天度)가 직접 참관을 하고 있으니까.

사마천도, 정도맹의 외당 부당주이자 삼십여 백화영대를 통솔하고 있는 인물이 아니던가. 그의 눈도장만 받는다면 천화영대의 대장 자리도 꿈만은 아닐 디.

성실하고 믿음직한 모습을 보여야 한다!

그런데…….

뿔이 있어야 들이받을 것 아닌가!

"다음 올라와!"

어기적거리며 한 사내가 올라오자 그를 보지도 않은 채로 허관수가 물었다.

"사백이십육 번, 기미환?"

"예!"

"이번 강호영웅 선발대회에 응시한 이유는?"

"정도맹의 일원이 되어 사마외도를 타파하여 무림의 안녕과 평화를……"

"가!"

버럭 소리를 질러 사내를 쫓아낸 그가 하늘을 우러렀다.

"에에휴~ 대답하는 꼬라지들하고는."

탄식하던 그가 다음번의 응시자를 거명하려는데 누군가가 불쑥 외쳤다.

"잠깐!"

'뭐야?'

고개를 돌린 허관수의 눈에 오리 다리를 질겅거리는 청년이 하나 들어왔다.

이제 스무 살 정도로 보이는 사내. 맑은 눈과 굵은 눈썹, 그리고 오뚝하니 솟은 코가 조화를 이루어 이런 촌 동네에 어울리지 않을 용모였는데 어쩐지 장난기 가득한 표정이라 허관수의 심기가 불편해졌다.

"지금 내게 말한 거냐?"

“그럼 누구더러 말했겠소?”

삐딱한 대답과 함께 청년이 오리 다리를 내려놓고 엉덩이를 툭툭 털며 일어섰다.

‘이놈 봐라?’

이런 데거리는 처음 들어보는지라 허관수의 눈썹이 찡긋 올라가는데 아쉬운 듯 상 위의 음식을 바라보던 청년이 어깨를 한 번 으쓱 올리고 터벅터벅 단 위를 향했다.

“뭔데? 너도 참가자냐?”

“식권, 아, 아니, 번호표를 받았으니 일단은 그렇다고 쳐둡시다.”

‘번호표를 받았으니 일단은 그렇다고 쳐둡시다?’

건방지기 짝이 없는 대답에 허관수의 주먹이 부르르 떨렸지만 곧 냉정을 되찾았다. 미처 식권이라는 말에 신경을 쓰지 못하고.

외당 부당주가 보고 있다. 발작은 금물이다!

“그렇다면 순서를 기다려라.”

하여간 촌놈들은 질서 의식도 없어요, 하며 구시렁거리는 허관수를 묘한 눈으로 바라보던 청년이 팔짱을 끼고 턱을 내밀었다.

마치 허관수를 따라 하듯.

“아까부터 열심히 묻기만 하던데 니도 하나만 물어봅시다.”

“순서 기다리라니까!”

“잠깐이면 된다니까!”

떡 버티고 선 청년을 힘으로 쫓기도 뭐해서 허관수가 인상을 와락 구겼다. 보통은 이렇게 버르장머리없는 햇병아리에게 따사로운 훈계의 일격을 선사하겠지만 오늘은 아니었다.

'운 좋은 줄 알아라, 이놈!'

몇 번의 헛기침으로 마음을 가다듬은 허관수가 어색하게 말했다.

"그, 그래. 뭘 묻고 싶은 것이냐?"

"정도맹에서 이런 깡촌까지 찾아와서 선발대회를 여는 이유가 뭐요?"

청년의 질문에 허관수가 파안대소를 터뜨렸다.

"푸하하! 그걸 질문이라고 하는 것이냐?"

"모르니까 묻는 거 아니요?"

"당연히 정도맹의 동량이 될 만한 인재를 선발하여 사마외도를 타파하고 무림의 안녕과 평화를……."

대답을 하던 허관수가 청년의 빙글거리는 얼굴에 말을 뚝 끊었다.

"별반 신선하지도 않은 대답이구만."

"뭐, 뭐가 말이냐?"

"본인이 더 잘 알 텐데?"

생각해 보니 그렇다. 여태 무시했던 응시자들의 천편일률적인 답변을 자신도 늘어놨다고 생각하니 창피하기 이를 데 없는 노릇이었다.

"으, 으음!"

이 황당한 상황에 허관수가 땀을 뻘뻘 흘리는데 조소를 듬뿍 머금은 얼굴로 허관수를 바라보던 청년이 양팔을 깍지 껴서 목뒤로 붙인 채로 기지개를 켜며 돌아섰다.

그야말로 정통 얄미운 한마디를 남긴 채.

"따분하다, 따분해!"

으드득—

이를 갈아붙인 허관수가 청년을 불러 세웠다.

"거기 서라!"

"음? 설마 나한테 한 말이오?"

고개도 돌리지 않고 묻는 청년의 얌통맞은 말에 허관수의 목소리가 더욱 커졌다.

"그럼 누구더러 말했겠냐?!"

"왜 부른 거요?"

여전히 등을 돌리지도 않고 청년이 묻자 끝내 참지 못하고 허관수가 그의 어깨를 와락 움켜쥐었다.

"그런데 이놈이!"

어깨를 잡은 손에 힘을 주자 청년이 천천히 돌아섰다.

'헙!'

비록 천고의 고수는 아니지만 허관수의 악력이라면 웬만한 조약돌 하나는 산산이 부서뜨릴 정도의 힘을 내포하고 있거늘 청년은 진히 개의치 않는 얼굴로 그를 바라보았다.

"왜 불렀냐니까."

가을 하늘처럼 서늘한 눈동자. 그리고 어딘지 모르게 위험한 물음.

섬뜩한 분위기에 압도당한 허관수가 미처 대답하지 못하고 주춤거리자 처음처럼 장난기 어린 미소를 머금고 청년이 몸을 돌려 성큼성큼 걸어가기 시작했다.

"그, 그러는 너는 이번 대회에 응시한 이유가 무엇이냐?"

거의 발악처럼 허관수가 묻자 우뚝 걸음을 멈춘 청년이 고개를 돌리고 이빨이 드러날 정도로 웃었다.

씨익.

"점심 때우러."

대자보의 끝자락에 이렇게 쓰여 있었다.

응시자 전원 점심 제공.

"우하하, 저놈 재미있다! 그렇지?"

나른하던 방립노인이 의자에서 몸을 떼며 쾌재를 부르자 사마천도는 못마땅한 얼굴로 고개를 돌렸다.

"저게 재미있습니까? 명색이 정도맹의 백화영대주라는 놈이 애송이 하나한테 쫄아들어서 버벅이는 꼴을 보시니 좋습니까?"

허관수, 이 병신 같은 자식! 하며 이를 가는 사마천도를 신경 쓰지도 않고 방립노인이 중얼거렸다.

"이거, 간만에 손맛이 느껴지는데?"

　　　　＊　　　　＊　　　　＊

　배가 부르면 아무것도 하기 싫은 법이다. 그래서 사자들도 한 번의 사냥을 하고는 사나흘 푹 잔다고 하지 않겠는가.

　하지만 진무(眞武)는 달랐다. 그는 배가 고프면 아무것도 하기 싫어지는 사람이고 배가 불러야 비로소 움직인다.

　지금처럼.

　정도맹의 위사들에게 쫓겨나 덕강의 시전을 어슬렁거리던 진무가 시장통의 한적한 골목에서 낄낄거리는 건달패들을 보고 눈을 빛냈다.

　"이보시오, 형씨들."

　그가 건달들에게 슬그머니 접근하자 노닥거리던 놈들이 턱을 긁으며 나섰다.

　"뉘신가?"

　"이 동네에서는 처음 보는 얼굴인데?"

　그들의 경계심 어린 눈을 웃음으로 흘리며 진무가 은근하게 엉겨 붙었다.

　"저 윗동네에서 사냥이나 해 먹고사는 사람이라오. 그렇게 이상한 눈으로 볼 것 없소이다."

　진무의 말을 들은 건달들이 곧 시큰둥한 표정으로 몸을 돌렸다. 빈티 파팍 풍기는 차림새로 미루어 동전 일 푼 나올 것 같지도 않고, 다른 구역에서 염탐 온 놈으로 보이지도 않으니 관심이 없어진 것이다.

"야야, 저리 가!"

"요즘 자릿세도 잘 걷히지 않아서 신경이 날카로운데, 별!"

그들이 손을 휘휘 젓는데 진무가 품을 뒤져 반들반들 빛나는 은자 하나를 꺼내 들었다.

반짝!

태양빛을 머금어 휘황찬란하게 빛나는 은자는 그 어떤 가치를 능가할 것만 같았고 건달패들의 입가엔 탐욕의 미소가 덜렁걸렸다.

"무슨 부탁이라도 있나?"

"진작 그렇게 말해야지. 뭘 도와드릴까, 형씨?"

갑자기 친한 척하며 다가서는 건달패들에게서 한 걸음 물러선 진무가 빙긋 웃었다.

"한 가지 대답만 해준다면 은자를 주겠소."

"오오, 뭔데?"

"모르는 것도 다 대답해 주지!"

시답잖은 건달들의 대꾸에 진무의 웃음이 차차 식어갔다.

"대신!"

차가운 눈으로 건달들을 하나하나 돌아본 진무가 썩은 미소를 배어 물었다.

"거짓말하면 죽는다."

섬뜩!

한줄기 냉기가 건달들의 가슴을 관통했다.

그렇지만 이런 놈들 가운데 종종 바보가 섞여 있기 마련이다. 도팔(徒八)이라는 놈이 바로 그 짝인데 몇 년 전까지 이 동네의 왕초였기에 아직도 목을 세우고 다니는 건달이었다.

그런데 어디서 굴러들어 왔는지 모를 개뼉다귀가 자신들을 위협하니 가소로워 견딜 수 없다.

"이게 죽고 싶어 환장을 했나!"

도팔이 뚱뚱한 뱃살을 출렁거리며 나서자 주위의 건달들이 말렸다.

"형님, 참으세요!"

"뭘 묻는지 모르지만 그냥 대답해 주고 보냅시다."

"깨끗하게 말해주고 저걸로 오지게 술이나 푸자고요!"

만류하는 이들의 손을 홱 뿌리친 도팔이 진무의 앞에 서서 음흉하게 웃었다.

"너, 내가 누군지 아냐?"

"깡패."

"그래, 내가 깡……."

깡패라고 자인하자니 뭔가 기분이 나빠져서 도팔이 말을 흐리다 버럭 소리 질렀다.

"이놈아! 이 도팔 어르신은 깡패가 아니라 협객이란 말이다, 협객!"

"그런데?"

진무의 차분한 대답에 말문이 막혀 입만 실룩거리던 도팔이 제 가슴을 탕탕 쳤다.

"너 정말 내가 누군지 모르는 거냐?"

“협객?”

“이제야 제대로 대답이 나오는구나! 그렇다, 이 도팔 어르신은 덕강의 대협객이란 말씀이시다!”

“그래서…….”

귀를 휘휘 파던 진무가 아무것도 나오지 않자 손가락을 후 불고 중얼거렸다.

“뭐 어쩌라고, 병신아.”

“이놈이!”

참지 못하고 호랑이같이 울부짖으며 도팔이 달려들자 진무의 썩은 미소는 더욱 짙어졌다.

퍽!

퍽! 퍽!

퍽! 퍽! 퍽!

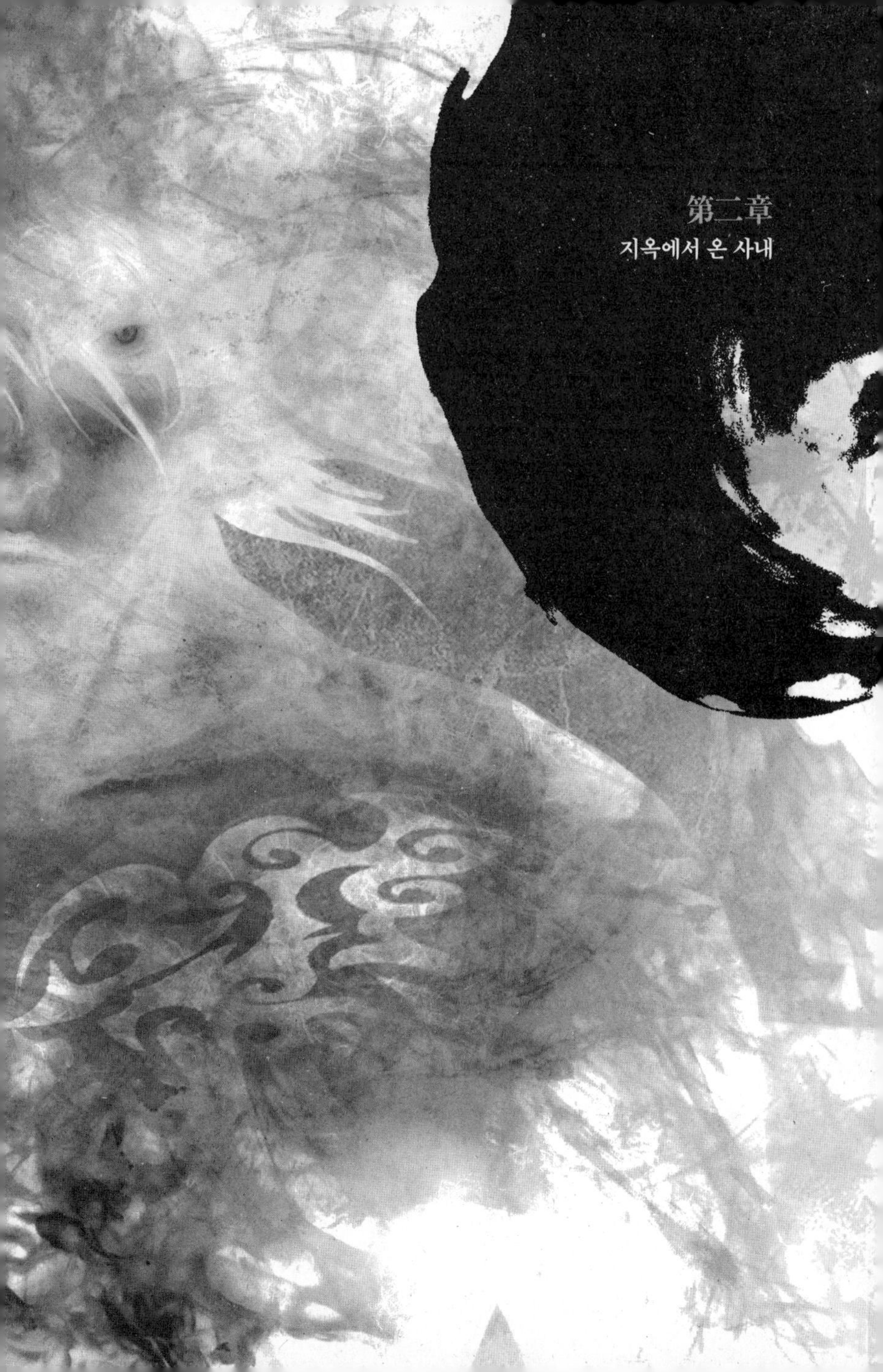
第二章
지옥에서 온 사내

염왕진무
閻王眞武

잠시 후.

가지런히 무릎 꿇고 앉아 있는 깡패들의 주위를 빙글빙글 돌며 진무가 탄식을 터뜨렸다.

"참 이해가 안 돼. 왜 이리도 세상을 어렵게들 살까."

그렇지? 하며 무릎을 굽혀 도팔에게 얼굴을 들이민 진무가 다시 몸을 세웠다.

"그냥 대답만 했으면 지금쯤 너희 말마따나 객잔 하나 잡아서 오지게 술을 푸고 있었을 거 아냐?"

빈정거리던 진무가 엄지와 검지 끝으로 은자를 튕겼다.

땡—

"말귀를 못 알아먹은 듯해서 넓은 마음으로 다시 설명해 주지. 지금 너희들에겐 두 가지의 길이 놓여 있어."

자애로운 미소를 머금은 진무가 은자를 와락 잡아챘다.

"첫째, 묻는 말에 성심성의껏 대답해서 요걸로 오지게 술을 푼다. 둘째, 건성건성 때우다가 오지게 얻어터지고 피똥 싼다."

"첫 번째요!"

"무조건 첫 번째입지요!"

"당연히 첫 번째이고말고요! 두 번째를 택하는 놈이 있으면 내가 다 죽여 버릴 거야아!!"

도팔의 울부짖음을 끝으로 상황이 정리되자 적이 만족한 진무가 천천히 물었다.

"듣자 하니 이 동네에 새로운 약이 돌아다닌다고 하던데……."

"새로운 약이요?"

도팔이 되묻자 진무가 고개를 끄덕였다.

"그래, 감기약 말고 약. 신종으로 말이야."

"약이라면 이놈저놈 취급하는 걸로 아는데……."

"그딴 건 됐고, 새로 나온 거. 일반적인 춘약(春藥) 따위와 확실히 다른."

도팔이 고개를 긁으며 주위를 둘러보는데 나머지들도 아는 것이 없는지 눈알만 뒤룩뒤룩 굴릴 뿐이었다.

"잘 모르……."

도팔의 말을 끊으며 진무가 그를 노려보았다.

“모르면 맞는다.”

‘힉!’

또 맞으면 죽을지도 모른다!

급하게 고개를 돌린 도팔이 애꿎은 졸개들을 닦달했다.

“씨팔, 아는 거 있으면 죄다 불어봐! 아동, 아걸! 발발거리고 싸다녔으니까 뭐라도 들은 게 있을 거 아냐!”

말은 거칠었지만 눈만큼은 절실했다.

나 죽는 꼴 보고 싶냐!

두령의 애절한 눈에 졸개들이 머리를 감싸 쥐고 괴로워하다 멀대같이 키가 큰 놈 하나가 버럭 외쳤다.

“아! 그 사건 있잖아요, 그 사건!!”

“뭔데?”

구세주를 만난 사람처럼 멀대에게 달려든 도팔이 그를 마구 흔들었다.

“뭐냐고, 어서 말하란 말이야!”

“혀, 형님, 정신없어요!”

그제야 멀대를 놔준 도팔이 그의 옆에 앉고 진무 역시 다가왔다.

“생각난 것이라도 있나?”

“그, 그게…….”

뭔가 입가에 맴도는 듯 손을 휘적거리던 멀대가 짝, 박수를 쳤다.

“얼마 전에 자살한 묘족 처녀!”

“자살한 묘족 처녀?”

무슨 말일까.

진무의 눈에 이채가 스치는데 멀대는 계속해서 중얼거렸다.

“그러니까 원래 이곳은 우리 도팔 형님의 관할이었지요. 그런데 얼마 전부터 웬 무림인 비스무리한 놈이 와서 우리 터전을 빼앗았지 뭡니까! 내 그놈을……!”

“본론만 말해.”

“네, 넵!”

진무의 서슬에 멀대가 급히 하소연을 접었다.

“그러니까 그놈이 여자를 무지하게 밝히는데 사실 생긴 걸로 보나 목소리나, 뭐, 아무튼 영 인기가 없거든요? 그런데 묘하게도 놈이 찍은 여자들은 제 손으로 옷을 벗는다, 이겁니다!”

“내가 엽색 행각이나 듣자고 했나?”

얼음장 같은 진무의 다그침에 멀대가 황망하게 손을 저었다.

“아뇨, 아닙니다! 이제부터 본론이라니까요! 문제는 놈과 하룻밤을 잔 여인들은 다음날 아침이 되면 수치심을 이기지 못하고 자살하거나 실성을 한다는 거지요!”

“뭐?”

“생각해 보십시오. 순간적으로라도 마음이 동해서 맺은 관계라면 그렇게까지 극단적인 선택을 할 리는 없습니다!”

“그렇지.”

진무의 호응에 힘을 얻었는지 멀대는 침을 튀겨가며 얘기를 풀어놨다.

"그렇지요? 얼마 전에 자살한 묘족의 처녀도 마찬가지였습니다! 무던히도 그놈을 피해 다니다가 하는 수 없이 술시중을 한번 들었을 뿐인데……."

"함께 잤다?"

"물론입니다! 만류하는 할머니까지 밀치며 놈을 따라나섰다니까요! 듣자 하니 몽롱한 얼굴은 마치 꿈을 꾸는 사람 같았다고 했지요! 예, 눈을 뜬 채로 꿈을 꾸듯 말이죠!"

"으음……."

"생각해 보십시오. 일반적인 춘약이라면 복용 즉시 몸을 배배 꼬거나 더운 김부터 뿜을 텐데 이들은 달랐다, 이겁니다! 자신이 누군지, 무엇을 하는지도 모르는 것처럼 행동했다니까요!"

혼사를 열흘 앞둔 처자였는데, 하며 멀대가 말을 맺자 쭈그려 앉아 이야기를 듣던 진무가 무릎을 폈다.

비슷하다. 확실하지는 않지만 이 정도의 정보라면 믿을 만하다. 무엇보다 보이는 증상이 비슷하다는 거다.

"다소 약한 감은 있지만……."

고개를 끄덕인 진무가 빙글 몸을 돌렸다.

"저, 저기 삼깐……."

"뭐야?"

비실비실 일어선 도팔이 비굴하게 웃었다.

“약속하신 은자는 주셔야…….”

“아!”

전재산이다. 하지만 약속을 했고, 한번 한 약속이라면 반드시 지키는 것이 진무의 신조였다.

“자.”

손가락을 튕겨 은자를 던진 진무가 돌아서려는데 멀대가 손을 번쩍 들었다.

“조심하십시오, 항우장사가 따로 없는 놈이니까요!”

“항우장사?”

“그렇습니다요! 뭐, 이런저런 이유로 묘족의 촌장이 비밀리에 거금 이십 냥을 걸고 놈을 단죄하려 한다지만 아무도 나서지 않는 판입니다!”

“은자 이십 냥?”

마침 잘됐다. 빈털터리 신세였는데 생각지도 않은 횡재수가 아닌가. 어차피 족칠 놈, 돈까지 챙길 수 있다니.

불끈 주먹을 쥔 진무가 몸을 돌리는데 희희낙락 은자를 돌리던 도팔이 조심스레 물었다.

“저, 저기, 실례지만 관에서 오셨습니까?”

“아니.”

“그, 그럼 어디서 오셨습니까?”

무심하게 고개를 돌리며 진무가 속삭이듯 말했다.

……지옥에서.

      *   *   *

방립노인이 진무를 다시 만난 건 정도맹의 강호영웅 선발대회가 마무리되고 삼 일이 지난 후였다.

"그런데 너, 일은 안 하냐?"

"한 며칠은 괜찮습니다. 어차피 정보도 수집하고 동향도 파악해야 하니까요. 어차피 들이닥친다고 해결될 문제도 아니니까요."

"흐음~"

머저리 같은 허관수를 쫓아낸 사마천도의 안내로 덕강의 이곳저곳을 기웃거리던 노인이 묘족의 특산물들을 파는 시전에서 잠시 걸음을 멈췄다.

웅성웅성!

와글와글!

한산하기 이를 데 없는 시전이었는데 오직 한 곳만은 무려 삼십을 헤아리는 인파로 문전성시를 이루고 있었다.

"허이구, 이런 시골 촌 동네에 뭔 난리래?"

"모르시는 말씀! 의외로 이런 시골에서 명품을 발견할 수 있단 말입지요!"

노인이 입을 쭉 내밀자 사마천도가 눈을 빛내며 대열에 몸을 들이밀었다.

그가 애처가라는 건 세상 사람들이 다 아는 바였고, 어디든

여행이라도 갈라치면 호랑이 같은 마누라에게 그 지방의 특산
품을 반드시 사다 바친다는 것도 정도맹의 일원들이라면 누구
나 아는 사실이었다.

"큭, 공처가 녀석."

노인이 콧방귀를 날리자 대열에 섞여 있는 사마천도의 볼멘
대꾸가 돌아왔다.

"거참, 애처가라니까 자꾸 그러시네."

한 번만 더 말대꾸하면 고향 생각이 날 정도로 혼꾸멍을 내
주리라 다짐하며 노인이 사람들이 모인 곳에 슬그머니 다가섰
다.

'대체 무엇을 파는… 어?'

"자자, 쌉니다, 싸요!"

몇 개의 물건을 손에 들고 호객 행위에 열중인 사람은 다름
아닌 강호영웅 선발대회에서 허관수에게 한 방 먹였던 청년,
즉 진무였다.

"골라, 골라! 기분만 좋으면 공짜로 드려요!"

일단 재미있는 녀석이라 찍어두었기에 반가웠지만 생업에
몰입 중인지라 말을 걸지는 못하고 진무의 주변을 어정거리는
노인이었는데 옆에서 열심히 물건을 살피던 사마천도가 투덜
거렸다.

"뭐야, 쓸 만한 것이라고는 저 호피뿐이잖아?"

여러 가지 물품들. 다른 것들은 돈을 내고 사는 사람이 있을
까 싶을 정도로 조잡한 물건들이었지만 정중앙에 위치한 호랑

이 가죽은 그야말로 압권이었다.

윤기가 흐르는 털들은 잘 손질되어 있었고, 표면의 어느 곳에도 상처 하나 없었으니 이런 상품의 호피는 경사에서도 쉽사리 구할 물건이 아니었다.

'호오~ 내 생애에 저런 명품을 볼 수 있다니!'

우스운 건 사람들의 반응이었는데 그들은 상품 중의 상품이라 할 수 있는 호피에 눈길도 않고 조잡한 인형이며 직물에만 관심을 보였으니 노인과 사마천도로는 기가 막힐 노릇이었다.

"이자들은 눈이 어디에 박혀 있는 거야?"

"글쎄요, 아무튼 개성적인 심미안의 소유자들임에는 틀림없습니다."

그들의 심미안이 달나라를 헤매든 황하를 건너고 있든 좌판의 물건들은 하나둘 주인을 찾아가고 있었고 진무의 입은 찢어져라 벌어지고 있었다.

"우헤헤, 오늘은 운수가 좋구나! 자자, 얼마 남지 않았습니다요!"

짜고 치는 놀음이지만 재미가 있다!

진무는 좌판에서 하나하나 사라지는 물건들을 보며 스스로 대단한 수완의 상인이라도 된 기분을 만끽하고 있었다. 한 이틀은 지루해서 죽을 맛이었는데 사람이 모이고 물건이 나가자 어깨춤이리도 추고 싶은 심정이었다.

그래서 대답없는 메아리처럼 슬픈 것은 없다던가?

이때……

“여기만 경기가 좋구만?”

“으흐흐, 아주 봄날이 따로 없는데?”

야비한 음성으로 중무장한 사내들이 인파를 헤집으며 나타나자 사람들이 몸을 피했다.

“쟤들은 또 뭐래?”

“흔하디흔한 시전 거머리들이 아니겠습니까?”

노인과 사마천도가 심드렁한 얼굴로 비켜서는데 다섯 명의 남자는 진무와 자판을 번갈아 쳐다보다 비열한 미소를 지었다.

“이것 봐, 형씨. 누구 허락받고 좌판을 벌인 거야?”

“설마 이곳이 적룡방(赤龍幫)의 관할이라는 사실을 모르는 건 아니겠지?”

그들의 말에 사람들이 움찔 몸을 떨었다.

“저, 적룡방!”

“에구구!”

이들의 놀람에 노인이 넌지시 물었다.

“적룡방이 뭐 하는 놈들인데 이리 놀라는 거요?”

뒤로 물러서던 사내가 노인의 질문에 펄쩍 놀라 귀엣말처럼 속삭였다.

“어이구, 노인장, 소리 좀 죽이세요! 보통 잔인한 놈들이 아니니까!”

“잔인하다?”

“그렇다니까요! 척 보아하니 외지인 같으신데 저놈들 거슬려서 좋을 것 없으니 그냥 모른 척하시구려.”

하며 사내가 설명한 적룡방은 비록 소규모의 깡패 집단이지만 행사의 잔혹함과 교활함으로 덕강의 주민들이라면 모두가 치를 떠는 흑방(黑幫)이라고 했다.

“글쎄, 얼마 전까지는 작은 시전 한군데를 착취하면서 그냥저냥 버텼는데 이제는 묘족의 지역까지 넘어와서 패악을 부린다니까요! 에구, 하늘도 무심하시지! 저런 놈들 잡아가지 않고 뭘 하고 계시나?”

잠시 머리를 굴리던 노인이 사마천도를 보며 중얼거렸다.

“아도, 우리 간만에 좋은 일 할까?”

노인의 말에 담긴 뜻을 알아챈 사마천도가 펄펄 뛰었다.

“제발 자중 좀 하세요! 이건 무림의 일도 아니고 일회성으로 처리될 사안도 아니라고요!”

하긴.

음지의 독버섯은 한 번 뽑는다고 완전히 제거되지 않는 법이다. 그 뿌리와 씨앗이 깊고도 은밀한지라 어설프게 손을 댔다간 오히려 역효과만 불러일으킨다.

서민들의 고혈을 빨아먹고 사는 흑방들이 그와 같다.

자신들보다 강대한 힘이 존재할 때는 미모사처럼 움츠러들었다가 그들이 사라지면 예전과 비교도 되지 않을 정도로 포악하게 행동하기 마련이다.

실추되었던 힘의 공백을 메우려면 보다 강력하게 서민들을 통제할 필요가 있고, 그러기 위해서는 더욱더 많은 공포와 피를 필요로 하기 마련이니까.

'빌어먹을 자식들, 내가 십 년만 젊었어도 아주 상주를 해서 뿌리를 뽑아버리련만!'

노인이 씁쓰레 입맛을 다시는데 진무는 고개를 푹 숙이고 있을 뿐, 어떠한 움직임도 보이지 않았다.

아직… 아니다.

"우하하, 이 총각. 호객을 할 때는 그리 목청이 좋더니 완전 꿀 먹은 벙어리가 되어버렸구먼?"

볼에 칼자국이 나 있는 대한이 키득거리자 구레나룻이 무성한 사내가 청년의 앞에 썩 나서 그의 볼을 잡아당겼다.

"클클클, 화끈하게 놀아볼까, 귀여운 것."

"고개 좀 들어보라고! 그렇게 땅만 쳐다보다 목이 뚝 부러질 판이야. 푸헬헬헬!"

묵묵히 수모를 감내하는 진무가 안쓰러워 노인이 혀를 차는데 사마천도가 고개를 갸웃거렸다.

"거 이상하네? 아니, 허관수라는 놈이 바보인 건 확실하지만 그래도 제칠십사 백화영대의 수장이건만 그 자석을 아주 찜 쪄 먹던 기개는 어디에 팔아먹은 거야?"

생각해 보니 그렇다.

제아무리 악독하다고 해봐야 상대는 깡패. 훈련된 무림인의 기세만으로도 줄행랑을 놓을 버러지들이라는 거다. 그런데 무림인의 압박에도 굴하지 않던 녀석이 깡패들한테 둘러싸여 뭐 하는 건가?

"이거 내가 사람을 잘못 본 건가?"

탄식하는 노인이었는데 그들을 지나쳐 적룡방의 버러지들에게 성큼성큼 다가서는 삼십대의 남자를 보고 눈이 화등잔만 하게 커졌다.

"어라?! 저, 저, 저놈!"

"엥?! 저놈은 다름 아닌?"

노인과 사마천도의 시선을 한 몸에 받으며 등장한 삼십대 사내가 청년의 앞에 서서 주위의 버러지들을 턱짓으로 물러나게 한 후 한껏 자신만만한 미소를 배어 물었다.

"아하하, 소형제! 초면에 우리 아이들이 실례가 많았구먼. 이해하도록 하시게."

작은 키, 쭉 찢어진 눈, 그리고 염소수염까지. 그야말로 못생긴 남자의 표본이었는데 팍삭 쉬어터진 목소리까지 더해지니 누구라도 고개를 돌리고 싶은 남자였다.

"저놈은 적룡방주가 아닌가!"

"맨손으로 소도 때려잡는 놈이 나타났으니 큰일 났구먼!"

한편 노인과 사마천도는 또 다른 의미로 놀랐다.

"저놈, 그놈 맞지?"

"분명히 그놈 맞습니다! 저 빌어먹을 자식이 여기 처박혀 있었을 줄이야!"

둘의 대화로 볼 때 적룡방주를 알고 있음이다. 그런데 정도맹의 외당 부당주가 어찌 촌구석의 깡패 두목을 아는 걸까?

두 사람이 분노로 몸을 사르든 말든 사내는 제법 근엄하게 훈시를 늘어놨다.

"그런데 자네가 조금 잘못을 하긴 했으이. 이곳에도 나름대로 법도라는 것이 있는데 그걸 무시했으니 이런 난리가 벌어지지 않았겠나?"

그래도 여전히 진무는 고개를 들지 않았다. 아니, 들 수 없었다.

기다리느라 눈알이 빠져나가는 줄 알았어, 친구.

"허어~ 겁먹은 게로군. 저 친구들이 좀 우악스러운 면이 있지만 그리 나쁜 사람들은 아닐세."

이때 모여 있던 사람들을 헤치며 왜소한 체격의 청년이 뛰쳐나왔다. 알록달록한 복색으로 보아 묘족 사람이 분명했는데 볼을 타고 흐르는 눈물은 뭔가 사연이 있음을 짐작케 하였다.

"이놈! 이 나쁜 놈!"

졸개들이 만류할 사이도 없이 적룡방주에게 달려든 청년이 두 주먹을 마구 휘둘렀는데 너무도 느리고 연약한 손길이라 처연하기까지 했다.

"어서 그녀를 살려내라! 이 천하에 몹쓸 놈! 어허허헝!"

"이건 또 뭐야?"

비통하게 울부짖는 청년에게 가슴을 맞으며 어이없다는 얼굴로 적룡방주가 졸개들을 돌아보자 그중 한 놈이 소곤거렸다.

"그 왜 있잖습니까? 며칠 전에 형님께서 재미 좀 보셨던……."

"며칠 전의 재미…… 아!"

뭔가를 생각해 내고 적룡방주가 피식 웃자 졸개는 계속 나불거렸다.

"공들인 보람이 있었다고 하셨잖습니까?"

"암, 그년, 앙탈 부린 값을 했지. 갓 잡아 올린 잉어처럼 펄떡거렸다니까? 촉감도 일품이었고. 흐으~ 그날 생각하면 아직도 아랫도리가 찌릿찌릿하구나."

사타구니를 부여잡으며 적룡방주가 상스럽게 허리를 앞뒤로 흔들자 아쉬운 듯 군침을 삼키던 졸개가 비열하게 웃으며 머리를 긁었다.

"형님, 저도 그거 한 봉지만……."

"흐흐… 이번에 당 대인을 뵙게 되면 내 말씀드려 보도록 하지."

낄낄거리던 적룡방주가 울부짖는 청년을 보고 고개를 갸웃거렸다.

"근데 저놈이 그년의?"

"맞습니다요! 그년의 정혼자였던 놈인데 이렇게 물정 모르고 나댈 줄은 몰랐습니다."

졸개의 설명을 들으면서도 적룡방주는 여전히 선하게 웃었다, 얼굴과 전혀 다른 소리를 입 밖으로 지껄이며.

“어서 치워. 눈에 거슬리니까.”

“그럼 묻어버릴까요?”

“알아서 해!”

그가 윽박지르자 오열하는 청년을 졸개 몇 명이 강제로 끌고 갔고 진무에게 다시 고개를 돌린 적룡방주가 예의 미소를 지었다.

“아, 잠시 소란스러웠구먼. 이해하게. 아무튼 자네가 자릿세만 조금 낸다면 우리 아이들과도 곧 친해질 게야.”

관음보살처럼 웃으며 사내가 한 발 떼는데 고개도 들지 않고 진무가 불쑥 물었다.

“적룡방주 가렴치(可廉恥)?”

“잘 아는군. 그렇다네, 내가 바로 가렴……!”

너털웃음을 짓던 가렴치의 얼굴이 순간적으로 굳어졌다.

어떤 이질감!

이놈은 뭔가 위험하다!

움찔 몸을 굳힌 가렴치가 뭔가를 말하려는데 진무의 고개가 번쩍 들려졌다.

“죽어라.”

퍽!

뭐가 어떻게 됐는지도 모르는 채 나가떨어지는 가렴치를 따라붙으며 진무가 손을 뻗었다.

“이, 이놈이!”

단순한, 그저 단순하기만 한 주먹. 투로도 뻔하고 속도도 눈에 들어오는 공격.

그러나 피할 수도, 막을 수도 없다!

퍽!

다시 한 방 맞은 가렴치가 물러서자 진무의 오른발이 슬쩍 올라갔다.

퍼억!

그의 발끝이 배에 꽂히자 고통으로 몸을 웅크리는 가렴치였는데 진무는 그야말로 음률에 맞춰 몸을 움직였다.

퍽! 퍽! 퍽!

연방 난타당하며 물러서던 가렴치가 이를 악물고 공세를 취해보려 눈을 부라렸다. 산전수전에 공중전까지 다 겪어본 자신이다. 비록 선기를 내주었지만 이대로 당하기만 할 수 있나!

"이잇!"

오른발에 힘을 실은 그가 힘차게 발을 쳐올리려 했으나 기다리기라도 한 것처럼 진무의 왼발이 가렴치의 허벅지를 짓눌렀다.

꾹!

"크헉!"

허벅지를 밟은 왼발을 디딤판 삼아 둥실 몸을 띄운 진무가 오른 무릎을 살짝 세우자 그것은 처음부터 준비되었던 것처럼 가렴치의 턱을 강타했다.

콰직!

"으허허……."

피범벅이 된 입으로 뭔가를 외치려던 가렴치가 이빨 세 개를 뱉고는 부들부들 물러섰다.

"아흐아아……."

하지만 진무의 눈은 무감정했으며 가렴치의 말보다 그의 주먹이 빨랐다.

이제 시작인데 엄살은, 무슨.

퍽!

"아따, 그놈 잘 친다."

동그랗게 눈을 뜨고 노인이 중얼거리자 사마천도도 고개를 끄덕였다.

"사람 패는 재주 하나는 확실한 친구로군요."

이리 빙글, 저리 슬쩍.

살짝살짝 몸을 이동시키며 사람 하나를 걸레로 만드는데 그 모습이 가히 놀라울 정도라 강호의 여러 가지 무학에 정통한 노인에게도 무척이나 신선하게 다가왔다.

"음, 저 녀석은 최소한의 움직임만으로 최선의 공간을 점하고 있군!"

"흠흠, 그러게요. 이건 뭐, 한 수 정도가 아니라 서너 수 앞을 내다보고 미리 가 있는 격인데요?"

하지만 노인의 눈망울엔 흥미를 넘어선 무엇이 담겨 있었

고, 싸움 구경에 넋을 잃은 사마천도는 이를 알아차리지 못했
다.

그저 어깨를 흔들었을 뿐인데 진무의 몸은 가렴치의 옆으로
다가서 있었고 거짓말처럼 그의 주먹은 정인군자의 탈을 쓴
깡패 두목의 옆구리에 깊숙이 박혔다.

"쿠우우……."

제아무리 고수라고 해도 숨을 쉬지 못하면 죽을 맛이다. 하
물며 타의에 의해 호흡을 방해받는다면 미칠 노릇.

팔꿈치로 옆구리를 가리며 비척비척 물러서는 가렴치였는
데 진무는 왼발을 축으로 비쾌하게 돌아서며 오른손을 굽혀
그의 명치를 강타했다.

퍽!

"허헙!"

철저하게 계산된 공격. 극심한 호흡곤란으로 가렴치의 눈이
하얗게 치떠졌으나 진무는 여기서 멈추지 않았다.

스슥—

허리를 숙인 청년에게 고통으로 몸부림치는 가렴치의 표정
이 정면으로 들어왔고 무감정한 일격이 다시 뻗어나갔다.

퍽!

호되게 한 방 맞은 가렴치가 비틀 물러서다 뒤꿈치에 힘을
실어 신형을 멈췄다.

'어, 어떻게든 반격을!'

아득해지는 정신을 어떻게든 추스르며 가렴치가 비명과도
같은 노호성을 질렀다.

"으아아아아!!"

우우웅—

시골 동네 깡패 두목이라는 것이 믿어지지 않을 박력!

기합으로 기운을 차린 가렴치가 이글이글 타오르는 눈동자
로 진무를 바라보았다.

"치사한 놈……. 부지불식간이라 당황했지만 이제부터는
사정이 다를 것이다!"

여기저기 부러져 나간 이빨을 흉물스레 드러내며 가렴치가
소리치자 장내는 싸늘해졌다.

"저놈, 무공을 사용하려나 본데… 이대로 있어도 괜찮을까
요?"

사마천도가 걱정스레 노인을 쳐다보았다.

"으음, 이거 나서기도 뭐하고 나서지 않기도 뭐한데……."

"옥령강기(玉鈴罡氣)는 몸 좀 빠른 일반인이 어찌할 무학이
아니잖습니까!"

"그야 그렇지."

"이것저것 따지지 말고 당장 압송해 버릴까요?"

"음……."

노인과 사마천도가 가렴치를 알아본 것은 당연했다.

왜? 가렴치라는 작자는 얼마 전까지 정도맹의 일원이었으니

까. 그냥 일원 정도가 아니라 정도맹의 외당 소속으로 부식과 물류를 담당했던 자였으니까.

금전을 다루는 이들은 언제나 위험에 노출되기 마련. 그렇기에 정도맹의 상위 무학 가운데 강기공으로는 세 손가락 안에 든다는 옥령강기가 가렴치에게 전수된 것이다.

옥령강기의 무서움은 호신공으로 끝나지 않는다는 점에 있다. 일단 발동이 되면 시전자를 노을빛의 강기막으로 감싸는 것은 물론 공격을 하는 대상에게 그만큼의 피해를 되돌려 주기에 상대방은 그야말로 무장해제의 상태가 되는 것이다.

발동만 되면.

아무튼 가렴치를 노려보던 노인이 불쑥 물었다.

"저놈, 해먹은 돈이 얼마야?"

"삼 년간 대략 팔백 냥 정도로 추산됩니다."

"파, 팔백?! 저, 저, 저런 죽일 놈! 내가 사십사 년 동안 뼈 빠지게 고생해서 받은 돈이 고작 육백 냥도 안 되는데 부식 빼돌려서 삼 년 만에 팔백 냥을 해 처먹어?!"

억울할 만도 하다.

"에? 사십사 년을 해도 육백 냥이 안 된다고요?"

깜짝 놀란 사마천도가 턱을 긁었다.

"노후 대책도 어렵겠는걸? 음… 이참에 직장을 옮겨 버려?"

끼어들 시점을 잡지 못한 노인과 사마천도가 엉뚱한 소리를 늘어놓는데 일순간에 변한 가렴치를 무심히 바라보던 진무가 오른손을 슬쩍 들어 손가락을 까닥까닥 움직였다.

개소리 집어치우고 와봐!

"이놈, 하룻강아지 범 무서운 줄 모른다더니 아주 겁대가리를 상실했구나. 하지만 옥령강기가 발동되고도 지금처럼 까불 수 있는지 두고 보자!"

그렇지만 진무는 어깨를 한번 으쓱일 뿐 아무런 행동도 취하지 않았기에 가렴치의 눈썹이 크게 휘어졌다.

우웅—

가렴치의 몸이 영롱한 노을빛에 휩싸이며 그가 자신만만하게 외쳤다.

"잘 보거라. 이것이 바로 옥! 령! 강……!"

순간 진무의 신형이 희끗해졌다.

퍽!

주절거리던 그가 노을빛이 완전해지기도 전에 한 방 맞고 나가떨어지는데 아교처럼 따라붙으며 진무가 나른하게 중얼거렸다.

"그걸 누가 기다리냐, 병신아."

퍽! 퍽!

뜻하지 않은 반전에 연신 밀리며 얼굴을 손으로 감싼 가렴치가 울부짖었다.

"제, 제발 그만!"

분명 옥령강기는 위대한 호신강기다.

발동만 되면.

퍽! 퍽! 퍽!

너무도 일방적인 구타. 거의 폭풍우 같은 기세였기에 졸개들은 그야말로 넋 놓고 구경하는 것이 다였다.

"아악, 으아악!"

으드득―

가렴치의 참담한 비명성에 퍼뜩 정신이 들었을까. 쭈그러들어 있던 졸개들 가운데 하나가 이를 갈아붙이며 부지깽이를 들고 진무의 뒤로 다가섰다.

"죽어라, 이놈!"

그가 부지깽이를 높이 치켜드는데 눈동자만 돌려 졸개를 바라본 진무가 무심하게 중얼거렸다.

"네가 맞을래?"

'히끅!'

쩔그렁―

자연스러운 살의. 진무의 기세에 눌려 버린 졸개가 저도 모르게 부지깽이를 떨어뜨리자 나머지 놈들은 걸음아 날 살려라 줄행랑을 놓았다.

무심한 눈으로 달아나는 졸개를 바라보다 시선을 돌린 진무와 가렴치의 시선이 딱 마주쳤다.

'으으……'

가렴치의 얼굴에 공포의 그림자가 드리워지는데 그의 멱살을 움켜쥔 진무가 오른손을 한껏 뒤로 젖혔다.

'히이익~'

마지막 한 방!

저 무시무시한 주먹이 작렬하면 끔찍한 결과가 초래될 것이다!

이때…….

"이러다 사람 잡겠구먼. 그만 하게나."

방립노인이 나서자 뒤도 돌아보지 않고 진무가 중얼거렸다.

"더 맞아도 되는 놈이니 신경 끄쇼."

"사람 목숨은 소중한 법이라네."

"한 대 더 날린다고 죽지 않거든?"

"인명은 재천이란 말도 있지."

"내가 힘 조절은 좀 하거든?"

"과신은 종종 화를 초래하지."

빠직!

고개를 돌린 진무가 빈정거리는 노인에게 스산한 눈빛을 던졌다.

"죽고 싶어, 영감?"

빠직!

이마에 핏줄기 하나를 아로새긴 방립노인이 어깨를 한번 들어 올렸다.

"능력이 될까?"

팟!

그 말을 기다렸다는 듯 손을 떨쳐 가렴치를 밀어낸 진무가 교묘하게 팔목을 이동시켜 손등으로 노인의 목젖을 노렸다.

'헛?'

생각지도 못한 공격.

그러나 노인 역시 만만한 사람은 아니었다. 아니, 천하에서 그의 손을 피할 사람은 거의 없을 것이다.

스득!

유연하게 몸을 틀어 손등 공격을 피한 노인이 손바닥을 활짝 펴 진무의 손목을 잡아채 갔다.

팍!

직선으로 올라온 선.

마치 꺼지듯 솟아난 선 하나가 손바닥을 노렸기에 노인이 팔목을 비틀며 공세를 중단해야만 했다.

'어처구니가 없군.'

평범한 앞차기. 그저 제자리에서 발을 차올린 정도인데 그 각도가 너무도 절묘하여 노인의 공세가 와해된 것이다.

이때를 기다렸을까?

단지 어깨를 들이밀었을 뿐인데 어느새 진무는 노인의 좌측으로 이동해 있었다.

팍!

또다시 시작된 연환 공격.

오른 주먹을 내밀었다 싶었는데 공세가 무위로 돌아가기노 전에 진무의 왼손은 같은 시점을 향했고, 몸을 틀어 그의 공세를 흘려내는 노인의 앞으로 한 걸음 전진하여 발을 내지르고 있었으니 그야말로 무한 공격이라 아니 할 수 없었다.

팍!

이제는 경시하지 못하고 노인도 침중한 얼굴로 진무의 공격을 주시했다. 지금처럼 흘려내기만 한다고 해서 끝날 싸움이 아니라는 걸 알았으니까.

아니, 공격 자체가 끝나지 않을 테니.

휘릉!

순간적으로 공력을 모은 노인이 양팔을 마구 휘저으며 전진하자 진무도 주저없이 전진하며 주먹을 날렸다.

타다닥!

주먹과 주먹이 스치듯 지나가고 팔뚝과 팔뚝이 교차하며 현란한 그림자를 만들어냈다.

이십 초!

단 한 차례의 격돌에 스무 번의 공격이 오갔고 엉겨 붙었던 두 사람이 서로를 바라보다 누가 먼저랄 것 없이 떨어졌다.

그렇게 떨어져 고개를 갸웃거리던 진무가 엄지를 불쑥 내밀었다.

"이야! 노인, 꽤 센데?"

지금 꽤 세다고 했나?

방립노인이 기가 막히다 못해 쓰러질 판인데 진무는 고개까지 끄덕였다.

"좋아, 좋아! 저놈을 아주 작살내 버리려 했는데 노인의 협기를 봐서 이쯤 해두도록 하지!"

짝! 짝! 짝!

딱딱 끊어 세 번 손뼉을 친 진무가 노인에게 이빨이 드러날 정도로 웃어 보이고 널브러져 있던 가렴치에게 다가가 그의 머리채를 잡아 들고는 무언가 속삭이다 혼잣말을 하며 일어섰다.

"한가장원이라, 한가장원……."

그렇게 중얼거리던 그가 가렴치를 내려다보고 툭 내뱉었다.

"너, 오늘 재수 좋은 줄 알아라."

퍽!

발로 호되게 가렴치의 옆구리를 내지른 진무가 노인에게 연신 센 영감이야, 센 영감이야, 힐끗거리며 좌판을 주섬주섬 걷고 모습을 감추었다.

"허……."

멍하게 서 있던 노인이 고개를 숙여 어지러이 찍혀 있는 발자국들을 응시했다.

"으음……."

침을 흘리는 노인의 옆에 뚱한 표정으로 다가온 사마천도가 투덜거렸다.

"아니, 왜 봐주시고 그러세요! 물정 모르고 날뛰는 저런 놈은 버릇을 고쳐야 한다니까……."

"봐준 사람 없었다."

"예?"

침중한 노인의 대답에 사마천도가 눈을 동그랗게 떴다.

"봐준 사람이 없었다니, 그게 무슨 말씀이세요?"

노인이 누군가? 수많은 영웅들 사이에서도 홀로 빛을 발했던 고수가 아닌가!

물론 노인이 최선을 다한 것은 아니다. 모든 공력을 불러 모으지도 않았고, 최고의 수법을 사용하지도 않았다. 하지만 공력을 거의 사용하지 않는 대련 형식의 싸움이라 해도 노인을 상대로 이만큼이나 버틸 무인이 얼마나 될까?

어안이 벙벙한 사마천도의 얼굴을 외면하며 노인이 인상을 구겼다.

"그런데 이상해, 저 녀석의 움직임을 보면 뭔가 눈에 거슬린단 말이야."

"예? 저 친구 이번에 처음 보신 것 아니에요?"

"그렇지."

아까부터 이해하기 어려운 소리만 늘어놓는 노인이었기에 사마천도가 머리를 벅벅 긁었다.

"아니, 좀 풀어서 설명을 해주셔야……."

하지만 노인은 자신의 생각에서 빠져나오지 못하고 혼잣말을 반복했다.

"왜일까, 왜……."

"그나저나 저놈 어떻게 할까요?"

"누구?"

"누구긴 누굽니까? 가렴치라는 놈이지요."

"아, 그놈? 애들 시켜서 반쯤 죽여놓고 뇌옥에 처넣어."

"이미 반쯤 죽었는데요?"

“거기서 반쯤 더 죽이면 되잖아!”

그래서 가렴치는 사분지 삼가량 죽어서 뇌옥으로 압송되었
다.

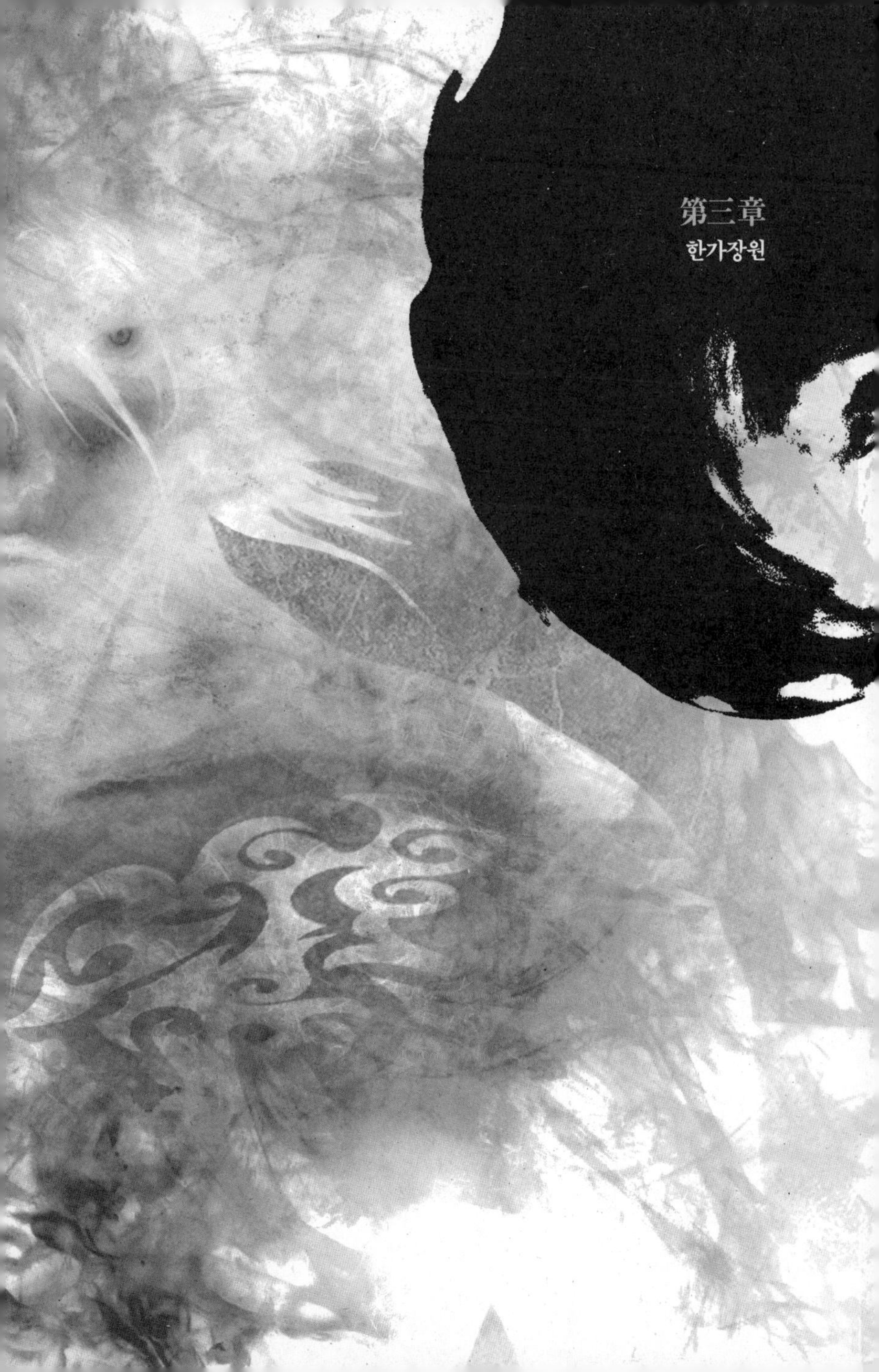
第三章
한가장원

염왕진무
閻王眞武

　시전을 지나 산등성이에 위치한 묘족의 마을로 휘적휘적 걸음을 옮기는 진무의 뒤를 쫓으며 노인이 연신 고개를 갸우뚱거렸다.

　"거참, 이상하네. 나도 늙긴 늙었나 보다."

　"아까부터 뭐가 자꾸 이상하다는 말씀이에요?"

　"몰라, 이상해. 저놈을 보면 자꾸만 뭔가 익숙하다는 생각이 들거든."

　"그 무한 공격 말인가요?"

　사마전도가 눈을 반짝였다. 그도 천상이 무인인지라 과격하리 만치 순수한 진무의 저돌적인 공격 방식에 매료되었던 터였다.

"아니, 그것뿐만이 아니라……."

"또 있어요?"

"그러니까, 그게, 분위기라고 해야 하나? 느낌? 감? 인상? 에휴… 아무튼 그런 게 있어."

"그건 또 무슨 말씀이시래요? 요즘 언어의 새로운 지평을 여시는 듯합니다만?"

뭔가 떠오르기는 한데 머릿속에서 뱅뱅 맴돌기만 하니 답답해서 노인이 손가락을 오므렸다 펴기를 반복했다.

"아, 한마디로 말해서, 에, 뭐랄까, 정의한다면… 아아, 몰라, 몰라!"

손을 내젓던 노인이 툭 내뱉었다.

"익숙한데 절대로 친근하지는 않아. 아니, 불쾌하기까지 해. 대체 뭘까?"

익숙하지만 친근하지는 않다.

뭔가 어울리지 않으면서도 중요한 의미를 내포하고 있는 한마디.

사마천도가 숨겨진 진의를 궁리하는데 진무는 묘족 사람들이 모여 있는 마을에 들어섰다.

"사람들이 모여 있는데요?"

"그러게?"

노인과 사마천도가 소곤거리는데 진무는 그들의 앞에 떡하니 버티고 서서 아무렇지도 않다는 표정으로 중얼거렸다.

"일 끝냈수다."

“저, 정말이오?”

“진짜 적룡방주를 이겼단 말이오?”

묘족 주민들이 웅성거리는데 진무는 손가락으로 귀를 파며 입맛을 다셨다.

“아주 죽여 버리려 했는데 웬 노인네가 말리더군. 뭐, 죽이지는 못했지만 피떡이 되게 두드려 놨으니 앞으로 이 동네에서 볼 일은 없을 거요.”

“그, 그럴 수가!”

“소도 때려잡는다는 놈인데!”

믿을 수 없다는 얼굴로 서로를 쳐다보던 주민들 사이에서 혜광이 깃든 눈을 반짝이던 묘족의 촌장이 지팡이에 의지해서 앞으로 나섰다.

“이 은혜를 어떻게 갚아야 할지 모르겠소. 그 나쁜 놈 때문에 하루에도 몇 번씩이나 죽고 싶었는지…….”

얼굴 가득 걸린 주름을 꿈틀거리며 촌장이 연방 감사의 읍을 보냈지만 진무는 따분한 표정으로 그를 쳐다보다 불쑥 손을 내밀었다.

“쓸데없는 소릴랑 관두고 셈이나 합시다. 나도 알고 보면 바쁜 몸이니까.”

전혀 구세주답지 않은, 아니, 야비하기까지 한 대꾸에 촌장의 눈이 흔들렸지만 그는 곧 허리춤에서 주머니를 풀자 냉큼 낚아챈 진무가 낄낄거렸다.

“아아, 이 맛에 이 짓을 한다니까……. 음?”

짤랑거리는 주머니를 허공에 던졌다 받으며 입을 쫙 찢던 진무의 얼굴이 순간적으로 딱딱하게 굳었다.

짤랑~ 짤랑~

"이거 뭐야?"

그의 눈이 매처럼 날카롭게 빛나자 촌장을 비롯한 마을 주민들의 얼굴이 하얗게 탈색되었다.

"호오~ 이거 봐라?"

주머니를 흔들며 무게를 가늠하던 진무가 주민들을 지나 촌장에게 시선을 멈추며 비열한 미소를 한껏 배어 물었다.

"내참, 촌구석에서 나름대로 열심히 살아보려 노력한다고 여겨서 좋게 봐줬더니 사람을 아주 물로 보네?"

썩은 미소를 한껏 지으며 그가 주머니에 들어 있던 내용물을 손바닥에 쏟았다.

쨍그랑~

십수 개의 은자가 반짝거리며 떨어졌는데 그것을 바라보는 진무의 미소는 더욱 혼탁해져 갔고, 주민과 촌장의 표정은 한없이 어두워졌다.

"그러니까 이게 대금의 전부란 말이지?"

은자 하나를 집어 든 진무가 키득거렸다.

누렇게 빛이 바랜 은자. 얼마나 오랫동안 사람의 손을 타지 않은 채로 보관되었는지 윤기마저 잃은 동전들.

이것은 화폐가 아니다. 하루하루 삶을 영위하기조차 버거운 소시민들의 현실일 터였다. 그리고 그들은 또 다른 미래를 위해서 현실을 헌납한 것이다.

은자를 요리조리 돌리던 진무가 그것들을 소리 내어 세기 시작했다.

"열다섯, 열여섯, 열일곱, 에, 그리고……."

마지막 하나를 집어 촌장의 눈앞에 내민 그가 입술을 비틀었다.

"열여덟? 열여덟 개?"

진무의 빈정거림을 더는 버티지 못하고 촌장이 노구를 땅바닥에 조아렸다.

"미안하네! 정말로 미안하게 되었네! 그렇지만 우리의 재산이 그게 다일세!"

눈물 어린 호소와 함께 고개를 쳐든 촌장이었으나 진무의 표정엔 변화가 없었다.

"정말 미안하네! 우리도 어떻게든 약속한 이십 냥을 채워보려 했지만 방법이 없었다네! 이 늙은이가 이렇게 용서를 빌 테니까 한번만 용서해 주시게나!"

촌장의 호소는 심금을 울리기에 충분할 정도로 절절한 것이었으나 진무에겐 별다른 감흥을 주지 못했는지 그의 입꼬리는 자꾸만 올라갔다.

이때…….

"저기……."

구석에서 이 모습을 지켜보던 소녀가 나섰다. 이제 열여섯에서 열일곱 정도의 소녀는 썩 예쁘다고 하기 어려웠지만 청순한 아름다움을 간직했기에 진무도 힐끗 돌아보았다.

"소, 소향아! 네가 여긴 어쩐 일이냐!"

깜짝 놀란 촌장이 지팡이를 짚으며 힘겹게 일어섰지만 소녀는 그를 쳐다보지도 않고 진무의 앞으로 갔다.

"괜찮으시다면 은자 두 냥을 대신해서 저를……."

"호오~?"

진무의 미소가 더욱 사악해졌고,

"그게 무슨 말이냐! 안 된다! 안 될 말이다!"

촌장이 버럭 소리를 질렀다.

이는 마을 주민들도 마찬가지라 발을 동동 구르고 가슴을 치고, 뭐, 난리도 아니었는데 특히나 젊은 총각들의 반응은 격렬하기 그지없었다.

그런 그들을 가만히 주시하던 진무의 입 언저리가 서서히 가라앉았지만 누구도 의식하지 못했으니 마을의 분위기가 얼마나 비통했는지 알 수 있었다.

"내 참, 웃기는군."

팔짱을 끼고 마을 주민을 하나하나 훑어보던 진무가 싸늘하게 조소했다.

"그러니까… 이 몸을 고작해서 은자 여덟 냥, 그리고 아직 익지도 않은 햇병아리와의 하룻밤으로 얽어매려고?"

"그, 그게 무슨 소리인가?"

당황한 촌장이 눈을 껌뻑이는데 진무가 은자 여덟 개를 오른손에 쥐고 흔들었다.

“흥, 받기로 했던 열 냥에 여덟 냥을 얹어줄 때부터 이상했
어. 이건 뭐, 적선도 아니고 뭐 하는 짓인가 여겼지.”

“아니, 스무 냥이었는…….”

“그런데!”

촌장의 말을 자르며 한쪽에서 오들오들 떨고 있는 소녀를
가리킨 진무가 방방 뛰었다.

“저기 햇병아리랑 뭐, 어째?! 이건 완전히 사람 주저앉히자
는 수작이잖아?! 그래, 이 몸께서 고작 그따위 조건에 넘어가
산간벽촌에 뿌리라도 내릴 줄 알았어?!”

“아, 아니…….”

“됐어!”

소리를 지르며 진무가 오른손에 들려 있던 여덟 냥을 와락
뿌렸다.

땡, 때구르르~

워낙 기운차게 던졌음인가.

일곱 냥은 데굴거리다 촌장의 발밑에서 힘을 잃고 쓰러졌지
만 나머지 하나는 사람들을 지나쳐 바위 뒤로 숨어버렸다.

꿈틀.

순간적으로 그의 눈썹이 흠칫 움직였으나 곧 제자리로 돌아
왔기에 눈치 챈 이는 아무도 없었다.

“빌어먹을, 저건 왜 저딴 곳에 처박히고 지랄이야, 지랄이!”

볼멘소리로 투덜거리며 바위 뒤로 손을 뻗은 진무가 용을
써서 은자를 꺼내는데 쭈글쭈글한 손 하나가 그의 팔목을 가

만히 잡았다.

"어?"

"고, 고마우이……."

손의 주인공은 노파였다. 온통 눈물로 뒤범벅이 된 얼굴은 깊은 슬픔을 간직했다는 걸 알 수 있었지만 입가에 걸린 미소가 너무도 편안하게 다가와서 진무는 아무런 행동도 할 수 없었다.

"우리 손녀도 이제는 편히 떠날 수 있을 거야. 이 감사를 무엇으로 대신해야 할까……."

눈물을 훔치며 환하게 웃은 노파가 품을 뒤져 노리개 하나를 꺼냈다.

"받아주지 않겠나?"

"어라, 이게 뭐요?"

"혼인할 때 끼겠다고 고이 간직했던 우리 애의 노리개라네. 이것으로 고마움을 다할 수는 없겠지만 받아주시게나."

잠시 노파를 바라보던 진무가 그것을 받았다.

"흐음~ 서푼 노잣돈이 필요해서 한 일에 그렇게 감격할 것까진 없소. 뭐, 준다니 받긴 하겠지만."

난 공짜라면 양잿물도 한 번에 들이켜거든, 하며 아련한 노파의 손길에서 벗어난 진무가 주운 은자를 촌장에게 주고 당당하게 외쳤다.

"뭔가 착각들을 했나 본데 이 몸께선 아직 장가를 들고 싶은 마음이 없다, 이거야! 더불어 거지새끼처럼 적선받는 것도 딱

질색이고!"

말을 맺은 진무가 주머니와 노리개를 갈무리하고 빙글 몸을
돌렸다.

"이, 이보시게……."

촌장이 울먹거리며 그를 불렀지만 진무는 뒤도 돌아보지 않
고 손을 흔들며 사라졌다.

"세상에 저런 사람이!"

천천히 촌장이 무릎을 꿇자 마을 주민들도 하나둘 그 자리
에 무릎을 꿇었다. 그 뒤에서 손녀를 잃은 노파가 조용히 합장
하며 괴짜 청년을 전송했다.

이제는 슬픈 그림처럼 우리 가슴속에 남겠지만 그래도 손녀
의 넋은 구천에서나마 환한 미소를 지을 수 있을 테지.

고맙네, 총각.

*   *   *

묘족의 주민들이야 그저 한 말이려니 생각했겠지만 진무는
정말로 바쁜 몸이었다.

"고작 한마디 듣자고 삼 일을 날려먹다니!"

투덜거리던 그가 습관적으로 귀를 팠다.

가렴치라는 놈이 숨어 있는 소굴로 난입했으면 반나절 만에
일이 끝났을 거다. 적당히 두드려 주면 말하지 말라고 해도 말

하겠다며 바짓가랑이를 잡고 늘어졌을 테니.

하지만 그놈의 청부가 문제였다. 적룡방주를 조지는 것은 쉽지만, 그래서 적룡방 자체를 와해시키는 건 쉽지만, 그것은 또 다른 흑방의 창궐만 돕는 격이다.

그래서 백주 대로에서 보란 듯이 가렴치라는 놈을 두들긴 거다. 아주 반쯤 죽여놓은 거다. 잔인할 정도로 밟아놓으면 제아무리 끈질긴 독버섯이라도 당분간은 머리를 내밀 생각을 못할 거라는 계산이었다.

최소한의 안전장치. 얼마 후에 풀린다 해도 그럭저럭 몇 년간은 갈 거다.

"아, 배고파……."

날아간 시간, 거기다 허기까지 엄습하니 기분이 나빠져서 진무의 눈은 붉게 충혈되었다.

"뱃가죽이 마구 꺼지네, 젠장!"

이럴 때의 그는 매우 위험한 상태가 되곤 한다. 한마디로 이 상태가 조금만 더 유지되면 호랑이든 뭐든 가리지 않고 달려드는 것이 진무였다.

으르릉―

"뭐, 짖지만 않는다 뿐이지, 거의 맹수 수준이로군."

"맹수라기보단 사나흘 굶은 똥개와도 같은데요."

하기야.

아무리 굶어도 맹수는 야수적인 본능으로 먹잇감과 자신의

힘을 가늠하지만 똥개는 그런 거 다 집어치우고 오로지 식욕
에 충실하여 무조건 들이대고 본다.

그런 면에서 진무의 기세는 똥개 쪽에 가까웠다.

크르릉—

알아서 긴다?

눈으로 볼 수 없는 진무의 기세였지만 사람들은 황급히 몸
을 뺏기에 북적거리는 시전에서도 그의 주변만은 텅텅 비어
있을 정도였다.

"형태만 없다 뿐이지, 이쯤 되면 강기 수준이로군."

"똥을 무서워서 피합니까, 더러워서 피하지."

턱!

걸음을 멈춘 노인이 사마천도를 돌아보았다.

"너 정말 죽을래?"

"아니! 바른말을 하는데 왜 협박이세요! 이거 너무하시는 것
아니에요!"

시전 한복판에서 고래고래 고함이라도 지를 판이라 노인이
당황하여 마구 손을 저었다.

"조용히 좀 해!"

"아이고~ 이거 억울해서 살겠나아~ 여보, 마누라아~"

아주 주저앉아서 생난리를 부리던 사마천도가 서서히 공력
을 모으는 노인을 보고 찔끔 몸을 굳혔다.

"그래, 아주 끝까지 가자. 내 오늘 갯값 문다, 갯값 물어."

"저, 저기요!"

"빨딱 안 일어나?!"

"예, 옙!"

얼른 일어선 사마천도가 주위를 두리번거리며 국면 전환을 획책할 속셈이 들여다보이는 말을 날렸다.

"어라, 이 친구 어디로 간 거지?"

"엥?"

노인이 당황하자 사마천도의 목소리는 더욱 커졌다.

"웃고 즐기는 사이에 놓쳐 버렸네! 아이고, 그래서 사람을 쫓을 때는 딴 일을 하면 안 된다니까!"

그 와중에도 또 깐죽거리는 사마천도였지만 이를 무시하고 노인이 시전을 주시하다 어느 지점을 가리키며 성큼 걸음을 옮겼다.

"저기다!"

"아니, 그걸 어떻게 아세요?"

"딱 보면 모르냐? 지나오는 사람들이 연방 뒤를 힐끔거리잖아!"

역시 늙은 생강은 맵다.

빛바랜 객잔의 깃발을 바라보던 노인과 사마천도가 냉큼 들어섰다.

"사람이 없군."

객잔은 썰렁했다.

그도 그럴 것이, 이 객잔이야말로 주인 겸 숙수의 파리 잡는 실력이 거의 신화경에 올라 있다는 전설적인 곳이었으니 당연한 일이었지만 이를 알 리 없는 노인과 사마천도는 텅텅 빈 탁자가 의아할 따름이었다.

주위를 둘러보던 그들이 곧 한구석에서 오차를 홀짝거리는 목표물을 발견하고 대각선에 위치한 자리에 앉았다.

"좋은 자리인데요?"

"은폐와 엄폐가 확실하니 명당이라 아니 할 수 없군!"

두터운 기둥이 시야를 막아 앞쪽의 손님들은 결코 볼 수 없고, 다른 탁자들보다 한 뼘 정도 위에 자리했기에 다른 자리의 관찰이 용이했으니 조금 다른 의미에서 명당임엔 확실했다.

"여기 주문 좀 받으시게!"

'오늘은 운수 좋은 날인가 보구나!'

고송객잔의 주인이자 숙수인 오 노인이 찢어지는 입을 단속하며 신나게 코를 고는 점소이의 엉덩이를 걷어찼다.

"이 자식아! 일 년에 하루도 오기 힘든 날인데 퍼질러 자나!"

"아야……."

반쯤 감은 눈을 억지로 치뜬 점소이가 입가에 침을 닦으며 일어서자 오 노인의 호통이 이어졌다.

"얼른 가서 주문 받아와! 이건 오뉴월 병아리도 아니고!"

"예, 에에……."

비틀거리며 점소이가 노인이 앉아 있는 탁자로 다가왔는

데 어찌나 위태로워 보였는지 일어서서 붙잡아주고 싶을 정
도였다.

"뭐 드시겠습니까?"

"일단 술 한 병 가져오게."

'에계~'

기대에 부풀었던 오 노인이 혀를 쭉 빼어 물었다. 처음 온
청년이야 그렇다고 해도 뒤따라 들어온 둘에게서는 진한 돈
냄새가 풍겼기에 뭔가 삑적지근한 주문을 기대했거늘.

'빌어먹을, 우리 가게가 그렇지 뭐.'

이때 오차를 홀짝이던 청년의 앞으로 서너 명의 사람이 들
이닥치자 오 노인의 가슴엔 희망의 불씨, 아니, 돈의 불씨가 다
시 살아났다.

"뭘 좀 드릴깝쇼?!"

진무의 탁자에 앉은 이들이 고개를 조아렸다.

"아이고, 저희가 뭐 한 것이 있다고."

"약속은 약속이니까."

짤랑~

공손히 손을 모으고 있는 사람들에게 오십 문씩을 나눠 주
자 그들은 황급히 인사를 하고 객잔을 빠져나갔는데 마치 순
서를 기다린 것처럼 또다시 서너 명의 사람이 들어와 진무의
탁자로 다가갔다.

이를 지켜보던 사마천도가 곧 눈을 반짝였다.

"저들, 어딘가 익숙하지 않습니까?"

"음… 글쎄?"

"에휴, 노안은 노안이신가 보네. 저들은 다름 아닌 좌판의 구경꾼 무리들이잖아요!"

"아, 그런가?"

노인이 손뼉을 치는데 사마천도가 와락 인상을 구겼다.

"그러면 그렇지. 별 볼일도 없는 좌판에 뭐 그리 많은 사람들이 몰렸나 했네."

마지막 사람에게 돈을 주고 진무가 주머니에 남은 은자 하나를 꺼내 요리조리 바라보다 손가락으로 통 튕겼다.

쨍―

"본전이네……."

원래 열넉 냥이 남았어야 했다. 열넉 냥이면 그럭저럭 이곳의 일을 볼 때까지 편안한 잠자리와 따뜻한 식사를 즐길 수 있었으련만.

망할 놈의 가렴치라는 자식이 시전에 코빼기도 비치지 않았기에 극단의 조치로 사람들을 샀던 거다. 본래 미끼가 좋아야 물고기가 덤비는 법이니까.

그리고 물고기를 낚긴 했는데 수중에 떨어진 건 달랑 은자 한 냥이다.

누리하게 반짝이는 은사를 뚫어지게 쳐다보던 진무가 곧 결심을 굳혔다. 며칠 묵을 삯을 치르고도 배 터지게 한 끼를 책임져 줄 음식이 떠오른 것이다.

"여기 주문!"

스무 명의 사람이 들락거렸지만 단 하나의 주문도 받지 못했었기에 청년의 부름은 비 온 뒤의 햇살처럼 오 노인에게 다가왔다.

스물한 잔! 무려 스물한 잔의 오차가 나간 후에 받는 주문이니 얼마나 감개무량하겠는가!

"예, 옙!"

무슨 일이 있었는지는 모르지만 스무 명에게 돈을 나눠 줄 정도라면 보통 재력가가 아닐 터. 모르긴 몰라도 상다리가 휘어져라, 음식을 시킬 것이다.

반드시!

그러나 오 노인의 마지막 기대는 진무의 한마디로 산산이 깨졌다.

"뭘 좀 올릴깝쇼?!"

"양춘면 곱빼기."

"야, 양춘면이라굽쇼?"

세상에, 양춘면이란다. 싸구려 음식 가운데 수백 년간 굳건히 수좌를 지키는 양춘면을 시키기 위해 스물한 잔의 오차가 동원되었던 것이다.

무너지는 얼굴을 보이지 않으려 와락 고개를 돌리는 오 노인이었는데 진무의 다음 말은 그의 가슴에 불을 지폈다.

"특(特)으로!"

배가 고프긴 고팠나 보다.

양동이처럼 커다란 대접에 수북이 쌓인 국수를 보노라면 천하의 대식가라도 젓가락을 들기 전에 질릴 판이건만 진무는 고개를 처박고 면을 빨아들였는데 이건 식사라기보단 흡입에 가까웠다.

후루루룩~

미친 듯이 먹고는 있었지만 그의 머리는 오만가지 상념으로 바삐 움직이는 상태였다.

그냥 열여덟 냥이라도 받았어야 했다. 그래야 아홉 냥이라도 건질 수 있었을 테니까. 아홉 냥이라면 노잣돈에 대한 걱정은 당분간 없었을 텐데.

"제기랄!"

국수를 이빨로 끊고 탁자를 툭툭 치던 진무가 문득 품에서 노리개를 꺼냈다.

흔들흔들~

머리를 받치고 손가락에 노리개를 끼워 좌우로 흔들던 그가 노파의 미소와 촌장의 눈물, 그리고 마을 주민들의 눈망울에 담긴 무엇을 떠올리다 피식 웃으며 고개를 저었다.

"뭐, 이것도 나쁘진 않겠지……."

그만의 방식으로 애달픈 넋을 추모하던 진무가 오만상을 구기는 오 노인을 불러 객빙을 잡고 객잔을 나섰다.

덕강에 온 본 목적에 충실하기 위해서.

*　　　*　　　*

“나가는군?”

“얼른 뒤따……."

[부당주님, 소인 이욱(李旭)입니다.]

재미 들어 따라나서려던 사마천도가 갑자기 들려온 전음에 말을 멈췄다.

이욱은 정도맹의 비밀 정보 수집 기관인 비조대(秘鳥隊)의 제일대장으로서 열다섯 명의 비조원을 이끌고 '이번 사건'에 관한 조사를 맡았던 인물이다.

[무슨 일인가?]

일변하는 분위기. 농담과 이죽거림으로 평생을 살아가는 한량처럼 보였던 사마천도였는데 이욱의 전음이 귓전에 다다른 순간부터 냉철하고 이지적인 사람으로 바뀌었다.

[이번 건에 대해서 사흘 동안 탐문한 결과…….]

이욱의 보고를 경청한 사마천도가 노인에게 고개를 돌려 무겁게 속삭였다.

“확인 결과 사실인 듯합니다.”

“음.”

고개를 끄덕인 노인이 객잔을 나서자 사마천도는 계산을 치르고 뒤따랐다. 그들은 아무런 말도 나누지 않고 묵묵히 걸었는데 약속이라도 한 것처럼 소로를 지나 낡은 관제묘로 들어섰다.

사당의 문을 조심스레 닫은 사마천도가 무겁게 굳은 얼굴로 돌아서서 좌정한 노인의 앞에 무릎을 꿇었다.

"정도맹 외당 부당주 사마천도가 노맹주(老盟主)님께 보고 드립니다. 그간의 결례는 넓은 아량으로 덮어주십시오."

"말하라."

노인이 묵직한 음성으로 대꾸하며 삿갓을 벗자 허름한 사당엔 고귀한 분위기가 들어찼는데 단지 신선 같은 풍모 때문에 기인한 것만은 아닌 듯했다.

"예, 비조대의 보고에 의하면 제조창으로 의심되는 곳을 발견했습니다. 또한 이상 징후도 나타났다고 합니다."

"이상 징후?"

노인이 매처럼 눈을 빛내자 절로 어깨가 움츠러들어 사마천도가 고개를 숙였다.

"예, 한가장원(韓家莊園)이라 불리는 그곳엔 대략 서른 명가량이 기거한다고 했습니다. 하지만 소금 소비량을 알아본 결과 삼십 인분을 훨씬 상회했다고 합니다."

소금은 대표적인 생활필수품이다. 그렇기에 소금의 소비량을 보면 그 집, 또는 단체의 인원을 가늠할 수 있다.

"그렇다면?"

"칠십 인 이상이라야 소비가 가능한 분량이 매달 소비된다고 했습니다. 또한……."

"또한?"

노인의 눈썹이 꿈틀 움직이자 사마천도가 몇 번의 헛기침으로 긴장을 풀고 말을 이었다.

“또한 오폐수의 배출이 거의 없다고 했습니다.”

“칠십 명이 넘는 인원인데 생활 오폐수가 거의 나오지 않는다?”

두말할 필요도 없이 오폐수를 어딘가에 직접 방류한다는 것. 그렇다면 오폐수에 보이고 싶지 않은 무엇이 함유되어 있다는 가정이 성립된다.

무겁게 고개를 끄덕인 노인이 자리에서 일어섰다.

“언제 결행할 것인가?”

“내일 밤 자시로 정했습니다.”

“음, 빠르면 빠를수록 좋겠지.”

사마천도를 내려보던 노인이 두 주먹을 불끈 쥐자 상서로운 서기가 그의 몸을 감쌌다.

휘르릉~

감히 마주 보지 못하고 사마천도가 비껴 서는데 제왕의 기도를 뚝뚝 흘리며 노인이 묵직하게 입을 열었다. 천군만마를 굴복시킬 목소리로.

“벌써부터 한줄기 피 내음이 코끝을 스치고 지나가는구나. 그렇지만 우리가 지옥에 가지 않으면 누굴 보낼 수 있을까……”

*　　*　　*

스슷―

어둠을 헤치며 비조처럼 하나의 신형이 움직였다. 크기와 형태로 보아 사람임에 틀림없었지만 너무도 유연하고 빠른 움직임이라 인간의 그것이라고는 결코 믿기 어려웠다.

슉─

음영진 담벼락에 몸을 붙인 신형이 예리하게 눈을 빛냈다.

번쩍!

달님마저 돌아설 것처럼 빛나는 눈동자를 굴리며 신형이 담담하게, 그렇지만 약간은 곤혹스럽다는 듯 중얼거렸다.

"예상 밖이로군."

이때 요란한 발자국 소리와 함께 대여섯 명의 사내가 병장기를 들고 신형이 은신 중인 건물의 주위를 서성이기 시작했다.

"없지……?"

"으으… 보이지 않는다."

"어디로 간 거야……."

술에 잔뜩 취한 사람들처럼 말을 늘이며 사방을 두리번거리던 사내들이 잰걸음으로 사라지자 신형이 어둠 속에서 몸을 뺄어냈다.

휘잉~

돌개바람에 긴 머리를 흩날리며 오연하게 달빛을 미주히는 사내. 오른손에 들린 핏빛의 무기가 허리춤까지 닿아 있는 백발과 너무도 선명한 대조를 이루어 일견 섬뜩한 인상의 청년.

그의 선홍색 입술이 달싹거렸다.

“쉽진 않겠군.”

말과 함께 청년이 백발을 휘날리며 전각들과 별빛 사이로 몸을 묻었다.

빠르게 이동하던 백발청년이 웅장한 전각들을 지나쳐 창고로 쓰이는 건물의 앞에서 섰다.

“음?”

한가장원이라면 그래도 이곳에서는 유지 행세를 하면서 생활하는 처지. 그런데 장원의 물품 보관소 구실을 하는 건물에 자물쇠 하나 채워놓지 않았다는 건 무엇을 의미할까.

방비를 할 필요가 없거나…….

'자물쇠 따위로는 안심할 수 없다는 것!'

눈을 가늘게 뜨고 무언가를 생각하던 백발청년이 고개를 끄덕이며 손에 들린 핏빛 수레바퀴를 힘차게 떨쳤다.

“가라.”

우웅—

낮은 진동음과 함께 쏘아진 피의 수레바퀴가 창고의 주위를 스쳐 지나가자 희뿌연 무언가가 사방으로 흩어졌다.

'다섯 명?'

되돌아온 혈륜을 받으며 백발청년이 몸을 날렸다. 선공이 최선이라는 건 병가의 상식이고, 지금처럼 잠입한 입장에선 거의 절대적인 진리이니까.

무심한 얼굴로 다가오는 다섯 명의 무인을 바라보던 백발청년의 얼굴이 싸늘하게 굳었다.

‘속전속결.’

그가 오른손으로 무언가를 받쳐 든 동작을 취하자 혈륜은 손바닥에서 살짝 부상하여 맹렬히 회전하기 시작했다.

위이잉—

음울하도록 경쾌한 진동음과 함께 허공에서 노닐던 혈륜이 있는데 청년이 크게 손을 떨치자 빛살처럼 발사되어 다섯 명의 사내에게 날아들었다.

스각!

마치 시체처럼 전진하는 사내들 가운데 하나의 허벅지를 베어버린 혈륜이 크게 회전하며 옆 사람의 다리를 잘라 버렸다.

백발청년이 받쳐 든 손바닥을 묘하게 뒤집자 그에게 되돌아오던 혈륜이 방향을 바꾸어 나머지 세 사람의 신체 부위를 하나씩 절단했다.

그러나…….

“침입자는 제거되어야 한다…….”

“제거되어야 한다…….”

“제거…….”

이들은 정녕 사람일까?

신체가 잘렸는데도 비명 소리 한 빈 내지 않고 강시처럼 비틀거리며 다가오는 이들을 싸늘하게 바라보던 백발청년이 둥실 몸을 띄웠다.

강시? 아니다, 강시라면 말을 하지 못한다.

실혼인? 차라리 실혼인에 가깝다고 할 수 있다. 하지만 실혼인은 말 그대로 넋이 나간 사람들을 일컬음인데 어찌 자신의 의지로 움직인다는 건가?

비척비척—

끼이끼이—

무덤에서 깨어난 시체처럼 비틀거리며 다가오는 다섯 사람을 보던 백발청년이 눈을 감았다.

이들은 사람이 아니다. 언젠가 사람이었는지 모르지만 이제는 사람이라 부를 수 없다. 그리고 이런 산송장에게 발목을 잡힐 시간 따위는 그에게 없었다.

통각이 마비되었으니 고통도 없을 터.

번쩍!

감았던 눈을 뜨자 백발청년의 두 눈에서 감히 마주 보기 힘든 광채가 쏟아져 나왔기에 다섯 구의 산송장도 주춤 전진을 멈췄다.

"가라!"

위이이이—

그의 손에서 혈륜이 잉어처럼 펄떡거리다 순간적으로 사라졌다.

그리고……

팍! 팍! 팍!

핏빛 꽃잎이 터져 나가듯 사방으로 비산하는 핏줄기들 사이로 사지가 절단되어 나뒹구는 다섯 구의 시신이 흉물스레 드러났으나 백발청년은 이미 창고의 문고리를 잡아당기고 있었다.

끼이이—

순간 빠른 속도로 튀어나온 무엇이 백발청년의 가슴을 노렸다.

‘훗!’

예상이라도 한 것처럼 슬쩍 몸을 틀어 공격을 피한 백발청년이 창고 문을 비집으며 다가오는 수십 구의 산송장을 보고 처음으로 얼굴을 굳혔다.

“죽.어.라…….”

“죽.어…….”

‘곤란하게 됐군.’

혼탁한 시선들 사이로 간간이 섞여 있는 인간의 눈동자. 무언가에 취한 듯, 홀린 듯, 꺼져 가고 있지만 아직까지는 사람이라고 강변하는 눈빛.

하지만 이지는 완전히 상실하여 목각 인형처럼 기우뚱거리며 다가왔기에 백발청년의 긴장감은 극도에 이르렀다.

죽이는 것은 쉽다. 사람이 아니라고 치부하고 짚단처럼 베어 넘긴다면 크게 어려운 문제가 아니다. 그렇지만 아직까지 인간성을 유지하는 이들에게 독수를 쓰기란 쉽지 않다.

스스슥—

이느새 백발청년의 면전에 다가선 산송장들이 손을 뻗었다.

‘어딜!’

슬그머니 몸을 틀며 백발청년의 혈륜이 허공을 가르자 혈우와 함께 서너 개의 팔이 지면에 나뒹굴었다.

"죽어라……."

그렇지만 이들은 전진을 멈추지 않았고 백발청년은 뒤로 물러설 수밖에 없었다.

어느 순간,

쐐액!

몸을 웅크린 산송장들이 용수철처럼 뛰어올랐다. 지금까지와는 차원이 다른 움직임이었기에 백발청년은 급급히 몸을 틀어 공세를 피해야만 했다.

슉슉—

적의 후퇴를 호기라 받아들인 걸까? 산송장들의 움직임은 더욱 빨라졌고 백발청년은 한없이 밀려났다.

"어서 죽여라……."

그나마 눈빛이 덜 흐린 이들이 독려하자 앞으로 튀어나온 산송장들이 일제히 손을 뻗었다.

'흠?'

벼락같은 속도!

강호에 나가면 능히 일류고수의 반열에 오를 움직임으로 짓쳐드는 산송장들이었기에 백발청년도 안색을 굳혔다.

'듣고도 믿을 수 없었거늘 이런 작용을 한다니!'

하지만 생각은 생각에 맡겨두고 허리를 굽힌 백발청년이 크게 혈륜을 떨쳤다.

스각!

분출되는 피와 함께 다시 서너 개의 팔을 잘라낸 그였지만 모두 막아내지는 못했다.

턱!

엄밀한 공세를 뚫고 산송장이 왼팔을 움켜쥐자 백발청년의 입에서 처음으로 호랑이의 외침이 터져 나왔다.

"감히!"

팍!

팔을 떨친 것만으로 산송장을 날려 버린 백발청년의 주위로 구름처럼 많은 인영이 모여들었다.

완전한 포위. 산송장들이 몸으로 만들어낸 장막은 조밀하기 그지없어서 빠져나가기란 쉽지 않아 보였다.

'하는 수 없지.'

침중하게 얼굴을 굳힌 그가 양손을 축 늘어뜨리고 고개마저 숙였다.

일견 방임적인 자세. 목숨마저 포기한, 그런 자포자기식의 태도였지만 이 모습이야말로 폭풍전야라는 것을 아는 이는 그리 많지 않을 것이다.

휘르릉—

백색 장삼이 멋들어지게 휘날리자 고개를 숙였던 백발청년의 입에서 탄식과도 같은 음성이 흘러나왔다.

"나를… 용서하라."

슛!

사라졌던 혈륜이 어디선가 나타나 그의 손에 쥐어지고 백발 청년의 눈에서 기광이 폭사되었다.
　이때…….

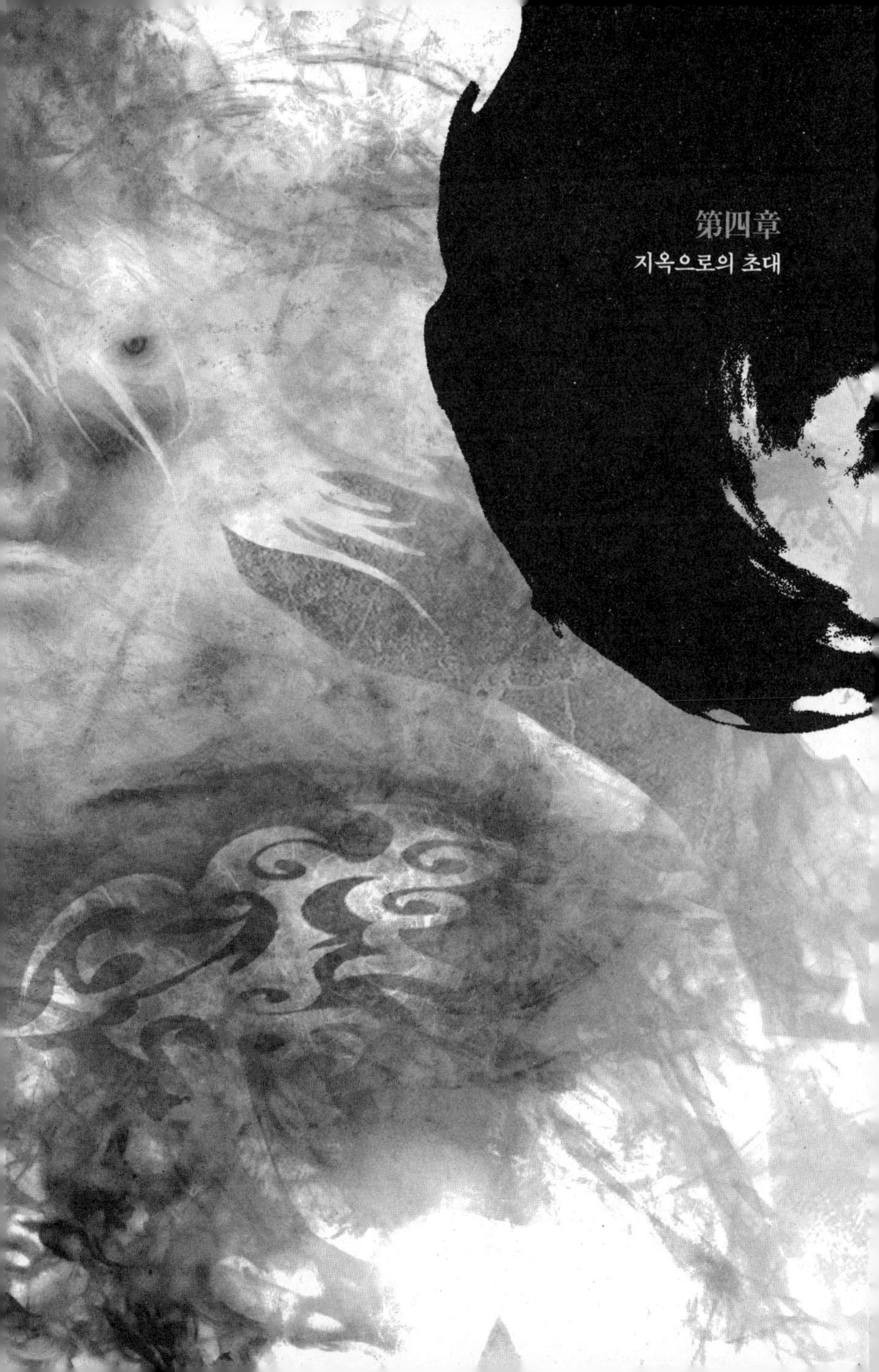
第四章
지옥으로의 초대

염왕진무
閻王眞武

"위험해!"

터억—

무언가가 맹렬한 기세로 돌진하여 백발청년을 밀어냈다.

꽈당—

생각지도 않던 기습이었을까? 미처 피하지 못하고 볼품사납게 엉덩방아를 찧은 백발청년이 멍하니 고개를 드는데 그의 앞에 오연히 버티고 선 물건이 손을 내밀었다.

"포기하기엔 이르잖아."

씨익—

백발청년을 밀어내고 꽤나 장한 일을 해치운 아이마냥 웃는 물건의 정체는 다름 아닌 진무였다.

"얼른 일어나. 주저앉아 있을 시간 따윈 없으니까."

여전히 멍해 있던 백발청년이 진무의 손을 슬쩍 밀어내며 일어나 장삼에 묻은 흙을 툭툭 털었다.

"재미있는 친구로군."

재미없는 목소리로 백발청년이 중얼거렸다.

"자주 듣는 소리야."

무심히 대답한 진무가 전방으로 퉁 튕겨졌다.

"뒤를 부탁해."

백발청년이 미처 대답할 사이도 없이 산송장들에게 달려든 진무가 슬쩍 어깨를 흔들었다.

촤촤촤—

착각일까. 분명히 하나뿐인 몸일진대 수십의 산송장을 하나하나 마주 상대한다는 느낌을 받은 것은.

아니, 그보다 백발청년이 놀란 데는 다른 이유가 있었다.

'저게 보법인가?'

그도 그럴 것이, 보법이라 함은 일정한 형식 안에서 변화를 주기 마련이다. 그런데 진무의 보법은 보법이라고 부를 수 있을까 싶으리 만치 자유로웠다.

기본적인 틀조차 갖추지 않은, 마구잡이식의 임기응변.

그런데 너무도 효과적으로 산송장들을 상대하고 있는지라 마치 이번 싸움을 위해서 준비된 동작처럼 여겨졌으니 놀랄 수밖에.

슥—

하나의 산송장이 팔을 내밀자 그의 옆으로 슬쩍 돌아선 진무가 송장의 종아리를 꾹 밟았다.

우둑—

뼈가 부러지는 소리가 들리며 송장이 무릎을 꿇는데 빙글 몸을 돌린 진무가 뒤에서 덮쳐 오는 산송장의 목젖을 팔꿈치로 가격했다.

"끼익!"

이지를 상실했다고 하더라도 아직은 사람일까?

숨이 막힌 산송장이 기성을 지르는데 그것의 어깨를 손으로 잡고 몸을 허공에 띄운 진무가 발끝을 칼날처럼 세워 빙그르르 몸을 회전시켰다.

파바바방!

제각기 한 방씩 목젖을 가격당한 산송장들이 움직임을 멈추자 부드럽게 착지한 진무가 번개처럼 이동하며 그들의 명치를 슬그머니 쓰다듬었다.

"끼이이!"

"꺼어어어!"

괴상한 소리와 함께 나무토막처럼 쓰러지는 산송장들에게서 몸을 돌린 진무가 멍청하게 서 있는 백발청년을 보고는 와락 인상을 구겼다.

"팔자 좋네."

툴툴거리는 진무를 멍하니 바라보던 백발청년이 고개를 끄덕이며 슬금슬금 다가오는 산송장들의 앞에 섰다.

“훗.”

짧게 코웃음 지은 백발청년이 달려드는 무리 가운데 정신이 아직 남아 있는 자들과 완전히 이지를 상실한 부류들을 가늠하고 나지막이 휘파람을 불었다.

“휘이이~”

스각!

먹이를 노리는 매처럼 내려앉는 백발청년이 산송장들을 지나치자 그의 등 뒤로 거대한 피의 국화가 만개하며 주인을 잃은 팔다리들이 툭툭 떨어졌다.

“백발과 백의 장삼, 그리고 혈륜이 지나간 자리에 피처럼 붉은 국화가 피어난다. 저 아이가 마련의 자랑이라는 백발혈국(白髮血菊) 사하(沙霞)인가? 듣던 대로 소름 끼치도록 아름다운 녀석이로군.”

전각의 지붕에서 방립노인, 아니, 노맹주라 불렸던 노인이 중얼거렸다.

“그나저나 마련이 움직이다니. 정보가 새어나가기라도 했단 말인가.”

더욱 예상하지 못했던 건 그와 함께 움직이는 청년이었다. 선발대회에서부터 뭔가 눈에 밟혔고 가렴치를 떡으로 만들면서 뭔가 얽힌다고 생각했는데 이곳까지 모습을 드러낼 줄이야……

“거참……”

청년을 바라보는 노인의 눈에 짙은 의혹이 피어났다.

"왜 저 녀석의 움직임만 보면 불쾌한 거지?"

삼십여 구의 산송장을 행동 불능의 상태로 만든 두 사람이 어깨를 나란히 한 채로 몸을 날렸다.

"우린 초면일 텐데?"

함축적인 질문. 고개도 돌리지 않고 백발청년이 묻자 진무가 태연하게 대답했다.

"최소한 인간이잖아."

순간 미소 지을 뻔했기에 백발청년이 입술을 꾹 깨물었다.

유쾌함이라니……

감정을 추스른 백발청년이 진무를 곁눈으로 슬쩍 보며 얼음장 같은 목소리로 물었다.

"정도맹인가?"

하지만 대답은 의외였다.

"진무."

"음?"

"무소속이야."

참으로 멋대로인 대답.

자신의 이름이 진무라는 것이고 정도맹과는 아무런 관련이 없다는 말인데 그야말로 불친절하기 짝이 없는 태도였다. 하지만 이런 방식이 마음에 들었는지 백발청년도 같은 대답을 했다.

“사하.”

“엥?”

“구천마련(九天魔聯) 훈련총교두(訓練總敎頭).”

그 역시 자신의 이름이 사하라는 것이며 구천마련이라는 단체의 훈련총교두라는 사실을 멋대로 얘기해 준 것이다.

그런데 구천마련이라면 정도맹과 함께 무림을 삼분하는 절대의 패도문파가 아닌가. 거기다 훈련총교두라면 구천마련 본파에서도 열 손가락 안에 드는 서열이란 얘기다.

한마디로 무림에 조금이라도 관심이 있는 사람이라면 그 자리에서 얼어붙을 이름인데 진무는 그런 것에 관심이 없는지, 아니면 강호 정세 자체를 모르는지 그저 달리기만 했고, 사하도 별다른 반응을 기대하지 않았던 것처럼 걸음을 재촉할 뿐이었다.

“여기다.”

작은 문에서 걸음을 멈춘 진무가 고개를 쳐들었다.

문틈 사이로 이상한 냄새가 뭉클뭉클 새어 나왔고 희뿌연 연기까지 비집고 떠다녔기에 사하의 얼굴이 차갑게 굳어졌지만 그는 내색하지 않고 문고리를 잡았다.

“잠깐.”

사하의 움직임을 제지한 진무가 문에 귀를 대고 잠시 엿듣다가 콧김을 크게 뿜고는 뒤로 물러섰다.

“뭐 하는…….”

뻥!

힘차게 문을 걷어차며 그대로 밀실에 난입한 진무가 주위를 둘러보며 경악했다.

"이게 다 뭐야……."

그것은 엄청난 광경이었다. 무려 삼십을 헤아리는 사람들이 커다란 통에서 이름 모를 약재들을 빻고, 혼합하고 있었는데 그 몽롱한 냄새와 연기에 금방이라도 질식할 것만 같았다.

"엄청난 규모다!"

사하 역시 놀람을 숨기지 않았다. 이 정도의 규모라면 능히 강호인들의 절반을 폐인으로 몰아넣을 정도였기에.

제조자들은 진무와 사하가 들어섰는데도 의식하지 못하고 묵묵히 하던 일에 매진했으니 그들의 정신도 온전치 않음을 알 수 있었다.

인상을 구기며 제조 과정을 지켜보던 사하가 문득 고개를 돌렸다.

"음?"

몽롱한 제조자들의 사이에서 뿜어져 나오는 살광!

그리고 알 수 없다는 듯 풀어진 목소리!

"외인이 어떻게 이곳까지… 왔을까?"

마치 꿈을 꾸듯 흐릿하게 중얼거리며 머리를 풀어헤친 사십 대의 중년인이 모습을 드러내자 사하의 얼굴에 이채가 반짝 스쳤다.

"사천제일수(四川第一手)?"

그의 물음에 괴인이 고개를 갸웃 흔들었다.

"사천제일수라, 사천제일수……. 익숙한 명호로구나. 그런데 기분이 나쁘다."

이때 진무가 불쑥 물었다.

"당만호?"

그를 힐끗 돌아본 사하가 차갑게 중얼거렸다.

"그렇다. 저자는 틀림없이 당만호이다. 추레한 외모에 정신마저 놓은 상태지만 당만호 본인이 분명하다."

사하의 말대로 조인이 당만호라면 시전의 비렁뱅이 같은 행색을 하고서 이곳에 있어서는 안 될 사람이다.

그는 단일 세력으로 최강이라는 당문의 차기 문주감으로 손꼽혔던 인물이었으니까. 또한 사천의 희망이었고 풍류와 멋을 알았던 인물이었으니까.

또한 여타의 당문 사람들과 달리 독과 암기술을 과감하게 포기하고 진정한 무공으로 천하에 우뚝 서려고 노력했던, 그야말로 진정한 무인이었으니까.

삼 년 전, 당만호가 홀연히 모습을 감추었을 때 사람들은 말했다.

당만호는 모종의 절학을 연마하기 위해 은거한 것이라고. 그가 은거를 깨고 다시 모습을 드러내는 날, 강호의 질서는 재편될지도 모른다고.

"저 정신 나간 인간이 사천제일수?"

다시 묻는 진무를 바라보지도 않고 묵묵히 고개를 끄덕인 사하가 눈을 빛냈다.

"사람들은 당만호의 실종을 은거라고 알겠지만 실은 그렇지가 않지. 당만호은 한 사람에게 도전했다 패했고, 그 충격으로 말미암아 모습을 감추었던 것이다."

"그런 비사를 어떻게 아는 건데?"

진무가 묻자 사하는 고개를 돌렸다.

"당만호가 도전했던 인물이 기세후(起世侯)라는 분이었으니까."

잠시 당만호를 바라보던 사하가 씹어뱉듯 말을 이었다.

"그분은 구천마련의 집법원(執法院)을 책임지고 계시지."

기세후라면 강호에서 가장 강하다는 열여섯의 무인 가운데 한 사람이 아닌가.

그들이 말을 주고받는데 천천히 걸어온 당만호가 두 사람을 하나하나 뜯어보고 멍한 눈을 희번덕거렸다.

"초대하지 않은… 놈들이다. 그런데 여기까지 어떻게 왔을까?"

순간 진무와 사하가 서로를 돌아보았다.

이건 이상한 말이다. 통증을 모르고 달려드는 산송장들의 공세가 비록 섬뜩하긴 했지만 그렇다고 감당하지 못할 수준까지는 아니었다.

어떻게 보면 방치되었다 싶으리만치 허술했던 방비.

그들이 의이한 눈으로 뭔가를 생각하는데 당만호가 품에서 무언가를 꺼냈다.

"아무래도 좋다. 이것을… 먹어라."

확인할 필요도 없이 제조되고 있는 약일 터.

사하가 입술을 깨무는데 주저없이 손을 내민 진무가 당만호에게서 약봉지를 받아 손바닥에 뿌렸다.

"지금 뭐 하는……!"

후읍—

말리고 말고 할 사이도 없이 하얀 가루를 코로 빨아들인 진무가 눈을 감고 몸을 축 늘어뜨렸다.

"그래, 그래, 착하다. 그렇게 자신을 잊는[忘我] 거다."

적이 만족한 당만호가 또 하나의 약봉지를 사하에게 불쑥 내밀었다.

"자, 너도……."

이때 진무가 감았던 눈을 번쩍 떴다.

"고작 이따위를 만든다고?!"

버럭 소리를 지르며 커다란 통으로 달려든 진무가 제조되고 있는 분말을 한 움큼 집어 킁킁 냄새를 맡다 와락 고개를 치켜 들었다.

"아니야, 이건 아니야!"

이글이글 타오르는 눈으로 당만호를 직시하며 진무가 저벅저벅 걸어왔다.

"설마 이따위 쓰레기를 제조한다는 건 아니겠지?"

이때 처음으로 당만호의 얼굴에 표정이 어렸다.

"쓰레기… 지금 망아제련산(忘我製鍊散)을 쓰레기라고 했느냐?"

우우웅—

당만호가 공력을 일으키자 누더기 같은 옷이 찢겨져 나갔다.

"지, 지난 삼 년간의 결실을, 결실을… 쓰레기라고 부르다니!"

두 주먹을 움켜쥐고 봉두난발의 머리를 펄럭이는 당만호의 모습은 공포라는 말이 무엇인지 실감케 했지만 진무는 전혀 밀리지 않았다.

"이, 이따위가 결실이라고?"

분말이 올려져 있는 손을 가볍게 움켜쥔 진무가 손바닥과 손가락의 틈새로 하얀 가루를 날려 보냈다.

"이건 최소한의 정제 과정조차 거치지 않은 쓰레기일 뿐이야!"

"이노옴!!!"

괴성을 지르며 당만호가 달려들었으나 진무는 그보다 빨리 몸을 날려 주먹을 뻗었다.

파방!

진무의 주먹은 무겁고도 날카로웠지만 빛바랜 사천의 희망은 그의 공격을 쉽게 허락하지 않았다.

두두둑—

찰나간에 왼손을 세 번 연거푸 질러 진무의 진격을 막은 당만호가 퉁 떨어져 눈을 번들거렸다.

"예사… 놈이 아니로구나."

아무런 말 없이 당만호를 노려보던 진무가 발끝을 슬쩍 이동시켰다.

스슷—

당만호 역시 진무의 작은 움직임에 따라서 반응했다.

스슷—

그렇게 기회를 엿보던 둘의 움직임이 어느 순간 딱 멈췄다.

그리고…….

파박!

다시 어우러진 두 사람이 엄청난 속도로 공수를 주고받았는데 구경하는 사하의 눈에 놀라움이 맺힐 정도로 신속했다.

타다다닥!

순식간에 십여 초를 교환한 진무와 당만호가 상대를 뚫어지게 바라보았다.

"놀라운 놈이로구나. 어디서 왔느냐…….."

당만호의 물음에 대답하지 않고 진무가 고개를 슬쩍 오른쪽으로 비틀었다.

사천의 희망이니, 은거를 깨고 나오면 강호의 판도를 뒤바꾼다느니 하는 말들, 과장된 허언이라 여겼는데 정말로 강하지 않은가.

"재미있군. 고작 스무 살 정도로 보이는 꼬마가……. 앙천십일수(怏天十一手)를 사용하게 만들다니."

그의 말에 사하가 눈썹을 꿈틀 움직였다.

'앙천십일수? 과거 당만호는 앙천십수(怏天十手)로 천하를

떨쳐 울렸었다. 그렇다면 열 가지의 수법에 한 가지를 추가했단 말인가!'

하나 이를 알 리 없는 진무는 제자리에서 눈만 반짝였다.

"자, 보거라. 이것이 앙천십일수 가운데 일곱 번째의 초식이니라……"

좌라락!

당만호가 손을 활짝 펴서 앞으로 쭉 내밀자 그의 전면으로 수많은 장영(掌影)들이 피어올랐다. 피할 곳도, 막을 엄두도 나지 않을 만큼 많은 손바닥의 그림자.

일순 당황하여 우뚝 선 진무의 앞으로 덮쳐들던 손바닥들 가운데 중앙의 하나가 하얀빛을 뿌리며 득달같이 치고 들어왔다.

백화중일(百花中一)!

수많은 허초 속에 단 하나의 진초로 상대방을 제압한다는 당만호의 절초!

내리누를 듯 다가오는 당만호의 손바닥을 지켜보던 진무의 왼쪽 어깨가 앞으로 쏠리고 뒤로 쭈욱 빠졌던 그의 오른손이 짧은 선을 그렸다.

까앙!

손바닥과 주먹이 부딪쳤는데 금속성의 마찰음이 들렸고 비틀 몸을 뒤로 빼는 당만호의 앞으로 오른쪽 어깨를 내밀며 진무가 달려들었다.

"이놈!"

백화중일을 여지없이 깨고 들어오는 진무의 기세에 당만호가 소리를 지르며 나섰다.

파라락!

유려한 진무의 몸놀림은 직선적이기만 했던 당만호의 공세를 무위로 돌렸다.

"타앗!"

기합성과 함께 힘차게 나선 진무의 화려한 연환 공격이 시작되었다.

오른 주먹을 기점으로 펼쳐진 그의 공격은 그야말로 수레바퀴처럼 빈틈없이 공간을 메웠고 사천에서 가장 현란한 손을 자랑했던 당만호는 뒤로 밀리기에 바빴다.

"거, 건방진!"

말을 더듬으며 양손을 펼친 당만호가 장심에서 하얀색의 기류를 뿜어냈다.

스스슥—

실타래처럼 얇은 기운들이 은근하게 몸을 감싸자 진무의 움직임이 더뎌졌다.

'저건 지망박명(蜘網縛命)?!'

지망박명. 거미가 실을 뽑아 먹잇감의 숨통을 조인다는 이름처럼 내력을 방출하여 상대방의 움직임을 통제한다는 당만호의 절기. 이 초식이 펼쳐지면 제아무리 천고의 내공을 지닌 이라도 벗어날 방법이 없다고 했다.

늘 얼음장 같은 평정심을 유지하는 사하가 지망박명에 잡혀

오도 가도 못하는 진무를 보고 몸을 날렸다.

"이 당만호님은… 혼자가 아니시다."

삐이이—

당만호가 입을 동그랗게 모아 귀기로운 소리를 내자 일에 열중하던 망아인들이 고개를 돌리더니 강시처럼 퉁 튀어 사하에게 달려들었다.

'이런!'

스무 명이 넘는 산송장의 공세에 몸을 빼지 못하고 사하가 혈륜을 번뜩이는데 진무의 처지는 다급하기만 했다.

"이, 이거 대체 뭐야?!"

벗어나려 몸부림치면 몸부림칠수록 조여오는 올무처럼 당만호의 지망박명은 그의 몸을 옥죄었다.

"제, 제기랄!"

마구 어깨를 흔들며 진무가 지망박명에서 벗어나려 용을 쓰는데 숨 쉴 틈 없이 날아든 당만호의 장력은 그의 몸을 여지없이 두드렸다.

파바바방!

"쿨럭!"

굳건히 두 다리로 버티고는 있었지만 악문 이빨의 사이로 핏줄기가 흘러내렸고 귀신처럼 달려든 당만호가 진무의 머리 위로 떨어져 내렸다.

"으하하하! 마지막이다!"

오른손에 한껏 장력을 모은 당만호가 옴짝달싹 못하는 진무에게 손바닥을 내려쳤다. 이것이야말로 앙천십일수 가운데 무겁기로 소문난 강압착지(强壓着地)였다.

쿠르릉!

"피해!"

산송장들의 팔과 다리를 날리던 사하가 버럭 소리를 지르고 당만호의 광소가 짙어졌지만 진무의 신세는 처분을 기다리는 먹잇감에 지나지 않았다.

'어, 어떻게든 벗어나야 하는데……'

그때였을까, 진무의 머릿속에서 정체불명의 목소리가 울려 퍼진 것은?

파괴를 원하는가?

'뭐?

당황하는 진무였는데 또다시 목소리가 울렸다, 지극히 은밀하게.

깨워라……

우웅―

점점 흐릿해지는 정신. 흐릿해지는 시야. 그리고 진한 피 냄새. 내면 깊숙이에서 치받고 올라오는 어떤… 본능!

네 안의 악마를…… 깨워라!

"으아아아아!!"
괴성을 지르며 양팔을 힘차게 치켜올린 진무가 벌겋게 충혈
된 눈으로 나지막이 중얼거렸다.
"내 안의 악마……."
뭉클뭉클.
말과 함께 진무의 몸에서 선홍색의 아지랑이가 피어오르기
시작하자 그의 전신에선 흡사 핏줄기가 분출되는 착각마저 들
었다.
쿵!
푸스스—
진무가 크게 한 걸음을 떼자 바닥에 깊은 족적이 남았고 그
를 속박했던 지망박명의 기운들이 타고 남은 재처럼 부스러졌
다.
우르릉!
떨어져 내리는 강압착지의 기운!
쿵!
그렇지만 또 한 걸음을 떼자 처음부터 피하기로 약속했던
것처럼 진무는 당만호의 앞으로 다가서 있었고 강압착지는 애
꿎은 바닥을 내려쳐야만 했다.
"이, 이놈!"
몽롱한 정신이었지만 진무의 몸에서 발산되는 압박감이 너

무도 거대했기에 당만호가 뒤로 물러섰다.

쿵!

다시 한 걸음 옮겼을 뿐인데 진무의 주먹은 당만호의 면전에 도달해 있었다.

빠악!

"쿠엑!"

나동그라지는 당만호를 굽어보며 진무가 속삭였다.

"지옥에 온 걸 환영한다."

"서, 설마?"

숨어서 진무의 싸움을 구경하던 노인의 눈이 한껏 떠졌다.

이제야 기억이 난 것이다. 불쾌한 기억의 편린들이. 불쾌하다 못해 완전히 지워 버리고만 싶었던, 그런 찜찜한 과거의 어떤 순간들이 되살아난 것이다.

"아니야, 아니야. 그럴 리 없어. 그건 절대로 있을 수 없는 일이야."

'이런 경우가?'

비록 스물셋이라는 어린 나이지만 구천마련의 훈련총교두에 이르기까지 강호의 여러 가지 사건과 기괴한 일들을 경험했던 사하의 눈에도 진무의 변신은 충격이었다.

결정적으로…….

"끼이익!"

“끽, 끽!”

산송장들이 달아나고 있다!

인간적인 감정을 상실했던 그들의 눈에 역력한 공포의 빛이 어리고 산송장들은 기이한 소리를 지르며 장내를 벗어나기 위해 앞다투어 몸을 날렸다.

단지 진무가 흘리는 기운 때문에.

고통이라니! 공포라니!

나가떨어진 당만호가 어리둥절한 눈으로 진무를 바라보았다.

“이, 이, 내게 무슨 일이…….”

망아제련산으로 인간을 초월한 자신인데 어떻게 사람 따위가 느끼는 고통이나 공포감이 엄습한다는 건가!

“네… 이노옴…….”

비척거리며 일어선 당만호가 핏빛 아지랑이에 휩싸인 진무를 보고는 부르르 몸을 떨다 품에서 약봉지를 꺼냈다.

“말도 안 돼. 이 몸은 불사신이란 말이다…….”

후읍—

하얀색의 분말을 코로 흡입한 그가 이를 부드득 갈며 앞으로 나서자 핏빛 안개 속에서 혈안을 번뜩이던 진무의 입꼬리가 말려 올라갔다.

“우습군.”

쿵!

당만호의 진격을 가만히 보던 진무가 앞으로 반걸음을 움직이자 사천에서 손을 가장 잘 쓴다는 무인은 공격할 대상을 잃어버려야 했다.

빡—

"허억!"

허리 밑부터 치고 올라온 진무의 주먹이 사선으로 틀어박히자 발바닥마저 들릴 정도의 타격을 받은 당만호가 눈을 까뒤집으며 나가떨어졌다.

"아, 아프다. 너무 아프다……."

중얼거리던 당만호가 네 발로 바닥을 헤매다 약이 제조되는 커다란 통에 고개를 처박았다.

후읍— 후읍—

얼마나 들이켰을까. 고개를 든 당만호의 얼굴은 온통 백색의 분말로 뒤덮여 섬뜩했고, 그의 눈에선 줄기줄기 광기가 흘러나왔다.

"으흐흐… 야차(夜叉) 같은 놈. 하지만 내게도 힘은 있다!"

뚜벅뚜벅 진무에게 다가온 당만호가 양손을 마구 흔들었다.

우르릉!

뭉게구름처럼 피어나는 기운!

이것이야말로 당만호를 사천제일수로 만들었던 앙천운해(怏天雲海)였다. 하늘을 저주하는 구름의 바다라는 초식 이름처럼 그가 불러낸 기운은 철갑과도 같았다.

'저 초식이 조금만 더 공고했다면 승부는 알 수 없는 방향으

로 흘렀을지도 모른다고 기 원주님께서 말씀하셨지!'

사하가 눈을 빛내는데 핏빛 안개로 몸을 감싼 진무는 앙천운해의 기운 앞에 태연히 서서 주먹을 날렸다.

쾅!

오른손을 기점으로 그의 주먹은 쉴 사이 없이 앙천운해를 두들겼다.

쾅! 쾅!

일견 단순한 주먹질. 하지만 사하는 눈치 챌 수 있었다. 제자리에 머무는 것처럼 보이지만 진무의 몸은 조금씩 이동하고 있다는 것을.

한 방, 한 방 날리는 순간의 그의 발은 미세하게 움직였고, 그에 따라 진무의 주먹도 타격 지점을 약간씩 달라진다는 사실을.

쾅! 쾅! 쾅!

그렇지만 앙천운해의 기운은 마치 철벽처럼 굳건하게 버텼고 진무의 무덤덤한 주먹질은 덧없는 몸부림으로 보였다.

쿠우우!

천천히 다가오던 앙천운해의 기운이 진무의 몸을 잠식하기 시작했지만 사하는 움직이지 않았다. 앞으로의 전개가 너무도 궁금했기에 움직이고 싶지 않았던 것이다.

그리고 앙천운해가 진무의 몸을 완전히 집어삼키자 사하는 혈륜을 갈무리하고 팔짱을 꼈다.

'다음은?'

파앗!

넘실거리는 앙천운해의 가운데에서 새빨간 빛의 기둥이 솟아오르고 혈광을 머금은 진무의 몸이 모습을 드러냈다.

"으으……."

물러서는 당만호를 따라붙으며 진무가 킬킬거렸다.

"이 정도로는 부족해."

빠악!

반원을 그리며 나가떨어진 당만호가 또다시 망아제련산에 얼굴을 묻었다.

"더… 더욱더 많이!"

미친 듯이 분말을 빨아대던 당만호가 코를 벌름거리며 일어섰다.

"으흐흐흐……."

불컥불컥.

터질 듯 부풀어 오르는 근육들과 뱀처럼 꿈틀거리는 혈관들. 비정상적으로 발달하기 시작한 그의 신체는 아름답다기보다 추악하다는 말이 어울렸다.

"앙천류의 궁극을 보여주마……."

앙천류. 당만호가 당문이라는 굴레를 벗어던지려고 고안해 낸 열 가지 수법. 암기와 독에만 의존한다면 절대로 사천을 벗어날 수 없을 거라는 그의 신념이 만들어낸 절학.

하지만 신념은 아집이 되었고 이상은 광기로 치달았다.

무언가에 홀린 눈으로 중얼거리던 당만호가 손바닥을 기묘하게 뒤틀었다.

콰르릉!

한줄기 뇌성과 함께 여태껏 전진만을 고집했던 진무의 신형이 처음으로 주춤거렸다.

그야말로 빛살 같은 속도의 장법.

효과가 있다고 생각했는지 당만호가 흉물스레 웃었다.

"크흐흐흐… 이것이야말로 앙천분루(怏天忿淚)다! 저주 어린 나의 통곡을 만끽하거라……."

콰릉!

또다시 뇌성이 울리고 번개처럼 쏘아진 당만호의 장력에 진무가 비틀 뒤로 물러섰다.

"와하하하하!"

쾅! 콰르르릉!

광소와 함께 당만호가 미친 듯이 손을 쓰자 천지는 뇌성으로 가득 찼고 장내엔 백색의 분말들이 날아다녔다.

"죽어라, 죽어! 죽어버리란 말이야!!"

무려 삼십여 초를 날리고 손을 거둔 당만호가 천천히 내려앉은 백색의 분말들, 더 정확히 말해 분말들의 사이에서 우두커니 서 있는 진무를 응시하다 눈을 크게 떴다.

"너, 너……!"

몸을 감쌌던 피의 아지랑이들을 바로 하며 진무가 천천히 물었다.

"이게 다인가?"

“마, 말도 안 돼⋯⋯.”

진무의 몸에서 피어오르는 선홍색의 아지랑이들을 가리키며 부들부들 몸을 떨던 당만호가 정신 나간 사람처럼 백색 분말이 담긴 통에 얼굴을 들이밀었다.

“흐읍— 흐읍—”

마구 분말을 들이켜던 당만호가 완전히 풀린 눈으로 일어서자 가뜩이나 팽창된 그의 근육들이 불안하게 꿈틀거렸다.

“아니야, 나는 불사신이다! 망아제련산으로 다시 태어났단 말이다!”

힘차게 외치는 당만호의 앞에 무심히 나타난 진무가 오른손을 크게 휘어 쳤다.

빠— 악!

쿠당탕!

무려 다섯 바퀴나 바닥을 구른 당만호가 뺨을 감싸 쥐고 비명을 질렀다.

“아파! 너무 아파! 으허허!”

괴로워하던 당만호가 거미처럼 기어서 분말이 담긴 통에 달려들었다.

“권태롭군⋯ 그만 하자.”

홀연히 나타난 진무가 당만호의 얼굴을 오른손으로 감싸 그의 몸을 번쩍 들어 올렸다.

“으햐햐햐⋯⋯.”

발음조차 제대로 하지 못하고 비명을 지르는 당만호의 눈을 직시하며 진무가 유부에서 들릴 법한 목소리로 물었다.

"이곳의 주인은 누구인가?"

"흐이이이……."

손가락이 피부에 박힐 정도로 힘을 가하자 당만호는 두려움과 고통에 알 수 없는 비명을 질러댔지만 진무의 표정은 더없이 싸늘했다.

"약의 제조법을 누구에게 배웠느냔 말이다."

"나, 나는……."

퍽!

대롱대롱 매달려 괴로워하던 당만호가 뭔가를 말하려는데 그의 오른 팔뚝의 근육이 끝내 터져 나갔다.

퍽! 퍽!

그것을 시작으로 당만호의 근육과 혈관들이 연쇄적으로 폭발했고 사천의 불행한 기재는 혀를 빼물었다.

"이, 이! 말하란 말이야! 누가 너를 사주한 거야!"

걸레처럼 짓이겨진 당만호의 몸을 마구 흔들며 소리 지르던 진무가 그의 몸을 거칠게 내동댕이치고는 숨을 몰아쉬었다.

피시시—

더 이상 상대할 이가 없다고 판단한 것일까.

몸에서 피어오르던 신홍색 아지랑이가 잦아들자 두 눈 가득 넘실거리던 핏빛 광채도 서서히 빛을 잃었고 그대로 무릎을 꿇은 진무가 숨을 몰아쉬었다.

"괜찮나?"

다가오려는 사하에게 손을 흔든 진무가 어깨를 들썩이며 겨우거우 입을 열었다.

"수선 떨 것, 헉, 헉… 없어. 가, 가끔 이러니까."

섬뜩하기 그지없는 사건을 가만히 지켜보던 사하가 차츰 정상으로 돌아오는 진무에게서 눈을 떼고는 백색 분말을 한 움큼 갈무리했다.

"자책하지 마라."

"뭐?"

사하의 무심한 말에 신색을 회복한 진무가 고개를 돌렸다.

"어차피 당만호는 정상이 아니었다. 그의 말을 가만히 되새기면 이번 일의 주체를 자신이라 여기는 부분이 많았다. 그러니 자백을 받아내지 못했다고 자책할 필요는 없단 말이다."

"글쎄……."

담담히 중얼거리던 진무가 눈을 내리감자 방금 전까지의 일들이 거짓말처럼 느껴져 사하가 고개를 저었다.

어느 누가 지금의 진무를 보고 핏빛 아지랑이를 흩뿌리며 적을 압박하는 그를 상상할 수 있겠는가. 차분하면서 장난기를 한껏 머금은 눈망울을 지닌 그일진대.

잠시 생각하던 진무가 한숨을 쉬며 당만호를 굽어보았다.

"이번엔 실마리를 잡겠구나, 생각했는데. 젠장."

"실마리?"

사하의 반문에 진무가 인상을 와락 구겼다.

"구천마련에서 왔다면서 무슨 말인 줄 몰라서 하는 소리야?"

난감하지만 모른다.

비밀리에 중원 천지를 휩쓸고 있는 마약이 있다는 첩보를 구천마련에서 얻은 건 불과 열흘 전. 충격적인 사실은 이 마약이 정파나 패도를 가릴 것 없이 광범위하게 퍼져 있다는 얘기였다.

그렇지만 사하는 진무를 뚫어지게 쳐다볼 뿐이었다.

"강한 척하는 건지, 자존심만 하늘인지……."

투덜거리던 진무가 망아제련산이 가득 담긴 통을 발로 뻥 찼다.

파악—

눈처럼 비산되는 백색의 분말을 차갑게 바라보던 진무가 사하에게 빙글 몸을 돌렸다.

"무슨 사실을 어떻게 알았기에 구천마련쯤 되는 거대 단체가 개입하게 되었을까? 강호가 병이 들고 있다, 정체불명의 약에 취한 무림인들이 기하급수적으로 늘고 있다, 그런데 그 약이라는 게 일반적인 마약류들과는 차원을 달리한다. 그리고……."

말을 끊고 사하를 바라보던 진무가 짧게 이었다.

"이곳, 귀주성 덕강에서 제조된다더라. 뭐, 이런 정도인가?"

잠시 말을 멈췄던 진무가 쏟아진 망아제련산을 한 움큼 쥐고는 탄식했다.

"그런데 말이야, 반은 맞고 반은 틀렸어. 이건 미완성품이거든. 한마디로 말해서 질이 엄청나게 낮은 물건이야. 무슨 뜻인지 알겠어?"

"정제되지 않았다?"

"맞아, 어떤 제조 공정을 거치는지 몰라도 망아제련산이라 이름 붙은 저 물건은 강호를 잠식한다는 물건의 이전 단계, 즉 완성되지 않은 형태라는 거지."

"그걸 어떻게 아나?"

사하가 눈을 빛내자 진무는 어깨를 슬쩍 올렸다.

"알 수밖에 없지."

이어지는 대답.

"먹어봤으니까."

한가장원은 불태워졌다. 조금이라도 마약이 유출되면 안 된다는 판단하에 수거한 전량을 폐기 처분했지만 미세한 찌꺼기라도 돌아다닐까 염려한 사하의 결정이었다.

활활 타오르는 장원을 내려보던 사하가 무심하게 입을 열었다.

"진무라고 했나?"

대답없이 넘실거리는 화마를 지켜보던 진무가 고개를 들어 아스라이 빛을 뿌리는 편월을 응시했다.

그런 그에게 눈길도 주지 않고 사하가 차디찬 목소리로 말을 이었다.

"네가 누구인지 모른다. 또한 어떤 과거를 품고 사는지, 약을 먹게 된 계기가 무엇인지… 관심도 없고, 관심을 둘 이유도 없다."

선홍색 아지랑이를 피워 올리며 악마처럼 당만호를 압박하던 진무의 모습이 떠올라 사하의 눈에 차디찬 기운이 어렸다.

천천히 진무에게 몸을 돌린 사하의 백색 장포가 달빛을 머금고 미친 듯이 펄럭였다.

"하지만 힘에 취하지는 마라."

"음?"

"악마의 날갯짓은 파멸로의 희귀일지니."

사하의 음성은 무겁기 그지없었고 그의 기도는 어떤 것이라도 베어버릴 것처럼 예리했다.

"죽음의 날갯짓은 내가 막을 것이다."

무엇을 느꼈기에 사하가 이런 말을 하는 걸까. 하지만 진무는 아무런 말을 하지 않았다. 충분히 기분 나쁜 내용일 텐데 그는 꿀 먹은 벙어리마냥 입을 닫고만 있었다.

"악마의 비상이라면… 결단코 베어버리리라."

매섭게 그를 쏘아보던 사하가 둥실 몸을 날려 어둠 속으로 사라지자 우두커니 서 있던 진무의 입에서 툴툴 웃음이 새어 나왔다.

"날개도 없는 놈한테 비상 타령은 무슨."

위태롭게 나뭇가지에 앉은 그가 망연히 중얼거렸다.

"또 모르지. 죽어라 달리다 보면 없던 날개가 돋아날지."

*　　*　　*

첫 번째 계획은 구천마련의 훈련총교두 사하의 단독 행동으로
실패. 마련과 정도맹의 교전을 기대하긴 어려울 것으로 사료됨.

두 번째 계획은 정체불명의 사내가 난입함으로써 역시 실패,
당문의 문제는 다른 각도로 추진하길 바람.

앞으로 변수를 고려하지 않은 일의 추진은 용납하지 않을 것
임.

별첨, 핏빛 아지랑이를 피우는 이십대 사내에 대해 조사할 것.
급(急)으로 처리하기 바람.

짧은 내용의 쪽지를 전서구에 매단 사내가 새를 날리고 돌
아섰다.

"핏빛 아지랑이라……."

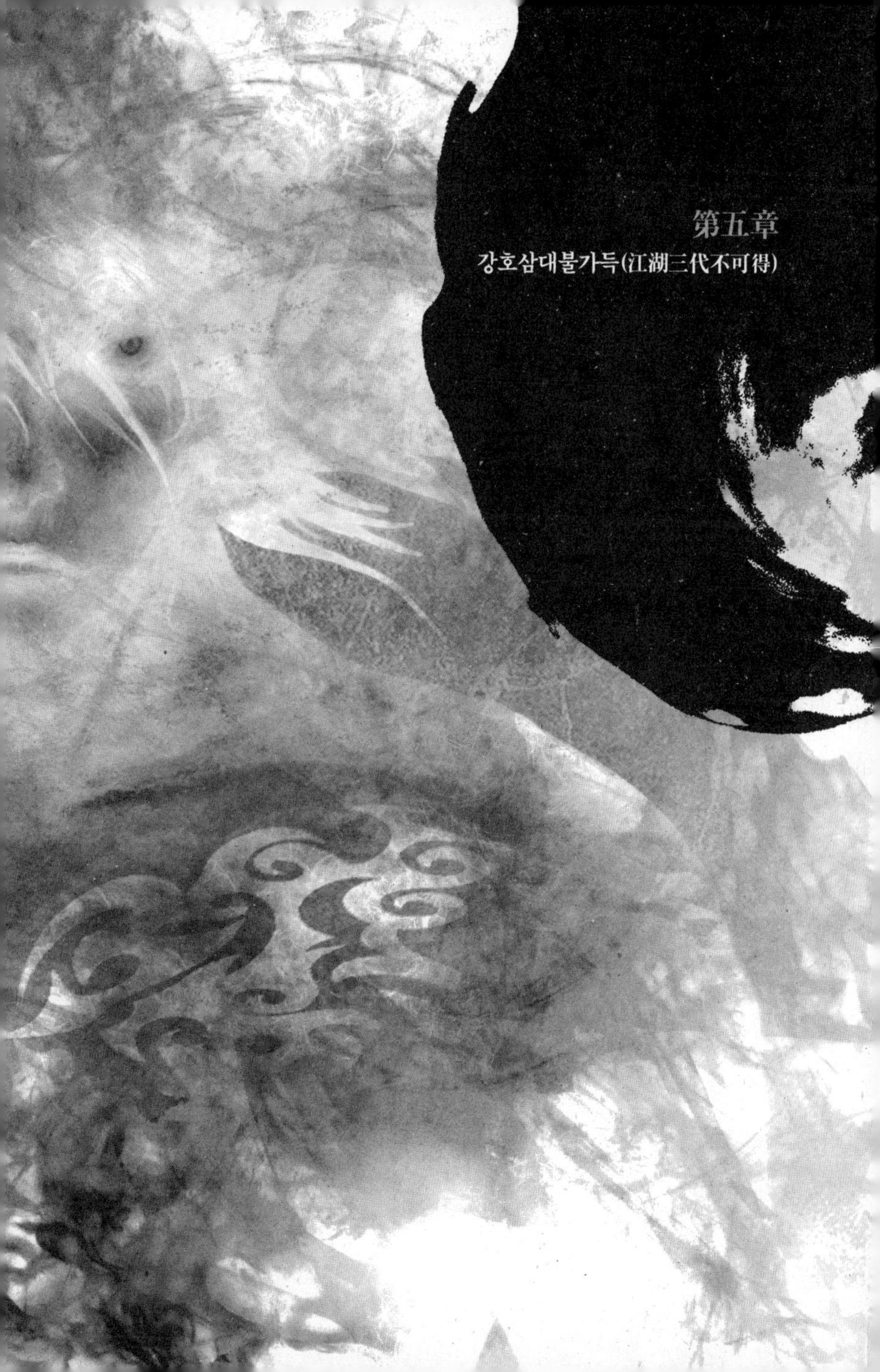
第五章
강호삼대불가득(江湖三代不可得)

염왕진무
閻王眞武

불을 끄러 몰려 나온 주민들의 부산한 움직임을 뒤로하고 마을을 벗어난 진무가 객잔이 위치한 시전으로 발길을 돌렸다.

피곤했다. 언제나 그렇지만 피곤했다.

마음에서 부르는 소리에 몸이 이끌렸다 싶으면 어느 정도 진정된 후에 반드시 무력감을 동반한 피로가 찾아왔다.

"후우……."

거기다 용케 잡았던 단서마저 날아가 버렸다는 허탈감까지 엄습하니 정말로 움직이기 싫었지만 밤이슬 맞으며 자는 것보단 몇 걸음 움직여서 푹신한 침상에 몸을 뉘는 것이 훨씬 낫다는 걸 너무도 잘 알기에 진무는 이를 악물고 발걸음을 뗐다.

“망아제련산이라……..”

모든 일에는 연유가 있는 법. 당만호 정도 되는 거물 급을 동원하여 망아제련산이라는 하급의 약을 생산하는 데는 분명 이유가 있을 터였다.

또한 허술한 경비도 걸린다. 비록 수십여 망아인이 지켰다지만 그래 봐야 일류고수들 앞에서는 허깨비에 불과한 존재들이었는데 그들만으로 제조창을 방비할 수 있다고 여겼다는 건가?

“알 수가 없군.”

머리를 굴리며 진무가 오솔길에 접어드는데 작은 길을 꽉 메우고 있는 사람을 발견하고 걸음을 멈췄다.

“어라, 영감?”

그는 방립으로 얼굴을 가리고 있었지만 진무는 바로 알아볼 수 있었다. 불과 몇 시진 전에 자신과 손을 섞었던 노인이라는 것을.

“이름이 진무라고 했나?”

우웅—

전혀 다른 존재감!

낮의 익살스런 노인은 온데간데없었고 진무의 앞에는 제왕처럼 강고한 사람이 자리하고 있었다.

하지만 진무는 태연했다. 아니, 귀찮았다.

“어떻게 내 이름을 알았는지 모르지만 내가 진무요. 이제 길 좀 비켜주시구려.”

　지나쳐 가려는 진무였는데 노인, 즉 노맹주가 발산하는 기도에 주춤 신형을 멈춰야 했다.

　"이제부터 내가 묻는 말에 단 한 치의 거짓이라도 고한다면 너를 갈가리 찢어 죽일 것이다."

　쿠우우―

　줄기줄기 뻗어 나오는 기도. 그야말로 태산이라도 굽어볼 것만 같은 기세를 흘리며 노인이 한 걸음, 한 걸음 다가와 무겁게 중얼거렸다.

　"네가 어찌하여 한가장원을 치고, 망아제련산이라 불리는 마약에 대해 알고 있었는지는 묻지 않겠다."

　"뭐야? 다 보고 있었던 거야?"

　입을 떡 벌리는 진무를 무시하고 방립노인의 차가운 음성이 대기를 갈랐다.

　"묻겠다, 염왕보(閻王步)를 어디서 배웠느냐?"

　"염왕보?"

　진무가 눈을 끔뻑이자 노인의 눈이 스산하게 빛났다.

　"혼돈혈애(混沌血靄)를 발산하면서 염왕보를 모른다고 하지는 않겠지?"

　"혼돈… 혈애?"

　다그침에도 여전히 고개를 갸웃거리는 진무를 지켜보던 노인이 불쑥 손을 내밀었다.

　팡!

　"켁!"

우당탕!

눈 깜짝 사이에 가슴을 두드려 맞은 진무가 바닥을 구르다 일어서며 소리를 질렀다.

"아, 씨앙! 왜 때리는데!"

그렇지만 노인의 눈엔 살기가 일렁였기에 진무의 억울한 심정은 통할 것 같지 않았다.

"당장이라도 너를 죽여 버릴 수 있다. 염왕보를 누구에게서 배웠는지 어서 말하라!"

"말 안 해!"

"뭐라?"

"절대 안 해! 안다고 해도 꼬아서 안 해! 모르면 몰라서 안 해!"

두 주먹 불끈 쥐고 딱 버텨 서서 자신을 꼬아보는 진무에게 어처구니없는 시선을 던지던 노인의 입에서 차가운 독백이 흘렀다.

"죽고 싶은 게로구나……."

팡!

"어이쿠!"

다시 가슴을 격타당한 진무가 나가떨어졌다.

피하려고는 해봤다. 그런데 노인의 주먹은 전광석화와도 같았고, 미처 움직이기도 전에 얻어맞았다.

"니미럴, 주먹 한번 더럽게 빠르네."

인상을 구기며 일어선 진무가 엉덩이를 툭툭 털고 일어났다.

“에효, 내 진짜… 뼛속까지 틀어박힌 경로사상으로 두 대까지는 참겠는데…….”

말을 끌던 진무가 주먹을 소리 나게 움켜쥐었다.

“한 방만 더 날리면 죽어, 영감.”

ㄱ 말을 기다렸다는 듯 노인이 한 방 날렸다.

팡!

하지만 진무도 이번은 달랐다. 오른발을 축으로 그의 몸이 흔들거리는가 싶었는데 진무는 이미 노인의 옆으로 빠르게 전진하고 있었다.

‘이놈이!’

예상치 못한 진격에 화들짝 놀란 노인이 그때까지 사용치 않았던 왼 주먹을 짧게 끊어 쳤다.

팍!

“쿠에엑!”

경황이 없었는지 노인의 주먹엔 여태까지와 비교도 할 수 없는 기운이 실려 있었기에 진무의 몸은 무려 삼 장을 넘게 날아가 땅바닥에 처박혔다.

바닥을 엉금엉금 기다시피하며 일어선 진무가 이를 부드득 갈았다.

“내가 분명히 두 방까지는 참겠다고 했지…….”

말과 힘께 그기 왼발을 앞으로 쭉 내밀었다.

그리고…….

슈왁!

뭔가 번뜩였다 싶었는데 삼 장이라는 거리 자체가 무시된 것처럼 진무의 어깨는 노인에게 들이닥치고 있었다.

거리를 무시하고.

"이런 말도 안 되는!!!"

황급히 양손을 말아 쥔 노인이 가까스로 그의 어깨를 주먹으로 막아냈다.

쾅!

손목까지 타고 흐르는 진동을 느낄 사이도 없이 재차 들이닥치는 진무의 공세에 노인이 황당한 표정으로 물러섰다.

물러서다니, 어느 누가 감히 노인을 물러나게 할 수 있단 말인가? 천하에서 가장 강한 주먹을 지니고 있는 절대자를!

하지만 노인은 물러섰다. 아니, 물러설 수밖에 없었다. 진무의 어깨 들이받기는 노인뿐 아니라 강호를 호령하는 그 누구라도 저어해야 할 공격이었으니까.

침중한 표정으로 진무를 주시하던 노인이 진무가 막 허리를 틀려는 찰나, 왼 주먹을 부드럽게 밀어냈다.

쿠욱—

이번에는 소리가 없었다. 어깨와 주먹이 부딪쳤지만 방금 전과 같은 충돌음 하나 없이 그들은 피부를 맞대고 서로를 바라볼 뿐이었다.

그렇게 노인을 쏘아보던 진무가 무릎을 꺾으며 주저앉았다.

"으윽……."

입에서 배어 나오는 핏물. 아마도 내상을 입은 듯한데 진무의 눈은 여전히 타올랐기에 노인이 적잖게 놀랐다.

'정말 여러 번 사람을 놀라게 하는 아이로구나! 오성의 공력으로 날렸던 묵성암류(默聲暗流)에 격타당하고도 저렇게 버티다니!'

묵성암류는 노인을 절대자의 길로 이끈 세 가지의 무학 가운데 하나이자 강호를 떨쳐 울리는 다섯 가지의 내가중수법 가운데 당당히 두 번째의 서열을 차지하는 권법이었다.

그런 묵성암류가 약관을 겨우 넘긴 듯한 청년의 공격을 제지하는 수단으로 쓰일 줄이야.

하지만 노인이 놀란 진짜 이유는 따로 있었다.

"빌어먹을……."

충격으로 일어서지는 못하고 인상을 구기며 투덜거리던 진무가 숨을 몰아쉬는데 노인의 얼굴은 더없이 침중하게 굳어갔다.

"광격(狂激)이라, 염왕보에 이어 이제는 수라격체술이라는 것인가……."

"광격? 거기다가 수라… 뭐?"

가까스로 고개를 들어 노인에게 반문한 진무가 무릎을 꽉 쥐고 비틀비틀 일었다.

"끄으응—"

이를 질끈 물고 신음성을 흘린 진무가 어깨를 쓰다듬었다.

"아, 이거 간만에 제대로 한 방 얻어맞았네."

겨우 몸을 편 진무가 노인의 납덩어리 같은 얼굴을 보고 입

을 떡 벌렸다. 신나게 두들겨 패놓고 오만상을 찌푸리는 건 뭔
가?

"적반하장도 유분수라더니, 내 어이가 없어서……."

그렇지만 노인의 생각은 조금 달랐다.

"염왕보에 수라격체술까지라면 반드시 들어야겠다. 대체
누구에게 무공을 배운 것이냐?"

생각이 다르기는 진무도 마찬가지였다.

"정말로 갈 데까지 가보자는 거야?"

진무의 눈에 서서히 혈광이 어렸다.

'오냐, 드디어 염왕보로구나. 어디 한번 와보거라!'

전의를 다지는 노인이었지만 야차처럼 변해가는 진무의 모
습은 너무도 섬뜩해서 내심 긴장하지 않을 수 없었다.

"악마를 깨운 건 영감이니 누구도 원망하지 마……."

뭉클뭉클—

진무의 몸에서 핏빛 아지랑이가 피어오르자 노인의 뺨에 세
가닥 근육선이 잡혔다.

쿠오오오—

양손을 축 늘어뜨리고 두 눈 가득 혈광을 번뜩이며 진무가
노인을 응시했다.

꿀꺽—

목울대가 크게 울리도록 침을 삼킨 노인이 모든 공력을 불
러 모으며 진무의 다음 행동에 대비했다.

그런데……

뭉클무… 피시시―

갑자기 꺼져 버리는 아지랑이, 씻은 듯 걷히는 혈광.

"배… 고파……."

털썩 주저앉으며 진무가 배를 어루만지자 잔뜩 긴장했던 노인의 어깨가 순간적으로 처졌다.

"뭐 하자는 것이냐!"

매처럼 날카로운 눈으로 다그치는 노인을 뚱하게 바라보며 진무가 입맛을 다셨다.

"귀찮아. 배고파. 배고프고 귀찮으니까 만사가 허무해."

"네가 정녕 죽고 싶은 게로구나."

"맘대로 하던가!"

아예 벌렁 드러누워 버린 진무가 네 활개를 펴고 딩굴거리자 노인이 이마를 짚었다.

이놈, 완전히 꼴통 아닌가!

단 한 번만 손을 쓰면 까불거리는 녀석의 숨통을 끊을 수 있는 상황. 불끈 손에 힘을 준 노인이 진무에게 다가서서 주먹을 내려치려다 폭포수와도 같은 탄식을 터뜨렸다.

나자빠져서 데굴거리는 놈에게 손을 쓸 수야 없지 않은가.

그놈의 체면이 뭔지.

"일어나라."

"싫어."

"일어나라니까!"

"싫다니까!"

빽 소리를 지른 진무가 아예 몸을 돌려 땅바닥에 얼굴을 처박았다.

"허어~"

대책이 없다. 이런 경우를 두고 점입가경이라 하던가.

강호를 종횡한 지 어언 사십구 년, 여러 군상들의 가지가지 짓거리를 봤지만 이렇게 막무가내인 녀석은 처음이다.

차라리 도망이라도 쳤으면 단매에 때려죽일 것을.

순간 노인의 머리에 무언가가 번쩍 스쳐 지나갔다.

"밥 사주랴?"

"좋지!"

무릎조차 굽히지 않고 벌떡 일어서며 진무가 노인의 어깨를 마구 두드렸다.

"내 처음부터 노인장의 인상이 마음에 들었다니까! 암, 암, 처음부터 그랬지!"

너스레의 극을 달리는 진무를 멀거니 보던 노인이 고개를 도리도리 저으며 몸을 돌렸다.

똑똑한 건지, 본능에 충실한 건지.

성큼 걸음을 옮기는 노인의 등 뒤로 진무의 느긋한 한마디가 따라붙었다.

"이왕이면 고기류로 갑시다!"

생각보다 진무는 많이 먹지 않았다. 배고프다고 그 수선을 부릴 때는 돼지 한 마리라도 집어삼킬 것만 같더니 일정량을 우겨넣고 술만 홀짝거렸다.

"왜, 더 들지 않고?"

"내가 돼지요?"

여전히 젓가락을 깨작거리던 노인이 움직임을 멈췄다. 여기서 더 먹으면 돼지라는 소리 아닌가.

"여기 술 한 병 더! 아니, 아예 두어 덩이랑 안주될 만한 것 좀 내오시구려!"

누가 보면 돈 내는 사람 따로 있다고 할 판이다.

거창한 진무의 주문에 오 노인의 입은 비정상적으로 찢어졌고 노인은 슬그머니 전낭을 풀어 동전 개수를 확인해야만 했다.

발걸음도 활기차게 나타난 오 노인이 술 단지 세 개와 야채 볶음이며 생선 튀김을 내려놓자 노인이 은자를 쥐어주며 눈짓을 보냈다.

"그럼 편안히 말씀들 나누세요!"

기분 좋게 오 노인이 자리를 뜨자 노인이 방립을 벗었다.

"오, 풍채 한번 예술인데요?"

밥 사줬다고 하는 아부가 아닌 듯 엄지까지 꼽고 미소 짓는 진무가 밉지 않아서 노인이 그의 빈 잔을 채워주었다.

"자주 듣는 소리지만 자네에게 들으니 새롭구먼."

"그야 내가 한 말이니까."

꼽은 엄지를 자신에게 돌려 낄낄거리던 진무가 몸을 폈다.

"자자, 신소리는 이쯤에서 그만두고, 하고 싶은 말이나 풀어

보쇼.”

담백한 그의 태도에 노인이 고개를 끄덕였다.

“자네가 그렇게 나오니 한결 말하기 편하구먼. 그렇지만 대답 여하에 따라 나는 자네를 죽여야 할지도 모른다네.”

어찌 들으면 섬뜩한 말인데 진무의 얼굴엔 미소가 떠올랐다.

“능력이 될까?”

“허허…….”

시전에서 자신이 했던 말을 그대로 되갚는 진무의 재치에 굳어 있던 노인의 얼굴도 펴졌다.

기본적으로 사람을 상대할 줄 아는 아이다. 또한 상대방에 대한 이해도가 무척 빠른 편이다. 그렇기에 분위기 자체를 자신이 의도하는 방향으로 이끌 줄 안다.

이제 약관을 갓 넘은 젊은이인데.

그렇지만 사안이 사안인지라 크게 웃지는 못하고 눈가의 주름으로 기분을 표현한 노인이 술을 한 잔 들이켜는데 문득 생각난 것처럼 진무가 투덜거렸다.

“뭔가 손해 보는 느낌인걸?”

“음? 그게 무슨 소리인가? 손해라니?”

노인이 고개를 갸웃거리는데 여전한 어조로 진무가 툴툴거렸다.

“생각해 보시오. 노인장은 내 이름을 아는데 나는 모르니 불공평하지 않소?”

"이, 이름?"

순간 당황한 노인이 어설프게 웃으며 말을 더듬거렸다.

"아, 아하하하, 이름 따위가 무에 중요하겠나. 사내로 태어나 이렇게 마음이 맞는 이를 만나서 술 한 잔을 기울일 수 있다면 허례는 곁가지보다 못하다네."

"됐네요."

노인의 말을 자른 진무가 실실 웃었다.

"뭐 그리 대단한 이름이라고 숨기는 건데요? 어여 대보시구려!"

진무의 다그침에 잠시 뜸을 들이던 노인이 쥐어짜내듯 입을 열었다.

"음, 그게 말이야, 음……."

"뭐요? 설마 이름도 없다는 건 아니겠지?"

"말도 안 되는 소리!"

이름이 없다니! 노인에게도 남부러울 것 없는, 그런 멋들어진 석자의 이름이 있단 말이다!

문제가 하나 있지만.

아무튼 버럭 소리를 지른 노인이 식은땀을 흘리다 결심한 듯 빠르게 내뱉었다.

"음, 그게… 조, 조봉팔(曹峰八)이라 하네."

이쯤에서 박장대소가 터져 나와야 정상이다. 신선 서넛은 찜 쪄먹을 외모와 너무도 동떨어진, 정통 촌스러운 이름을 처음 대한 사람들의 한결같은 반응이었으니까.

하지만 진무는 가만히 고개만 끄덕일 뿐이었다.

"음."

"근데… 안 웃나?"

"얼레? 웃어야 하는 대목이었소?"

여러 번 사람을 놀라게 하는 놈이다. 그런데 이어지는 진무의 말은 더욱 걸작이었다.

"봉팔이라, 봉팔. 어감이 좀 거시기해서 그렇지, 크고도 높은 여덟 개의 봉우리라는 뜻이니 사내 이름 석 자치고 이만한 걸 또 어디서 찾겠소?"

크고도 높다는 말은 어디에서 나온 걸까?

이참에 봉구라고 이름을 바꿔 버려, 중얼거리는 진무를 특이한 시선으로 보던 조봉팔이 슬쩍 물었다.

"뭐, 어쨌든 칭찬해 주니 기분은 좋은데… 내 이름 듣고 생각나는 것 없나?"

"음?"

진무가 눈알을 뒤룩뒤룩 굴리자 조봉팔이 고개를 앞으로 다가갔다.

"없냐니까?"

"음… 모르겠는데……."

아무리 생각해 봐도 건질 것이 없다는 표정으로 인상을 구기는 진무였기에 조봉팔이 마른침을 한번 삼키고 은근하게 말했다.

"자네, 사사겹천(四四怯天)이라는 명호는 들어봤겠지?"

사사겹천. 하늘마저 두려움에 떤다는 열여섯 명의 절대고
수.

그 추측 불가능의 능력으로 이미 인세를 벗어났다는 천외
사선[天外四仙], 강호를 좌지우지하는 무적사신[無敵四神], 강호
에 나선 이후 단 한 차례의 패배도 허용하지 않았다는 불패사
존[不敗四尊], 마지막으로 험난한 무림을 껴안고 간다는 풍진
사로[風塵四老]가 바로 그들이다.

통칭 사선사신사존사로(四仙四神四尊四老)라고도 불리지만
이들의 사이에도 엄격한 서열이 존재했으니 사로는 사존을 넘
을 수 없으며 사존은 사신의 적수가 될 수 없다고 했다.

그렇지만 사신사존사로가 모두 모인다고 해도 사선의 하나
를 감당하기 어렵다고 했으니 천외사선의 능력은 그야말로 차
원을 달리하는 것이라 하겠다.

조봉팔의 질문에 진무가 선선히 고개를 끄덕였다. 아무리
무림에 관심이 없는 이라도 사사겹천이라는 명호는 지나가면
서 한 번쯤 들어봤을 이름이니까.

"그야, 뭐… 당연하잖소."

나도 귀머거리는 아니니까.

"그럼 말이야. 그들 가운데 무적사신에 대해서 좀 아는 게
있나?"

"내가 그 양반들을 왜 알아야 하는데? 알기로 그 양반들의

세수가 거의 일흔에 육박했다던데 보석처럼 빛나는 청춘이 일
흔 먹은 늙다리들하고 엮일 이유가 없잖소!"

"그, 그들도 자네처럼 보석 같은 시절이 있었다네."

"그래 봐야 늙다리잖아?"

콧방귀를 날리는 진무에게 강력한 살의를 느낀 조봉팔이 몇
번의 숨 호흡으로 마음을 가라앉혔다.

"마, 맞는 말이지. 아무튼 그들이 늙었든 뭐든 그게 중요한
게 아니라 그들 가운데 철혈신권이라고 아나?"

"정도맹주? 아니지, 전대 정도맹주?"

"오, 제법 잘 아는군."

적이 만족한 표정으로 고개를 끄덕인 조봉팔이 진무의 다음
행동을 기다렸다. 조금만 있으면 이 심통스런 놈이 깜짝 놀라
서 넙죽 엎드릴 거라 확신하면서.

"어?!"

그의 예상대로 당황한 표정을 지으며 진무가 일어섰다.

'드디어!'

아마도 놈은 빌빌거리면서 용서를 구할 것이다. 하늘을 알
아보지 못한 제 눈을 원망하면서 폭포수처럼 사죄의 눈물을
토할 것이다.

뭐라고 답해야 할까?

'그냥 용서해 줘버려? 조금 겁을 줄까? 아니야, 아니야, 그
런 식은 재미가 적지. 차라리……'

조봉팔이 상상의 나래를 펼치는데 진무가 몸을 굽히며 말

했다.

"빌어먹을, 속이 싸하네. 화장실 좀 다녀오리다."

"……."

화장실을 다녀와 태연하게 앉은 진무가 복잡한 얼굴이 되어버린 조봉팔을 물끄러미 바라보고 고개를 갸웃거렸다.

"어라, 노인장도 속이 안 좋소? 음식이 문젠가?"

"그게… 아니라……."

"아아, 똥을 참으면 약이 된다는 옛말, 다 헛소리요. 어여 화장실 다녀오시구려."

손까지 휘휘 젓는 진무를 어처구니없이 보던 조봉팔이 고개를 푹 숙였다.

"그러니까… 철혈신권 말이야. 그 전대 정도맹주……."

"뭐 어쩌라고요?"

"아니… 그 철혈신권의 이름이… 뭔지 아나?"

"알 게 뭐야?"

"하아~"

처음부터 그냥 자신을 드러냈어야 했다. 괜히 극적인 연출을 시도했다가 이게 무슨 꼴인가.

탁자 밑에서 두 주먹을 불끈 쥐고 부르르 떨던 조봉팔이 끝내 결심을 굳히고 입을 열었다. 자신의 이름 석 자를 밝히면서 이렇게 민망해 보긴 처음일 것이다.

"그러니까, 그게… 철혈신권의 이름이 조, 조……."

"조조? 철혈신권의 이름이 조조였소?"

"그게 아니라!"

버럭 소리를 지른 조봉팔이 탁자를 주먹으로 쾅 내려쳤다.

"그러니까! 철혈신권의 이름이 조봉팔이라고!!"

"우와!"

이건 또 뭔가!

박수 치며 좋아하던 진무가 조봉팔에게 술 한잔을 권하며 웃었다.

"이제 보니 사신 가운데 하나랑 동명이인이라는 말을 하고 싶었던 게로군! 그 자랑을 하고 싶어서 이렇게 빙빙 돌린 거요?"

"아, 아니, 저기……."

"연배도 비슷하겠다, 적당히 싸움도 하겠다. 어디 가서 사기 처먹기 딱 좋겠는걸?"

이 사태를 어떻게 수습해야 할까. 저 간죽이는 자신을 아예 사기꾼 비스무리한 직업군에 편입시켜 놓은 상태가 아닌가.

그렇게 낄낄거리던 진무의 얼굴이 순간적으로 굳었다. 산전수전 다 겪은 노강호가 섬뜩함을 느낄 정도의 변화.

"아니면……."

조봉팔을 가만히 보던 진무가 툭 뱉었다.

"철혈신권 본인이다?"

역시 보통내기가 아니다. 웃고 떠드는 와중에도 돌아가는 정황을 세밀하게 계산하여 판단 내리고 있다.

진무의 본모습을 조금은 엿본 조봉팔이 무겁게 고개를 끄덕였다.

"그렇다네. 내가 철혈신권이라네."

쿵—

단지 한마디 던졌을 뿐인데 객잔엔 위엄과 품위가 가득 찼고 진무는 조봉팔과 마주한 시선을 떼지 않았다.

철혈신권이라니!

사사접천 가운데 우화등선했다고 전해지는 사선을 제외한다면 당연 발군의 무학을 지닌 사신의 한 사람이자 전대 정도 맹주가 바로 철혈신권이 아닌가!

한 번 주먹을 내뻗으면 뇌성이 몰아치고, 두 번째 주먹이 작렬하면 태산을 부수고, 마지막의 주먹이 나가는 순간, 천하가 반쪽 난다는 그였기에 구천마련주와 더불어 강호에서 가장 강하다는 두 사람으로 칭송받는 철혈신권이다.

한마디로 현 무림의 천하제일인이라 불려도 과언이 아닌 철혈신권, 하지만 진무에게는 그저 센 노인이었나 보다.

"뭐야, 아까 까불었다간 맞아 죽었을 거라는 애기잖아. 큰일 날 뻔했네……."

짐짓 놀란 독백, 이와 대조적으로 태연한 표정. 하지만 이마저도 자연스러워 이런 식으로 나오지 않았다년 신무답지 않았을 거라 생각하며 조봉팔이 위엄 넘치는 어조로 물었다.

"처음으로 돌아가서 다시 묻겠네. 염왕보를 어디서, 누구에게 배웠는가?"

“그러니까 염왕보가 뭐냐니까?”

진무의 반문에 조봉팔이 고개를 갸웃거렸다. 아무리 봐도 진무의 말엔 거짓이 담겨 있지 않다고 생각했기에 그의 미간에 주름이 잡힌 것이다.

“정말로 이름을 모르나 보군. 그렇다면 자네의 몸에서 피어나는 핏빛 아지랑이가 혼돈혈애라는 것도 모른단 말이지?”

“와, 그것에 이름도 있었소?”

완전 깡통이다. 제가 배운 무학명도, 천하에서 둘도 없는 자신만의 호신강기 이름도 모르는 눈치니 기가 막힐밖에.

“그렇다면 자네의 보법이 사람이라면 도저히 익힐 수 없다는 천하삼대불가득(天外三代不可得) 가운데 두 가지라는 것도 모른다는 말이겠지?”

“……?!”

어리둥절하여 머리를 긁는 진무를 보며 답답함에 가슴을 탕탕 치고 싶었지만 조봉팔은 무던히도 참고 그의 무학, 더 정확하게 말해 삼대불가득에 대하여 하나하나 설명하기로 했다.

그것이 선행돼야 앞으로의 이야기 전개가 가능할 테니까.

“다시 말하지만 자네의 보법과 아까의 공격법은 천외사선이 남겼다는 천하삼대불가득, 다시 말해 수라격체술과 나찰호접무, 마지막으로 염왕군림보라는 세 가지의 무학 가운데 두 가지라네.”

“음…….”

도통 속을 알기 어려운 놈이다. 충분히 충격적인 말일 텐데 진무는 침음만을 흘릴 뿐, 어떠한 변화도 보이지 않았다.

"사람들은 천외삼대불가득이란 무학들이 어쩌다 유출된 천외사선의 절학 정도로만 알고 있겠지. 그렇기에, 천외사선 정도의 절대자들이 남겼기에, 너무나 심오한 무학이기에 익히기 어렵다고 생각들을 하지. 그러나 사정은 다르다네."

"다르다면?"

"결론적으로 말해서 천외삼대불가득은 익힐 수 없는 것을 목표로 하여 만들어진 무학이라네. 익히지 못하는 것을 전제로 만들어졌다는 거야."

더욱 놀라운 얘기다. 천와삼대불가득이 익히지 못하는 것을 전제로 만들어졌다니?

멍하니 눈을 끔뻑이던 진무가 몸을 뒤로 빼며 의심스런 눈초리를 던졌다.

"이거 어째 어폐가 심한걸?"

"음?"

"아까 분명히 내가 두 가지를 익혔다고 했잖소? 그런데 익히지 못하는 것을 전제로 했다니. 그럼 익힌 나는 뭐요? 천고제일의 기재라도 된다는 말이오?"

불가능, 그것은 아무것도 아니다? 뭐, 이런 건가, 하며 깐죽거리는 진무였는데 뜻밖에도 조봉팔은 고개를 끄넉였다.

"천고까지는 모르나 자네가 무학에 소질이 있음은 분명하네. 그러니 천외삼대불가득의 변형된 형태라도 펼쳐 낼 수 있는 것이겠지."

“변형된 형태?”

“다시 말하지만 천외삼대불가득은 인간의 신체로는 도저히 감당할 수 없는 자세와 형태로 만들어졌다네. 그렇기에 익힐 수 없는 것이 맞지. 하지만 자네는 익혔네. 무슨 말인지 알겠나?”

머리를 긁던 진무가 중얼거렸다.

“고쳤다?”

“질문을 상기해 보게. 내가 자네더러 뭐라고 물었는지, 그리고 천외삼대불가득의 이름이 뭔지를.”

“가만?”

조봉팔은 진무에게 염왕보를 누구한테서 배웠냐고 물었다. 이름에서 알 수 있듯 염왕보는 보법임에 틀림없을 터. 그리고 천외삼대불가득 가운데 보법이라고는 염왕군림보밖에 없다.

이름이… 다르다.

진무의 표정을 읽은 조봉팔이 힘주어 말했다.

“그래, 자네의 보법은 염왕군림보에서 염왕보만을 떼어낸 형태가 분명하네.”

“그렇다면?”

“눈치 한번 빠르군. 맞네, 염왕군림보는 염왕보와 군림보라는 전혀 다른 두 가지의 보법을 결합시킨 형태란 얘기지.”

“상이한 성질의 두 가지 보법을 하나로 융합시켰다는 말인데, 그게 가능하오?”

“가능하네.”

자신있게 고개를 끄덕인 조봉팔이 나지막하게 읊조렸다.

"두 가지를 결합시킨 장본인이 바로 나였으니까."

"뭐요?!"

저도 모르게 벌떡 일어선 진무가 조봉팔을 내려보았다.

"그렇다면 당신도 '그들' 가운데 하나라는 거야?"

"그게 무슨 말이냐?! '그들' 이라니?!"

이번에는 조봉팔이 일어섰다.

"바로 '그들' 이라는 존재들에게 염왕보와 수라격체술을 사사받은 것인가?!"

폭풍 같은 기세. 그야말로 천하제일인의 신위가 무엇인지 약여하게 보여주는 다그침이라 진무도 멍하니 조봉팔을 바라보고만 있었다.

"어서, 어서 말하라! 자네가 지칭하는 '그들' 이 누구인지!!"

두두두두—

그저 소리쳤을 뿐인데 탁자가 덜덜 떨리고 술잔들이 펑펑 깨져 나갔다.

"잠깐만, 내 말을 좀 들어보……."

"어서 말하라!!"

"내 말 좀 들어보라니……."

"말하라!!"

우우웅—

조봉팔이 공력을 배가시키자 음식들 담은 접시들에 쩍쩍 금이 갔고 고스란히 압력에 노출된 진무의 얼굴이 일그러졌다.

“그러니까 내 말을 좀……."

“말하라고 하지 않았나!”

콰쾅!

폭음과 함께 탁자가 산산조각이 났다. 그렇지만 조봉팔의 공력은 한층 깊어갔기에 얼굴을 이지러뜨리던 진무의 이빨 사이에서 기이한 음성이 흘러나왔다.

“악마를… 초대하고 싶은가?”

순간 몰아닥친 한기. 하지만 조봉팔의 응대는 더욱 차가웠다.

“그래서, 악마를 불러오기라도 하겠다는 건가?”

“필요하다면.”

번쩍!

진무의 두 눈에서 혈광이 이글거리자 조봉팔이 오른손에 공력을 불러 모았다.

“나 역시 악마와 대화할 용의가 있다네.”

하얗게 일렁이는 주먹을 들어 올리며 조봉팔이 짧게 말했다.

“필요하다면.”

츠츠츠—

조봉팔의 전신에 광휘로운 서기가 어리고, 대조적으로 진무의 몸에서는 뭉클뭉클 지옥의 아지랑이가 피어오르기 시작했다.

“소원이라면.”

짧게 뇌까린 진무가 핏발 선 눈으로 조봉팔을 노려보다 오른발을 내딛었다.

쿵!

순간적으로 전달되는 압력!

'이것이 염왕보!'

단 한 걸음! 단 한 걸음을 내딛었을 뿐인데 조봉팔은 눈살을 찌푸리며 호신강기로 몸을 보호해야만 했다. 여타의 움직임 하나 없이 한 걸음 떼었을 뿐인데.

우웅—

조봉팔이 불러온 서기가 찬란하게 빛을 발하자 오른발을 내민 그대로 멈춰 서 있던 진무가 기괴스러운 조소를 흘렸다.

"역시 무적사신이라는 건가……."

그의 눈망울에 어린 혈광이 더욱 또렷해지자 진무의 눈동자는 마치 피를 머금은 만월(滿月)처럼 번들번들 빛났다.

쿵!

진무가 한 걸음 더 옮겼나 싶었는데 그의 주먹은 어느새 조봉팔의 면전을 위협하고 있었다.

"타아!"

창노한 음성과 함께 조봉팔도 마주 주먹을 내뻗었다.

콰쾅!

둘 사이에 놓여 있던 집기들이 박살나며 허공으로 비산했고, 주먹을 내민 그대로 조봉팔을 바라보던 진무의 입꼬리가 사악하게 말려 올라갔다.

"킥킥킥… 재미있군."

재미있다, 강호를 쩌렁쩌렁 울리는 철혈신권의 독문권법인 패천삼권(覇天三拳)을 상대하면서 즐기고 있다니.

어처구니없었지만 조봉팔은 인정해야만 했다. 자신이 상대하는 이는 약관의 청년이 아니라 혼돈혈애로 중무장한 염왕보의 주인이라는 사실을.

하지만…….

"재미있다고 했나?"

진중한 음성으로 입을 연 조봉팔이 무겁게 말했다.

"삼대불가득의 사용자라면 그 정도의 광오함은 당연할지도 모르지."

두 주먹을 말아 쥔 조봉팔이 힘차게 손을 뻗으며 외쳤다.

"그렇지만 아직 멀었다!"

콰! 콰! 콰!

마치 밀물처럼 들이닥치는 조봉팔의 권력에 고스란히 노출된 진무가 우뚝 몸을 세우더니 어깨를 움츠렸다.

스르륵!

뱀인가? 진무에게서 솟아오르던 핏빛의 아지랑이들이 부드럽게 말려들며 그의 몸을 휘어 감듯 둘러쌌다.

'이럴 수가!'

끝이 보이지 않는 늪의 밑바닥까지 빠져 들어가는 느낌. 주먹으로 전달되는 타격감이 전무했기에 급히 권력을 회수하며 조봉팔이 물러섰다.

‘혼돈혈애… 이 정도의 위력일 줄이야…….’

그가 물러서는 순간을 노린 것처럼 혼돈혈애를 바로 세운 진무가 다시 한 걸음을 떼었다.

쿵!

소림의 진각처럼 바닥에 깊은 족적이 남는 찰나, 불쑥 솟아난 진무의 오른쪽 어깨가 조봉팔에게 짓쳐들었다.

두 시진 전의 그것과는 비교도 할 수 없는 힘과 속도!

쾅!

반사적으로 양팔을 교차시켜 어깨 공격을 막아냈다 싶었는데 이번에는 반대편에서 또 하나의 어깨가 날아들어 조봉팔의 눈이 한껏 커졌다.

“이야압!”

교차한 양손을 크게 떨쳐 강력한 장력으로 진무의 왼쪽 어깨를 막아선 조봉팔이었지만 손목을 타고 흐르는 충격만큼은 어찌할 도리가 없었다.

하지만 진무의 공격은 여기서 끝이 아니었다.

쿵!

무심한 그의 발자국 소리와 함께 다시 오른쪽 어깨가 치고 들어왔다.

‘광격! 이것이야말로 진정한 광혈격돌(狂血激突)이구나!’

연환이리는 단어가 너무도 어울리는 무한의 어깨치기. 그리고 걸음 수가 더해질수록 그 위력은 배가되고 있기에 조봉팔로선 당황스러운 노릇이었다.

촤악!

또다시 들어오는 어깨!

"어딜!"

이번에는 조봉팔도 물러서지 않고 새처럼 유연하게 몸을 띄운 채로 오른손과 왼손을 번갈아 세 차례씩 떨쳐 냈다.

만개하는 꽃잎처럼 파생되는 여섯 개의 권영!

이것이야말로 패천삼권 가운데 사방과 전후마저 통제한다는 절대의 초식 낙화육엽(洛花六葉)이었다.

일단 펼쳐지면 공간 자체를 통제한다는 여섯 개의 주먹, 그리고 무심하게 다가오는 진무의 어깨는 운명처럼 두 사람의 가운데 지점에서 조우했다.

쾅! 쾅! 콰르르!

충격의 여파를 이기지 못하고 끝내 객잔의 지붕이 무너져 내렸지만 회색 장삼을 표표히 휘날리며 허공에서 떨어지는 조봉팔의 모습은 장엄하기까지 했다.

"다섯 걸음으로 혼을 내쫓고, 일곱 걸음이면 적수가 없다……. 이제 두 걸음 남았느냐?"

오보추혼 칠보무쌍(五步追魂 七步無雙)!

천고의 전진 공격 보법인 염왕보를 일컫는 말이지만 이 여덟 개의 글자를 아는 이가 몇이나 될까.

뭉클거리는 피의 안개 사이로 눈동자를 반짝이던 진무가 썩은 미소를 배어 물자 비릿한 피의 내음이 장내를 가득 메우는 착각마저 불러왔다.

“두 걸음은 무슨.”

한층 선명해진 핏빛의 눈동자로 진무가 속삭였다.

“딱 한 걸음이면 돼.”

츠츠츠츠—

“발을 떼는 순간…….”

이번에는 조봉팔도 경시하지 않고 상서로운 기운을 극한까지 불러일으키자 둘의 대치에 바닥이 들썩이고 흙먼지가 마구 비산했다.

“너는 하늘을 보게 될 것이다.”

무심한 조봉팔의 말이 끝나자 사위는 쥐 죽은 듯 가라앉았다.

일촉즉발! 이번에 부딪친다면 어느 한편은 치명적인 타격을 받을 것이다!

그러나…….

“크흑!”

가슴을 부여잡으며 진무가 무릎을 꺾었다.

“크헉! 헉, 헉!”

급격히 사그라지는 혈광. 그리고 거친 숨소리.

“아, 제기랄! 헉, 헉, 이럴 때 꼭 지랄이야, 지랄이!”

이를 부드득 갈며 괴로워하던 진무가 끝내 고개를 치박고 몸부림쳤다.

“으허헉! 으윽!”

‘이런!’

씻은 듯 사라진 예기. 공력이란 발출보다 수발이 어려운 법이거늘 조봉팔은 눈 한 번 깜빡일 사이에 내력을 거두었으니 철혈신권이란 명호에 부끄럽지 않은 모습이었다.

"괜찮은가?"

조봉팔이 다가갔지만 진무는 마치 새끼 사자처럼 으르렁거렸다.

"다가오지 마!"

비록 숨넘어가는 노인처럼 애처로운 모양새였으나 기세만큼은 하늘이라도 갈라 버릴 것처럼 단호했기에 조봉팔이 우뚝 걸음을 멈췄다.

"다가오지, 헉, 헉, 말란 말이야……. 비, 빌어먹을 영감탱이야……."

울부짖듯 외치던 진무가 바닥을 데굴데굴 구르다 목에 핏발을 세우며 괴성을 토했다.

"으아아아아아악!"

툭.

진무의 고개가 떨어지자 한달음에 다가선 조봉팔이 그의 맥을 짚었다.

'뭐지? 이 기운은? 사람의 기혈이 이런 식으로 움직일 수도 있단 말인가?'

이건 자신의 몫이 아니다. 사람을 박살 내는 일이라면 능히 천하제일을 다투겠으나 사람을 고치는 일은 그의 소관이 아니었으니까.

　다행히 조봉팔에겐 친구가 많았고 그들 가운데 사람을 고치
는 일이라면 능히 천하제일을 다툴 만한 이 또한 포함되어 있
었다.
　재수는 좀 없지만.
　"이것저것 가릴 계제가 아니지!"
　진무를 옆구리에 낀 조봉팔이 객잔 벽을 부수며 날아올랐
다.

　대체 이 아이에게 무슨 일이 있었던 것인가, 대체…….

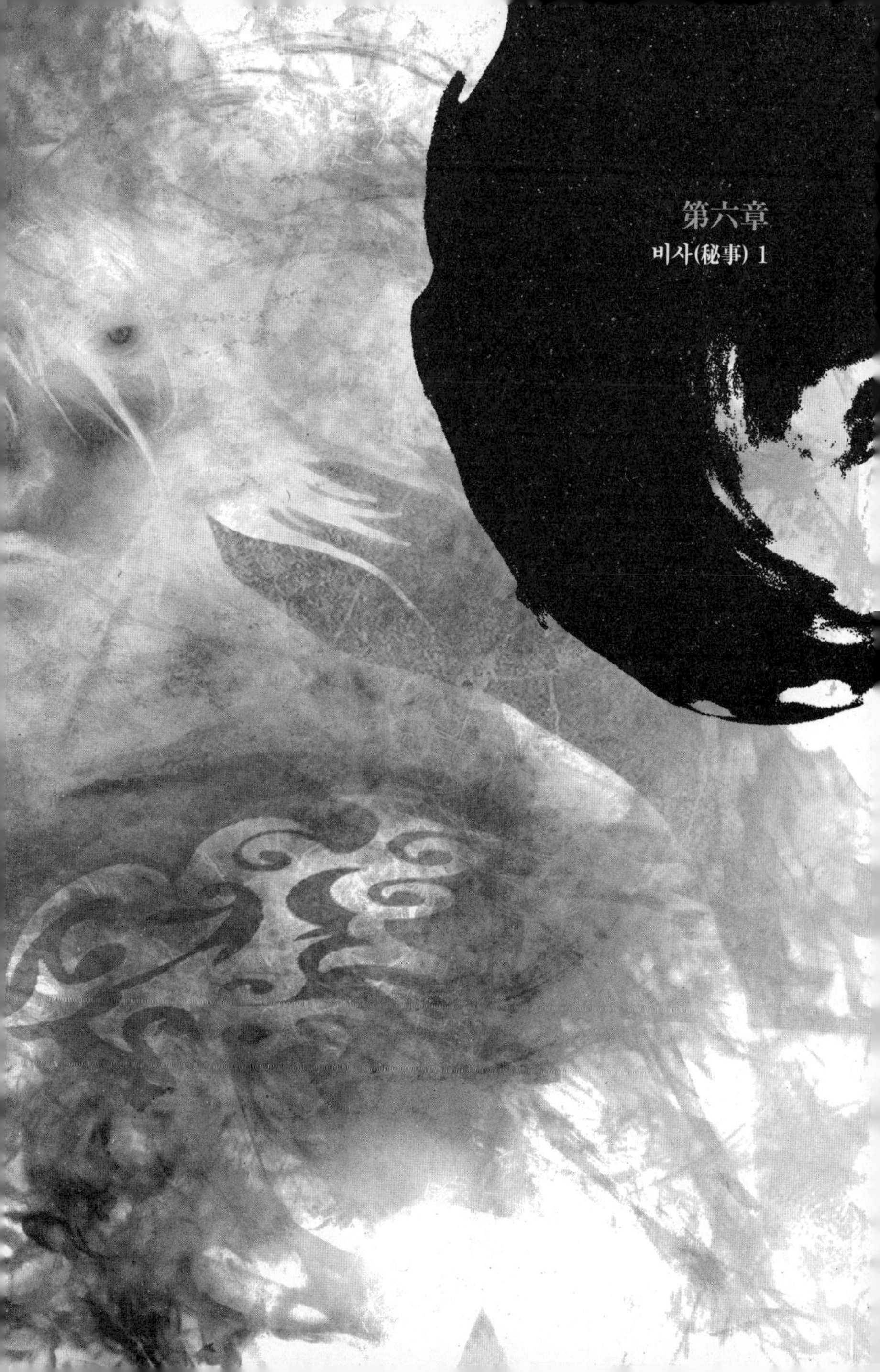
第六章
비사(秘事) 1

염왕진무
閻王眞武

  진무의 전신을 꼼꼼하게 살피던 노인이 조봉팔을 돌아보며
혀를 찼다.

  "쯔쯔……."

  "뭐냐, 그 의미는?"

  "비열한 놈."

  "뭐라고!"

  비열하다니! 천하의 대협객까지는 아니더라도 나름 정도를
걷고 있는 자신에게 비열하다니!

  "그게 무슨 말이야! 내 어디를 봐서 비열이라는 단어가 튀어
나오느냔 말이다!"

  그렇지만 노인은 변함없이 조봉팔을 공박했다.

“겉은 멀쩡하게 놔두고 내가중수법으로 속만 뒤집어놨는데
어찌 비열하다는 말을 하지 않을 수 있겠냐!”

“뭐라고!”

“흥! 묵성암류인지 뭔지 하는 비겁한 권법을 썼겠지, 치사하
게.”

묵성암류를 사용하긴 했다. 별다른 타격을 입히지 못해서
그렇지.

“자네가 뭔가를 착각하고 있는데 이 젊은이는 다르다고!”

“허이구, 다르다? 뭐가 다른데?”

“그러니까, 그게…….”

“말 돌리지 말고!”

조봉팔의 말을 싹둑 자른 노인이 홱 고개를 돌렸다.

“꼬맹이랑 드잡이질을 했어, 안 했어?”

“으, 으음…….”

했다. 분명히 하긴 했다.

“거봐라, 나잇살 처먹고 새파란 애송이랑 드잡이를 하고 싶
더냐?”

“자네… 설마하니 내가 저 젊은이를 저 지경으로 만들었다
고 믿는 게야?”

“설마가 아니라 확신하고 있다.”

“지금 무슨 소리를 하는 게야!”

“됐다.”

펄펄 뛰는 조봉팔을 무시하고 이마에 주름을 잡던 노인이

고개를 저었다.

"이상하군. 비록 네 주먹이 무식한 것은 사실이지만 무에서 유를 창출할 정도까지는 아닐 텐데, 이 녀석의 혈관을 타고 흐르는 정체 모를 기류는 뭐란 말이냐."

"그러니까 내가 아니라고!"

억울함을 표하는 얼굴의 전형과도 같은 조봉팔의 표정에 노인이 또 한 번 물었다.

"싸웠잖아?"

"그랬지."

"그럼 답 나왔네, 뭘!"

"뭐가 답이 나와!"

버럭 소리를 지른 조봉팔이 방방 뛰었는데 그야말로 천진난만한 어린아이처럼 느껴져 불과 한 시진 전의 위엄있던 철혈신권은 어디로 갔는지 알 길이 없었다.

"스스로 자빠졌다고! 스스로 나자빠져서 저 모양이 됐단 말이다!"

"엥? 그럼 싸움은? 이제 약관의 저 꼬맹이가 무식한 네 공격을 감당했다는 말이라도 하려는 건 아니겠지?"

노인이 비아냥거렸지만 조봉팔은 침중한 안색으로 대답했다.

"맞아."

"뭐?"

"호각이었지."

"무슨 헛소리를……."

"농담이 아닐세."

띵—

그 자리에 얼어붙은 사람처럼 서 있던 노인이 조봉팔의 눈에 담긴 진심을 읽고 어금니를 꾹 깨물었다.

철혈신권이다. 그냥 고수도 아니고 천하제일인이라 불리는 철혈신권이 바로 눈앞의 친구란 말이다. 그런데 약관을 갓 지난 꼬맹이가 철혈신권과 대등하게 싸웠다는 말을 어찌 믿을까.

문제는… 친구의 말이 사실 같다는 거다.

"그럼 이 상태를 어떻게 설명할래?"

"그걸 밝혀내는 것이 자네 몫이잖아!"

입술을 조금 내밀고 조봉팔을 보던 노인이 의자에서 일어섰다. 오 척 단신에 구부정한 허리까지 더해지자 흡사 난쟁이를 보는 것 같았다.

화룡정점은 얼굴. 더 정확하게 말하자면 째진 눈에 너무도 어울리는 염소수염, 그리고 홀쭉한 뺨이 조화를 이루자 완전히 쥐가 따로 없었지만 머리에 반듯이 올라앉은 관으로 미루어 본업이 의원일 터였다.

"거참……."

진무의 주위를 빙글빙글 맴돌던 의원 노인이 우뚝 걸음을 멈췄다.

"너… 나한테 숨기는 것 있지?"

뜨끔!

당황한 조봉팔이 고개를 돌렸다.

"뭐, 뭘 숨겼다고……."

"가져가."

"무슨 말이냐!"

"이놈, 당장 가져가란 말이다."

"그게 의원된 도리로 할 말이더냐!"

"뭘 알아야 환자를 보든가 할 것 아냐! 내 비록 사람 살리는 일을 천직이라 생각하지만 이번은 포기하겠다."

단호하게 고개를 돌리는 의원 노인의 서슬에 조봉팔이 난감한 얼굴로 탄식을 터뜨렸다.

"에휴… 그러니까……."

"그러니까, 뭐?"

"그게……."

머뭇거리던 조봉팔이 결심한 듯 입술을 한일자로 다물었다가 크게 벌렸다.

"좋아, 다 얘기하도록 함세. 그러니까 자네 눈앞에 나자빠져 있는 젊은이가 염왕보와 수라격체술을 사용했다."

또 한 번 멍―

넋 놓고 조봉팔을 바라보던 의원 노인의 입이 천천히 열렸다.

"당최… 무슨 소리를 늘어놓는 거야?"

"말 그대로일세. 저 녀석은 염왕보와 수라격체술을 익혔단 말이야. 그 증거로……."

잠시 말을 끊었던 조봉팔이 씹어뱉듯 한마디를 던졌다.

"녀석의 몸에서 혼돈혈애가 피어올랐거든."

쿵!

"그, 그게 정말이냐? 요 꼬마가 운기만으로 상대방의 공격을 팔 할 이상 중화시킨다는 절대무적의 강기공, 혼돈혈애를 피워낸다는 거야?!"

"그래. 혼돈혈애가 염왕보의 독문 강기라는 사실은 자네도 잘 알고 있을 테니까 부연 설명할 필요는 없겠지."

염왕보는 공격만을 추구하는 보법이다. 수비 따위는 애초부터 염두에 두지 않고 오로지 공격일변도를 표방하는 극도의 전진 보법이다.

그래서 혼돈혈애가 필요했던 거다. 나아감과 동시에 수비가 가능하도록. 아니, 무한의 전진을 보조하기 위한 수단으로 혼돈혈애가 꼭 필요한 거다.

"강호삼대불가득이라는 말이 무색해지는 순간이로군."

의원 노인이 팔짱을 끼자 조봉팔이 고개를 끄덕였다.

"설마, 설마 했었다. 그렇게 보낸 이십 년은 지옥과도 같았어."

어깨를 축 늘어뜨리며 조봉팔이 의자에 앉자 의원 노인이 고개를 도리도리 저었다.

"업보로구나, 업보야."

"후우~ 여태 아무런 일도 없었기에 기우려니 하면서 넘어갔거늘."

　이십 년 전, 대체 무슨 일이 있었기에 두려울 것이 없다는 철혈신권의 입에서 이토록 무거운 탄식이 새어 나오는 걸까.

　조봉팔의 무거운 대답에 의원 노인이 진무의 맥을 다시 잡고 지그시 눈을 감았다.

　"첩, 그렇게 짜맞추니까 맞아떨어지긴 하네."

　"음, 그게 무슨 말인가?"

　조봉팔이 깜짝 놀라자 눈을 뜬 의원 노인이 침중하게 물었다.

　"이놈이 익혔다는 염왕보, 수라격체술 그 두 가지가… 은하노인(銀河老人)에게서 나왔다고 했지?"

　뭔가 대단히 조심스러운 물음.

　"맞아… 은하노인이셨지."

　역시 조심스럽기 그지없는 대답.

　"그분이 분노[怒]를 탐구하셨다고 했고?"

　여전히 조심스러운 의원 노인의 질문.

　"그렇다고 하셨지."

　조심스러운 대답을 이어가며 조봉팔이 침을 삼켰다.

　"그래서… 맞아떨어진다고 하는 거야. 지금 이 꼬마 녀석의 몸을 마구 휘젓고 다니는 세 가지의 기류 가운데 하나를 밀로 풀어보자면 노여움이라 칭할 수 있거든."

　"그랬구나, 그랬어."

　고개를 끄덕이며 조봉팔이 숨을 깊게 내쉬었다. 대단히 힘든 이야기를 마친 사람의 그것처럼.

 그런데 은하노인이 어떤 사람이기에 전대 정도맹주이자 능히 천하제일이라는 단어를 논할 실력자가 입에 담기조차 버거워하는 것일까?

 진무의 몸을 계속 더듬던 의원 노인이 머리를 벅벅 긁었다.

 "야, 아봉(兒峰). 이 녀석이 사용했던 건 분명 염왕보와 수라격체술이 전부였단 말이지?"

 다시 말하지만 조봉팔은 친구가 많다. 그러나 그의 아명을 멋대로 부를 사람은 천하에 단 세 사람만이 존재한다. 그리고 의원 노인은 그 셋 가운데 하나였다.

 "내가 보기엔 그래. 군림보마저 익혔다면 저리 나자빠질 이유가 없을 테지."

 "그럼 이상한데?"

 "또 뭔가? 무슨 일이라도 있나?"

 "아, 아니다. 지금으로서는 뭐라고 하기 그렇다. 나중에 말하자."

 의원 노인이 손을 젓자 조봉팔이 방금 전의 싸움을 회상했다.

 "녀석은 오로지 공격일변도였다, 오로지……."

 조봉팔이 진무와의 만남에 대해 얘기하기 시작하자 엄숙한 표정으로 말을 듣던 의원 노인이 한가장원에서의 싸움 장면에서 눈을 빛냈다.

 "당만호? 사천제일수라 불리던 그 당만호라는 아이 말이더냐?"

"그래, 어떻게 된 일이지는 몰라도 한가장원의 총책임자는 당만호 같더군."

"당만호라……."

당문은 암기술과 독공에 일가를 이루는 단체. 자연히 의학에 매진하는 사람들로서는 친숙한 문파일 수밖에 없다. 그런 의미에서 의원 노인도 당문과 당만호에 대해 잘 알고 있었던 것이다.

"당만호라면 그래도 사천 지방에서는 황제와도 같은 존재였다, 손만 잘 쓰는 것이 아니라 명석하기도 했고. 그런데 어쩌다가……."

"아마도 검로(劍老) 기세후에게 패한 자괴감을 이기지 못한 게지. 자네가 얘기하지 않았나, 당만호라는 아이는 전통을 부정하는 것이야말로 당문이 도약하는 길이라고 역설했음을."

조봉팔의 독백에 의원 노인도 수긍했다.

"맞아. 그 녀석은 무학 외적인 면을 강조하는 당문의 전통을 부정했었어. 진정한 무인은 본신의 절기로 우뚝서야 한다고 주창했었다. 하나 결국은 검로에게 패하고 약에 의존하는 길을 걷다니, 참으로 안타깝구나."

사하라 언급했던 기세후가 바로 사사겹전 가운데 사로에 속하는 검로임이 밝혀지는 순간이었다.

"그런데 그 당만호를 눕힌 것은 바로 저 녀석이다."

조봉팔이 손을 들어 진무를 가리키자 의원 노인이 작은 침

하나를 매만졌다.

"약에 취한 당만호라, 본신의 힘 가운데 얼마나 사용하더냐?"

"칠 할."

사천에서 제일간다는 당만호였다. 비록 약에 취해 제 실력의 전부를 발휘하지 못했다고 하더라도 최소 칠 할의 힘으로 싸웠다면 경천동지의 위력이었을 터.

이를 눈치 챘는지 조봉팔이 잘라 말했다.

"혼돈혈애로 무장한 염왕보의 앞에서 사천제일수라는 이름 따위는 무의미하지. 비록 미완이라도."

이 말에는 의원 노인도 전적으로 수긍했다. 혼돈혈애가 발동된 염왕보는 그야말로 악마의 발걸음일 테니까.

"사람이 악마의 전진을 막을 수는 없겠지. 달리 오보추혼(五步追魂)이라고 네가 불렀겠냐."

의원 노인이 조봉팔과 격의없이 노는 건 사실이지만 적어도 무학 면에서는 철혈신권의 한마디 한마디를 가슴에 새기는 형편이다. 그렇기에 조봉팔이 두려워 마지않는 절대의 무학, 삼대불가득을 직접 대해보지도 않고 받아들이는 거다.

하긴, 천하에서 그를 인정하지 않으면 누굴 인정할까.

한가장원을 나온 진무와의 싸움에 대해 조봉팔이 얘기하자 의원 노인의 눈은 한층 예리한 빛을 발했다.

"굉장히 영리한 아이다. 자신의 열세를 순간적인 기지로 뒤바꿀 줄 알다니."

"그래. 녀석은 제 힘이 부치는 걸 본능적으로 깨닫고 배 째라는 식으로 버티더군. 한데 얄밉지가 않았어. 천하의 그 누구라도 받아줄, 그런 응석이었거든."

"마지막 싸움은?"

"그게… 내가 너무 몰아붙였나 봐……."

"무슨 말이야?"

머리를 벅벅 긁으며 조봉팔이 당시의 상황을 떠듬떠듬 얘기하자 의원 노인이 가슴을 쥐어뜯었다.

"와, 진짜 미치겠네! 이 꼬맹이를 보란 말이야! 애잖아, 애! 이런 애들은 살살 구슬려야지, 그렇게 다그치면 아는 것도 불지 않을 판이잖아!"

"그, 그게 이십 년 전의 업보가 눈앞에 나타나다 보니 그만 흥분해 버려서……."

"너 바보지? 그게 흥분의 문제냐! 아니, 얘기 좀 들어달라는 애의 말허리는 왜 자꾸 썩둑썩둑 잘라먹는데, 이 무식하니 힘만 센 인간아!"

"넘어가려고 했는데 '그들' 에 관한 언급이 나오니까 나도 모르게……."

어떻게든 변명하려는 조봉팔이었지만 의원 노인의 잔소리를 막지는 못했다.

"잠시만 참았으면 술술 대화로 풀렸을 일이잖아! 왜 애를 윽박질러서 싸움질까지 갔느냔 말이다! 답답한 화상아!"

삥—

잘못한 건 안다. 그런데 자꾸 잔소리를 듣자니 열 받는다.

"그럼 어쩌라고! 자네도 내 입장이 되면 달랐을 거야!"

"얼씨구, 이놈 보게? 네가 뭘 잘했다고 성질이야, 성질이!"

"명색이 의원이라면서 역지사지의 마음가짐도 없느냐, 역지사지! 나름 최선을 다한 사람에게 이런 식의 면박을 줄 수 있냐고!"

우우웅―

역지사지라는 고사성어와 의원과의 관계는 잘 모르겠지만 아무튼 흥분한 조봉팔이 목에 핏발을 세우자 광휘로운 빛과 함께 그의 장삼이 마구 나부꼈다.

일견 무시무시하면서도 압도적인 모습. 하지만 의원 노인에겐 단지 어깨동무의 앙탈, 그 이상도 이하도 아니었나 보다.

"에허… 잘났다, 잘났어. 그 나이 먹고 아직까지도 성질머리를 고치지 못하냐……."

한숨을 내쉰 의원 노인이 열 받아 날뛰는 철혈신권을 외면하고 진무를 물끄러미 바라보았다.

"피를 부르는 미완성의 두 가지 절대적인 무학, 지독할 정도의 생존 본능, 그리고 노강호의 마음을 한순간에 사로잡는 기지까지. 이 모두가 계산하에 이루어진 일들이라면……."

기묘한 눈으로 진무를 응시하던 의원 노인이 무겁게 중얼거렸다.

"어쩌면 우리는 희대의 괴물을 보고 있는 걸지도 모르겠다."

　　　　　*　　　　　　*　　　　　　*

눈을 뜬 진무가 처음 본 것은 쥐였다.

"끄으응, 동굴인가, 웬 쥐가……."

그리고 쥐가 말을 했다.

"억지로 일어나려 하지 말거라. 아직 완전히 회복된 것은 아니니."

당연한 일이겠지만 말을 하는 쥐를 처음 보면 누구라도 소스라치게 놀라는 법이다.

"으악! 쥐가 말을 한다!!"

'그런데 이놈이?

의원 노인이 미간을 구겼다. 자신의 생김새가 쥐와 유사하다는 건 잘 알고 있었지만 대놓고 말을 하는 이는 없었다.

사사겹천 가운데 패배를 모른다는 사존[不敗四尊] 중에서도 의술과 암기술의 달인이라 불리는 생사침존(生死針尊) 공손천(公孫天)의 면전에서 쥐를 닮았다는 말을 할 사람은 천하를 뒤져 봐도 찾기 어려울 테니.

깜짝 놀란 진무가 벌떡 일어나 공손천을 찬찬히 살피고는 투덜거렸다.

"뭐야, 사람이었소?"

'끄응~'

공손천이 인상을 구기는데 진무는 여전히 나불거렸다.

"흠, 참으로 희한하게 생긴 노인네로군. 혹시 곡예단장(曲藝
團長)들이 섭외한답시고 졸졸 쫓아다니지 않았소?"

노인장 정도라면 분장이 필요없을 텐데, 중얼거리는 진무에
게 강렬한 살의를 느낀 공손천이 침 하나를 쥐고 부르르 떨었다.

살기를 느꼈을까, 움찔한 진무가 괜히 주위를 둘러보며 화
제를 돌렸다.

"어라? 근데 여기는 어디래? 분명 신선 노인네하고 술을 푸
다가 흥분한 것까지는 기억하는데."

신선과 쥐의 극명한 대비에 다시 한 번 살의를 느낀 공손천
이 한 걸음 다가서는데 슬그머니 피하며 진무가 물었다.

"혹시 이상한 영감 하나 보지 못했소?

"영감?

아마도 조봉팔을 일컬음이리라. 그런데 사신 가운데 철혈신
권더러 영감 타령이라면 한 단계 아래인 생사침존에게 쥐 노
인 타령은 애교로 봐줄 만하지 않은가.

"그렇소. 키는 멀대같이 큰데 알고 보면 꽤나 무서운 영감이
라오. 문제는 성격이 폭급하여 뻥 돌아버리면 제 할 말만 주절
거리더군. 거기다 지랄 맞기까지 해서 무턱대고 화부터 낸다
니까! 그야말로 표리부동의 극치라 할 수 있었다오."

"걔가 원래 그렇지!"

의기투합!

반사적으로 침을 내려놓은 공손천이 희희낙락하여 맞장구
쳤다.

"몇 번 대하지도 않았다면서 정확히 파악했구먼! 원래 그놈이 참을성박약에 무식해서 힘만 세거든. 거기다 자기중심적이라서 남의 말은 그냥 씹어버린다니까!"

"오오오, 역시 그랬군! 원래부터 지랄 맞은 성격머리였소?"

"물론이지! 골목대장을 할 때부터 그랬다니까! 기본적으로 제가 하고 싶은 놀이만 고집하고 제가 가지고 싶은 것은 무슨 수를 써서라도 가졌다네!"

"완전 폭군 아닌가! 어떻게 그런 영감과 같이 놀아줬다는 거요?"

"비참하기 이를 데 없는, 그야말로 굴욕의 세월이었지."

정통 비감한 목소리로 공손천이 조봉팔과의 어린 시절을 회고하기 시작했다.

"놈과 얽히게 된 건 순전히 같은 동네에서 자랐다는 이유 때문이었어……."

'저, 저것들을!'

문에 귀를 붙이고 두 사람의 말을 듣던 조봉팔이 분노에 몸을 떨었다.

자신이 언제 가지고 싶은 것을 무슨 수를 써서라도 가졌다는 말인가! 언제나, 늘, 항상 대가를 치르고 바꿨거늘!

물론 대가의 기준을 자신이 정했고, 상대방의 동의를 그다지 중요하게 여기지는 않았지만 어쨌든 합법적이면서도 투명한 거래였단 말이다!

놀이? 놀이 문제도 그렇다. 일정한 인원이 모인 후에 놀이의 종목을 정할라치면 누구나 자기가 잘하는 것만 고집하기 마련이다. 그렇게 입씨름을 하다 보면 날을 새기 일쑤였고.

그래서 자신이 정했던 거다! 어디까지나 살신성인의 마음으로 외로운 결단을 내렸던 거다!

물론 종목은 그날그날 자신이 하고 싶은 것을 중심으로 정해지기는 했으나 놀다 보면 모두가 즐거웠으니 된 것 아닌가!

그렇게 생각해 보니……

"참으로 짓궂었구나, 나란 사람은……."

씁쓸한 미소를 머금으며 조봉팔이 쭈그려 앉았다, 이제는 다시 오지 못할 유년기의 어느 날을 곱씹으면서.

*　　　　*　　　　*

때늦은 점심을 마치고 다탁에 둘러앉은 세 사람이 서로를 멀뚱거리며 바라보았다.

뭔가 하고픈 말은 많은데 막상 시작하자니 엄두가 나지 않는 걸까?

어색하기 그지없는 침묵. 불안하기만 한 정적.

그렇게 시간을 죽이던 진무가 끝내 폭발했다.

"아, 진짜! 사람 불러놓고 뭐 하자는 거야! 좋아, 좋아, 내 더러워서 모조리 불고 만다! 그 염왕인가 뭔가 하고 수란가 뭔가 하는 어깨치기를 누구한테 배웠느냔 말이지? 말할게, 깡그리

말해주지, 뭐!"

"그게 누구냐!"

"어서 말해보게나!"

용수철처럼 튀어 오르는 두 노인을 멀거니 보던 진무가 입술을 비틀었다.

"물오른 멸치 떼처럼 펄떡거리기는."

띵—

천하를 호령하는 사신과 사존이 바보 되는 순간이었다. 하지만 이 두 사람의 절대고수들은 애타게 진무의 입술만 바라볼 뿐, 감히 화를 내지 못했다.

이 정도라면 돌부처라도 돌아앉을 판.

두 노인의 절실한 눈빛에 진무도 깐죽거림을 멈추고 탄식했다.

"쩝… 알았어요, 알았어. 그러니까 나한테 보법과 어깨치기를 알려준 이는 다름 아닌……."

"다름 아닌!"

"누군가?"

"친구였소."

띠잉—

다시 찾아온 침묵. 조봉팔과 공손천이 멍청하게 서로를 바라보았지만 잠시 뜸을 들인 진무는 유쾌하게 말을 이었다.

"뭔 말인지 헷갈릴 소지가 있겠군. 풀어서 설명해 줄 테니 귓구멍 팽창시키고 잘 들으시오."

거만을 떨며 두 노인을 차례로 훑고 진무가 입을 열었다.

"내 비록 지금은 바삐 돌아다니지만 오 년 전만 해도 작은 산에 파묻혀서 사냥으로 먹고살았거든. 천애고아나 다름없었던 처지니까 별 도리 있겠소? 먹고는 살아야겠는데 열여섯의 꼬마에게 사회는 만만치 않았거든."

당시를 회상하는지 진무의 눈동자가 위로 올라갔다.

"생각보다 사냥은 어려웠지. 음, 어려웠어. 실력 좋은 엽사들이야 반나절 만에 꿩이며 토끼니 해서 너댓 마리를 잡는다지만 그저 몸 좀 빠르고 완력이 남다른 열여섯 꼬마에게 산짐승들의 움직임은 버거웠으니까."

음식을 대하는 날보다 대하지 못한 날이 많았지, 고개를 주억거리던 진무가 고개를 홱 돌려 조봉팔을 바라보았다.

"그러던 어느 날이었소!"

이제 대단한 이야기가 튀어나올 것이다! 강호삼대불가득에 얽힌 신비롭고도 기괴한 일화가 시작될 것이다!

조봉팔과 공손천이 상기된 표정으로 목을 쑥 빼자 지그시 눈을 감은 진무가 나른하게 입을 열었다.

"그날도 역시 주린 배를 움켜쥐고 허위허위 사냥 도구를 챙기는데 모옥 밖에서 인기척이 들리더군. 산 생활 육 개월 차라고 사람과 동물의 소리 정도는 구분할 줄 알았거든."

순간 진무의 눈에 야릇한 열기가 서렸다.

"얼른 나가봤지. 내 또래의 꼬마가 엎어져 있더군. 전신에 피칠갑을 하고 말이야. 어쩌겠소? 일단 살려본다고 갖은 수를 썼지. 물 먹이랴, 상처 치료해 주랴, 고약으로 전신을 둘둘 말고…… 아무튼 그렇게 해놨더니 사흘 후에 정신을 차리더군.”

이야기가 이상한 방향으로 흘러가서 조봉팔과 공손천이 인상을 찡그리는데 진무는 여전한 표정으로 말을 이었다.

“생각해 보면 놀라운 회복력이었지. 완전히 망가졌다고 생각했는데 금방 자리를 털고 일어나더라니까? 일반인이라면 어림 반 푼어치도 없는 일이었다오.”

“설마… 깨어난 아이가 고마움에 못 이겨 염왕보와 광격을 가르쳐 주었다, 뭐, 이런 천편일률적인 타령을 늘어놓으려는 건 아니겠지?”

냉정한 목소리로 조봉팔이 물었지만 진무는 당당하게 고개를 끄덕였다.

“오옷, 역시 철혈신권다운 추리력이로군! 정도맹주는 풍채로 맡는 자리가 아니었어!”

“끄으응…….”

이렇게 허탈할 수가. 고작 저런 말도 안 되는 얘기를 듣자고 이리 긴장했단 말인가.

조봉팔의 미간이 찌푸려지고 공손천이 고개를 들어 멀거니 하늘을 바라보았지만 진무는 여전한 표정으로 두 노인을 번갈아 바라보았다.

“왜, 왜? 뭐가 이상한데?”

이상한 정도가 아니라 날조의 냄새가 풀풀 풍기는 이야기.

“이보게, 진무.”

조봉팔이 입술을 마구 비틀며 가까스로 말을 꺼냈다.

"세상천지에 그 말을 누가 믿겠나?"

"믿지 못할 건 또 뭔데?"

"허허……."

고개를 돌리고 진무를 외면하며 조봉팔이 헛웃음을 터뜨리자 가만히 듣고만 있던 공손천이 나섰다.

"아이야, 나는 두 가지로밖에 생각할 수가 없다."

"두 가지?"

"그렇다. 하나는 강호 물정에 어두운 네가 돌아가는 정황을 파악하지 못하고 우리를 속이려 한다는 것이다."

"나머지 하나는?"

진무의 물음에 스산한 눈빛을 일렁이며 공손천이 말했다.

"나머지 하나는 강호 물정에 달통한 네가 돌아가는 정황을 역이용하여 교묘하게 우리를 속이려 한다는 것이지."

"두 개 다 거짓말한다는 거잖아?"

진무가 피식 웃자 공손천이 입을 닫았다.

"하… 이거 미치겠네."

제 가슴을 탕탕 치던 진무가 벌떡 일어섰다.

"이거 열 받네! 애당초부터 결론을 내려놓고 묻긴 왜 묻는 건데! 사람 병신 만드는 방법도 유분수지, 이건 완전히 물 먹인 거 아냐!"

펄펄 뛰는 진무를 황당한 표정으로 바라보던 두 노인이 약속이나 한 것처럼 머리를 짚었다.

이건 뭐, 대책이 서지 않는 놈이다. 막무가내에, 옹고집에, 뻔뻔하기는 이를 데 없고, 거기다 속까지 모르겠으니 세상천지에 이런 꼴통이 어디 있을까.

답답한 마음을 풀 길이 없어서 고개를 절레절레 젓던 조봉팔이 무겁게 말했다.

"일단 앉게."

"앉긴 뭘 앉아! 그래놓고 또 바보 만들라고?"

"앉으라니까."

나직하나 거역할 수 없는 명령.

발딱 치켜세웠던 꼬리를 슬그머니 내리며 진무가 앉았다.

"솔직히 자네의 얘기를 어디서부터 어디까지 믿어야 할지 모르겠네. 아니, 자네가 했던 이야기를 하나도 믿지 못하는 것이 우리의 입장이라네."

"쿵!"

꼬리는 말았지만 기는 죽지 않았음을 표시하려는 듯 진무가 콧방귀를 날렸지만 곧 고개를 숙였다.

"일단 자네가 언급한 그들에 관해서 말인데, 자넨 또 그 꼬마가 얘기해 주었다고 하겠지."

"그야 물론……."

"그런데!"

진무의 말을 끊은 조봉팔이 고개를 돌리자 공손천이 말을 받았다.

"듣자 하니 너는 자신이 익힌 무공의 이름조차 모르는 눈치였다고 했다. 맞느냐?"

"별걸 다 얘기했네, 젠장."

진무가 조봉팔을 꼬나보자 공손천이 혀를 찼다.

"지금 그런 것이 중요하지 않다! 내 단도직입적으로 묻자. 정말로 강호삼대불가득의 비화를 모른다는 말이냐?"

"아, 진짜! 내가 그런 것까지 어떻게 아느냐고!"

너무도 당당한 진무의 태도에 조봉팔과 공손천이 먼 산을 바라보았다.

대체 어디까지를 믿어야 할지.

"정말로 모른단 말이지……."

힘없이 중얼거리며 공손천이 조봉팔을 바라보았다. 뭔가 동의를 구하는 눈빛.

"이제 됐네. 내가 직접 얘기하도록 하지."

당사자니까, 하며 말을 맺은 조봉팔이 딱딱한 어조로 입을 열었다.

"흔히 강호삼대불가득이라 불리는 세 가지 무학. 즉, 염왕군림보, 수라격체술, 그리고 나찰호접무는 전에도 말했다시피 익힐 수 없는 것을 전제로 만들어졌다네. 그 이유가 무엇이라 생각하나?"

"난들 아우?"

전혀 관심없다는 듯 귀를 휘적휘적 파는 진무의 태도에 은은한 노기를 피워 올렸던 조봉팔이 곧 어깨를 늘어뜨렸다.

어떻게 하겠는가. 열쇠를 쥔 쪽은 건방진 꼬마 놈인데.

"그래, 모른다는 전제하에 내 얘기하도록 함세."

처연하기 그지없는 음성. 누가 이 힘없는 노인을 천하를 울리는 전대 정도맹주이자 사신 가운데 최강이라는 철혈신권이라 생각하겠는가.

그렇지만 진무는 너무나 편안했다.

"간곡히 부탁하니 내 넓은 마음으로 들어는 드리리다. 어서 얘기보따리를 풀어보시구려."

"끄응~"

억눌린 신음성을 토한 조봉팔이 이를 악물고 진무의 말마따나 얘기 보따리를 풀었다.

"간단하게 말해서 강호삼대불가득은 천외사선이 창안했다는 말은 절반은 맞고 절반은 틀린 얘기라네. 왜? 그 네 분 가운데 둘, 그리고 이 조봉팔이 만들었으니까."

쿠쿵!

드디어 천하의 비밀이라는 강호삼대불가득의 탄생에 얽힌 비화가 밝혀지는 순간이다.

"지금으로부터 이십 년 전, 당시 나는 정도맹의 총관이었네. 소림의 초심선사(初心先師)께서 맹주셨지."

"순전히 밥그릇에서 밀려서 맹주 자리만 양보했을 뿐, 실권은 죄다 서 녀석이 틀어쥐고 있었어."

"애초부터 하기 싫었다니까! 지금이라면 줘도 안 해!"

깐죽거리는 공손천을 보며 버럭 소리를 지른 조봉팔이 몇 번의 헛기침으로 분위기를 쇄신했다.

"어험험, 아무튼 총관이었던 내가 중점적으로 추진한 사안은 다름 아닌 강호의 평화였지. 살얼음판을 걷는, 그런 가식적인 평화가 아니라 진정한 공존 말이야."

"에이, 그게 가능하오? 만날 치고받고 싸우는 걸 낙으로 삼는 강호인들인데?"

"국지적인 싸움까지야 어찌할 수는 없지만 적어도 세력 간의 다툼만큼은 억제하고 싶었던 거라네. 한마디로 명분없는 소모전 같은 건 사전에 방지하자는 차원에서였지."

대개의 분쟁은 수뇌부들의 결정하에 이루어진다. 그리고 피를 흘리는 쪽은 의결권이 없는 밑바닥의 무인들이다. 적당히 싸우다 보면 수뇌부들끼리 여차여차해서 화친을 맺고 전쟁은 소득 하나 없이 끝나곤 한다.

덧없는 피와 시체만을 남긴 채.

"다행히 구천마련의 최고 수뇌부들도 나와 같은 생각을 가지고 있었지. 뭐, 개인적인 친분도 가세했지만, 그렇지?"

"맞아."

조봉팔이 공손천을 바라보자 쥐 모양을 한 늙은 의원이 고개를 끄덕였다.

"그러던 어느 날 일이 터졌다네. 그 하나의 사건으로 십여 년을 공들인 평화 체제가 완전히 무너질 수도 있는 커다란 일이."

조봉팔의 미간에 잡힌 주름의 수를 헤아리던 진무가 씁쓰레 미소 지었다.

"뭔 일이었는지 궁금하지만… 일단은 대충 넘어갑시다."

역시 상황 판단이 빠른 아이다. 남이 곤란해하기 전에 알아
서 피해주니 한결 수월한 대화가 가능하다.

잠시 진무를 바라보던 조봉팔이 공손천과 빠르게 눈을 교환
하고 말을 이었다.

"그래, 고맙구먼. 아무튼 그 일 때문에 골머리를 앓던 내게
서신이 한 상 전달되었다네. 누구도 모르게."

"누구도 모르게?"

느긋하던 진무의 눈에 반짝 빛이 일었다.

정도맹의 총관이 기거하는 거처에 아무도 모르게 서신이 전
달되었다? 강호를 쩌렁쩌렁하게 울리는 수백, 수천의 고수들
의 철통같은 경비를 뚫었다는 얘기다.

조금의 기척도 내지 않고.

"그렇다네. 집무를 보고 돌아오니 탁자 위에 놓여 있더군."

"보나마나 곤란한 일에 관한 언급이 있었겠고?"

"후후……."

쓴웃음을 지은 조봉팔이 각지 낀 팔을 다탁에 올려놓았다.

"맞아, 그런 내용이 담겨 있었지. 문제는 헛소리로 치부할
수 없을 정도로 정확한 근거가 제시되어 있었다는 걸세."

"당연히 해결책까지 명시되어 있었겠고……. 그래, 그들의
요구가 뭐였소?"

날카로운 진무의 물음에 조봉팔의 가슴이 기복을 일으켰다.

"일단 모처로 나오면 알 거라 하더군."

"그곳에서 천외사선의 두 양반을 만나게 되었겠고?"

이렇게 자꾸 앞서 가면 말을 할 맛이 나지 않는 법, 그러나 조봉팔의 입장에서는 오히려 편했다.

부연 설명을 할 필요가 없었기에.

"난생처음이었네, 사람을 대하고 움츠러들어 본 것이."

조봉팔의 목소리에 은은한 긴장감이 어렸다.

"그분들을 처음 대하고 받은 느낌을 말한다면 우리 또래 정도로 보였던 평범한 촌로 한 분, 그리고 여염집의 미부인이라는 정도였지. 그분들은 그저 앉아 있을 뿐이었다네, 어떠한 움직임이나 표정의 변화도 없이. 하지만……."

꽉 쥔 주먹을 바들바들 떨며 조봉팔이 중얼거렸다.

"나는 고양이 앞의 쥐처럼 꼼짝도 할 수 없었지. 손가락 하나 움직일 수 없었어. 명색이 천하에서 가장 무서운 주먹을 쓴다는 이 조봉팔이 말이야."

그날의 압박감이 되살아났을까. 조봉팔의 입술이 푸르르 떨렸다.

"그리고 그분들이 말씀하셨네, 긴장하지 말라고. 그제야 몸이 반응하더군."

"천외사선이라… 그렇게 대단한가……."

입맛을 다시던 진무가 조봉팔의 표정에서 무엇을 읽고 입을 닫았다.

"그래, 그분들이 신화의 주인공인 천외사선 가운데 분노를 탐구한다는 은하노인(銀河老人)과 슬픔[哀]을 연구한다는 은월선자(隱月仙子)셨지. 더욱 놀라운 건 그분들 역시 타의에 의해 그곳에 오셨다는 거였다네."

"타의?"

말도 안 되는 소리다. 천하에 그 누가 있어 천외사선의 두 사람을 오라 가라 할 수 있을까.

"정확히 타의 반, 자의 반이라고나 할까? 그분들 역시 뭔가를 제시받으셨다는 느낌이 들었으니까."

놀라움의 연속.

세속의 명리에 초연한 천외사선의 흥미를 끌 만한 조건이 제시되었다는 사실도 경악할 사실인데, 그것에 이끌려 전설의 두 신선이 움직였다는 건 누구도 예상하지 못했으리라.

"그 누가 상상이나 해봤겠나, 이런 일을 말이야."

나지막이 탄식한 조봉팔이 눈을 끔뻑이자 공손천이 말을 받았다.

"백 년 내 최대의 기사라 할 수 있는 일이지. 정도맹의 실질적인 실권자이자 이미 천하제일의 고수로 추앙받던 철혈신권, 그리고 천외사선 가운데 두 사람의 절박한 무엇을 감지한다는 건 말처럼 쉬운 일이 아니니까. 아봉의 문제야 내부의 첩자를 동원했다고 가정한다면 억지로 끼워 맞추기나 해보겠지만 거처조차 불분명했던 천외사선의 두 분에 관해서는 어떤 식으로든 설명하기 어려운 일이다."

"근데 그렇게 되었잖아?"

머리를 벅벅 긁던 진무가 입을 툭 내밀었다.

"하긴, 십호(十號)도 그러더군, '그들'은 하늘이었다고."

"십호? 네게 무학을 가르쳐 주었다는 꼬마 말이냐?"

"음, 언제가 이름이라는 게 있었을지 모르지만 지금의 자신은 십호일 뿐이라고 말했었지."

뭔가 그럴듯하게 들려서 조봉팔과 공손천이 인상을 구겼다. 피칠갑을 한 또래의 꼬마를 구해줬더니 무학을 가르쳐 주었다는 진무의 말도 안 되는 증언이 자꾸만 사실처럼 여겨진다.

상식선에서 비추어본다면 우스갯거리도 되지 않을 이야기인데.

뭔가 홀리는 기분이 들어 고개를 휘휘 저은 조봉팔이 이십 년 전으로 돌아갔다.

"아무튼 통성명을 끝낸 우리 세 사람의 앞에 그들의 요구 사항이 전달되었다네."

"뭔데요?"

진무가 관심을 보이자 조봉팔이 모호한 표정으로 말했다.

"세 가지의 무학을 만들어달라더군."

"세 가지?"

고개를 갸웃거리는 진무에게 조봉팔이 힘주어 말했다.

"공격 자체가 수비인 공격, 수비 자체가 공격인 수비, 마지막으로 보법 자체가 무학인 보법."

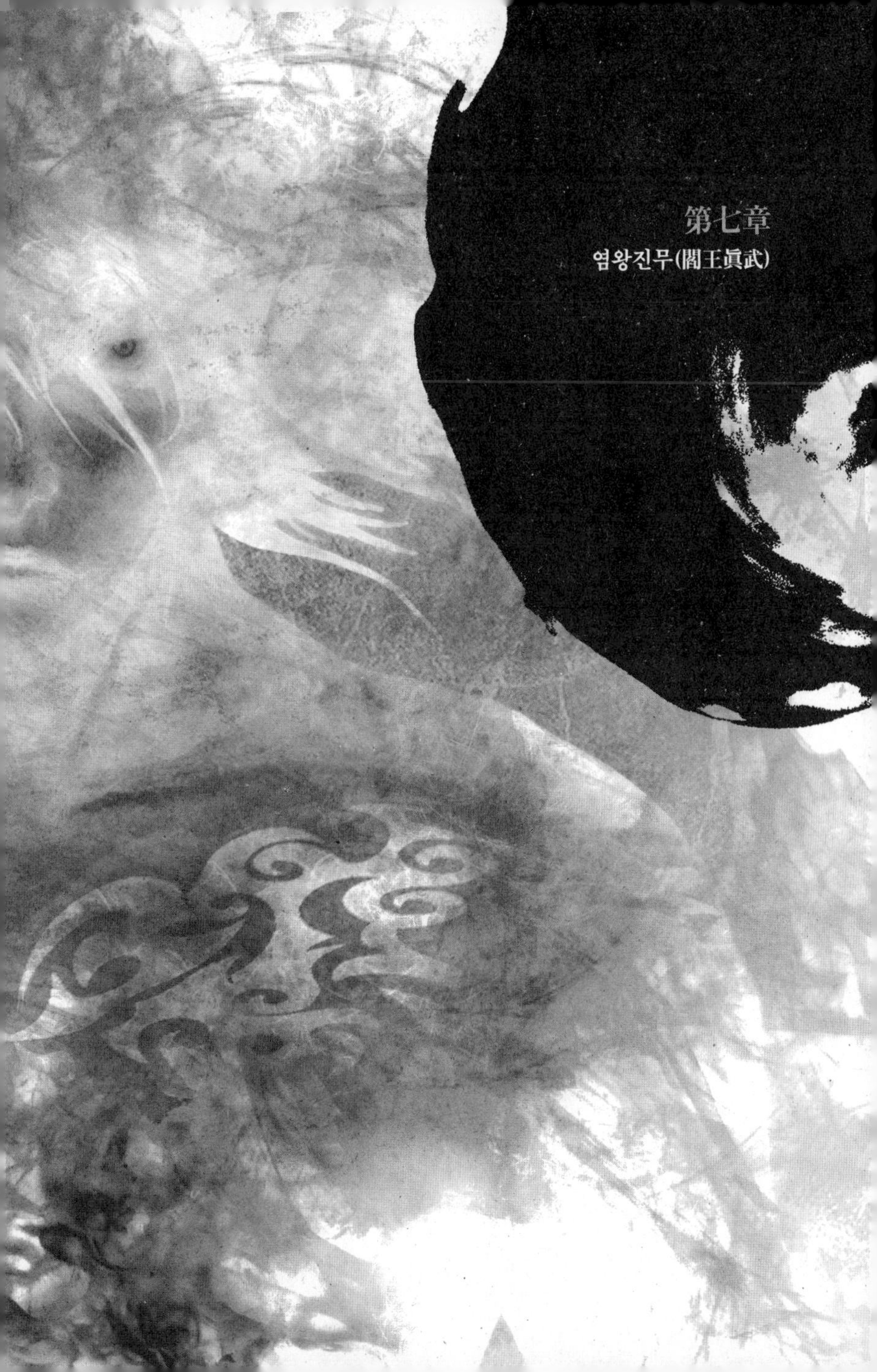

第七章

염왕진무(閻王眞武)

염왕진무
閻王眞武

공격 자체가 수비인 공격!
수비 자체가 공격인 수비!
보법 자체가 무학인 보법!!

조봉팔의 말을 가만히 곱씹어보던 진무가 깍지 낀 손에 코를 묻었다.
"한마디로 꿈같은 얘기로군."
말은 쉽다. 표현은 번드르르하기 그지없다. 하지만 현실적으로 저런 무학늘이 어디에 있을까?
그리고 조봉팔은 그 꿈의 일면을 엿보았다, 바로 진무에게서.

"공격 자체가 수비인 공격에다가 수비 자체가 공격인 수비, 말장난 같지만 공수겸전(攻守兼全)을 생각해 보면 나름 이해하겠는데…… 보법 자체가 무학이라는 말은 뭐요, 보법도 무학이잖아?"

"물론 보법도 무학임에는 틀림없지."

진무의 물음에 조봉팔이 고개를 저었다.

"그런데 그들이 말한 뜻은 조금 달랐다네. 보법이란 기본적으로 공격이나 수비를 보조하는 수단으로써의 의미를 지니는 반면, 그들이 원한 것은 보법만으로도 공수가 가능한 형태를 원한 것이지."

"음……."

코를 묻은 채로 침음을 흘리던 진무가 어깨를 한번 으쓱였다.

"이 어깨치기가 수라격체술……."

"수라격체술의 제일초, 광혈격돌이지."

제일초란다. 그렇다면 최소 이초는 있을 것이고 어쩌면 삼초나 사초도 있을지 모른다는 거다.

"이거 하나만 딸랑 알려줬는데. 치사한 녀석."

진무가 투덜거리자 조봉팔이 손을 저었다.

"자네 말이 사실이라 가정한다면 십호라는 아이도 광혈격돌밖에 몰랐을 가능성이 농후하다네."

"그걸 영감이 어찌 확신하오?"

"수라격체술은 두 번째부터가 진짜라고 할 수 있으니까."

광혈격돌은 맛보기에 불과하다!

"그렇다면 이 어깨치기가 미끼였다는 건가······."

진무의 추리에 조봉팔과 공손천이 적이 놀라 서로를 바라보았다. 미끼라는 표현이 너무도 시기적절했고, 그것을 짚어낸 진무의 예리함에 감탄한 것이다.

하지만 내색하지는 않았다. 또 띄워주면 엉뚱한 방향으로 이야기가 전개될지도 모르기에.

"얘기로 돌아가서, 그들의 요구 사항은 은월노인과 은하선자를 고민케 만들었네. 목적도, 이유도 모르는 채로 이런 위험한 힘을 넘겨줄 수는 없다고 생각하셨지. 그러나 응하지 않을 도리도 없다고 하셨어. 진퇴양난이 따로 없는 순간이었지."

"쿵, 그럼 대충 만들어주면 될 거 아냐? 어차피 하늘 밖의 신선[天外神仙]이라는 사람들이니 대충 휘갈겨도 그럴듯한 작품이 나왔을 텐데."

콧방귀를 끼는 진무에게 조봉팔이 쓴웃음을 보냈다.

"그분들이라고 그런 생각을 하지 않았겠나, 대충대충 만들자고 하셨었지. 그런데 전혀 다른 곳에서 문제가 불거져 나왔다네."

"전혀 다른 곳?"

진무가 묻자 이마를 받친 조봉팔이 한숨처럼 말을 토했다.

"그건 바로 호승심이라는 미물이었지."

무슨 말일까?

"기본적으로 독립적이셨던 탓일까. 요구 사항을 전달받은 두 분은 각기 공격식과 수비식을 나누어 맡으셨네. 보법에 관해서는 같이 생각하자고 하셨지.”

“그럼 영감님은 암것도 안 했다는 얘기네?”

“허허…….”

자조적인 미소를 문 조봉팔이 차를 따라 훌쩍 마셨다.

“그리고 은하노인께서 하루 만에 공격식을 뚝딱 만드셨지. 하지만 은월선자가 만드신 수비식에 여지없이 깨져 버렸어. 물론 은하노인의 입가에선 묘한 웃음이 흘렀지. 그리고… 예상처럼 다음날 은하노인의 공격식에 은월선자의 수비식이 깨졌지. 또 다음날이 왔고 같은 일은 반복되었어.”

“어린애들도 아니고 천외신선쯤 되는 양반들이 쪽팔리게 뭐 하는 거야?”

진무가 다탁을 탕탕 두들기자 조봉팔이 하늘을 우러렀다.

“그러게 말일세. 어린애처럼…… 문제는 그 치기 어린 행동에 이 정신 나간 인간도 동참을 했다는 거지. 동참 정도가 아니라 아주 몰입을 해서 날뛰었어.”

건성건성 만들자는 맹서는 호승심이라는, 자존심이라는 괴물이 모조리 집어삼켰고 세 사람에게 남은 건 기이한 열기였다. 정체조차 불분명한 광기.

“미친 듯이 만들고 깨지기를 반복했다네. 창안되기 무섭게 허물어지는 무학의 뒤안길엔 점점 공고해지는 초식이 자리했고, 그렇게 단단해진 무학들은 서서히 제 형태를 갖추기 시작했지.”

천외사선의 초월적인 이론, 그리고 현 천하제일인이라는 철혈신권의 실전적인 몸동작이 뒷받침되자 두 사람의 형이상학적인 무학 체계는 완성을 향해 치달았다.

폭주하는 소처럼 무섭게.

"그러던 어느 날, 난 느꼈다네! 우리의 행동이 무엇을 의미하는지를! 어쩌면, 어쩌면 그들은 이런 경쟁심까지도 예상해서 두 분을 초빙했을지도 모른다는 사실을!"

조봉팔의 수염이 푸들거리자 진무는 고개를 숙여 한숨지었다.

"완전히 놀아났군."

"맞아, 이미 두 분에겐 현실 따위는 안중에도 없었어. 더 이상 그 자리에는 신선 따위는 존재하지 않았다네. 타인에 대해 철저히 배타적인 옹고집들이 자신의 우월함을 증명하기 위해 피를 토하고 있었지. 자칫 무림 전체를 뒤흔들 수도 있는 위험한 핏방울을."

조봉팔의 애잔한 독백에 진무도 빈정거림을 멈췄다.

"난감했겠는걸?"

"허허……."

또다시 자조적으로 웃은 조봉팔이 몸을 세웠다.

"이 사태를 어떻게 수습할까, 어떻게 하면 그들의 농간에서 벗어날 수 있을까……. 그리고 궁여지책을 짜냈지."

한없이 침울해 있던 조봉팔의 눈에서 파르라니 광채가 일렁였다.

"바로 그들의 소원을 들어주는 것이지."

"그 말은……."

"그들의 요구는 완벽에 가까운 무학이었지. 그렇다면 아예 완벽한 무학을 주면 되지 않겠는가? 왜, 완벽이란 불가능과 같은 말일 테니."

그날부터 조봉팔은 두 사람 사이에서 분주히 뛰어다녔다. 아니, 이간질이라고 봐도 과언이 아닐 행동을 서슴지 않았다.

결국 둘의 호승심은 극한에 이르러 어느 누구도 우세를 점하기 어려운 두 개의 무학이 탄생되었다.

"그것이 바로 수라격체술과 나찰호접무였겠군."

진무의 말에 조봉팔이 회심이 미소를 한껏 피워 물었다.

"놀라웠지. 이론상으로는 완벽하되 인간의 신체로는 절대로 익힐 수 없는 무학이 탄생되는 순간이었으니까. 그 여세를 몰아 두 개의 공수식을 뒷받침하는 보법들, 즉 염왕보와 군림보마저 논검(論劍)을 핑계로 합쳐 버렸다네. 나 혼자였다면 절대로 이룰 수 없던 일이었지."

"그렇다면 노인장이 제일 무서운 사람이로군."

"내가?"

진무가 날카롭게 눈을 빛내며 조봉팔을 뜯어보았다.

"강호삼대불가득의 총체적인 구결뿐 아니라 이론적인 허점을 모조리 알고 있다는 말이잖아?"

"그땐 그랬지."

역시 모호한 말.

"하지만 지금 내 머릿속에 남은 구결은 거의 없다네. 두 분께서 제백심법으로 지우신 게지."

잠시 호승심에 몸을 태웠었지만 은하노인과 은월선자가 바보는 아닐 터. 그들 역시 조봉팔의 과잉 행동에 뭔가를 느끼고 발을 맞춰주었던 것이다.

"약속대로 그들에게 세 가지의 무학을 넘긴 직후, 그분들은 삼대불가득에 관한 나의 기억을 대부분 말소시켰다네, 인세에 나가서는 안 될 물건들이라고 하시면서."

"음……."

삼대불가득에 얽힌 비사가 놀라웠을까. 장난기를 장식처럼 매달고 있던 진무의 입가가 잦아들었다.

"이거, 장난이 아니네."

"사안의 중요성을 이제야 인지했느냐?"

듣고만 있던 공손천이 혀를 끌끌 찼다.

"아봉은 익히지 못하는 것을 전제로 동참했던 거다. 그런데 변형적이라는 단서가 있긴 하나 너란 녀석은 그것들 가운데 무려 두 가지의 무학을 익혔다는 거야! 이것을 어떻게 설명할 것이냐!"

공손천의 다그침에 진무가 손가락 하나를 우뚝 치켜들었다.

"간단하게 설명하자면, 십호는 자신이 듣고 배운 바를 그대로 재현해 주었소, 한마디로 자신과 똑같은 환경을 제공했단 말이지. 물론 이 모두는 십호의 말이었지만."

표변한 진무의 태도에 공손천이 눈을 가늘게 떴다.

"십호라, 십호……. 그럼 그 녀석은 자신과 같은 아이들이 몇이나 있다고 하더냐?"

"열다섯."

"뭐라고!"

조봉팔과 공손천이 동시에 놀라 펄쩍 뛰었다.

"열다섯? 그렇다면 염왕보와 수라격체술을 익힌 아이가 무려 열다섯이나 존재한다는 말이더냐?"

"그건 아닐 거요. 그들은 모종의 임무를 수행하다 갈라졌다고 하더군. 대부분이 죽었을 거라 했소."

자신들은 결코 최고가 아니라고 했지, 라며 두 사람을 외면하는 진무의 표정엔 진한 그리움이 담겨 있었다.

*　　*　　*

전신대혈에 금침을 꼽고 잠이 든 진무를 뒤로하고 밖에 나온 두 노인이 처연하게 빛을 뿌리는 달을 바라보았다.

"상태는 어떤가?"

"힘을 격발시키지 않으면 문제가 없다. 그렇지만 섞이지 못하는 기류들은 언제라도 충돌할 준비가 되어 있지."

"타들어가는 폭약이 따로 없다는 말이로군."

고개를 끄덕인 조봉팔이 슬쩍 공손천을 보고 물었다.

"자네는 진무의 말을 어디까지 믿나?"

"전무, 혹은 전부."

사람 상대하는 것을 업으로 삼는 공손천이다. 그리고 눈썰미 좋기로 정평이 나 있는 그였기에 조봉팔이 턱을 긁었다.

"역시 십호에 관련된?"

"맞아."

단호하게 고개를 끄덕인 공손천이 속삭였다.

"녀석의 말은 그야말로 모순투성이에 불과하나, 십호를 놈에게 대입시킨다면 모든 의문부호가 저절로 풀리게 되거든. 무학적인 면이나, 기타의 여러 가지 문제들도."

일리있다. 아무리 똑같은 환경을 제공했더라도 삼대불가득의 두 가지 변형된 형태를 단 오 년 만에 익혀냈다는 대답은 무리가 있으니까.

공손천의 설명에 조봉팔이 뒷짐을 지고 서성이다 우뚝 걸음을 멈췄다.

"이보게, 소천(小天)."

"……?!"

뭔가 느낌이 다르다. 이렇게 아호로 자신을 부를 때면 뭔가 심각한 이야기가 나온다는 걸 잘 알기에 공손천이 흠칫 뒤로 물러섰다.

"우리, 괴물을 걸물로 만들어보지 않겠나?"

"뭐? 그 말은 근본도 모르는 저 녀석에게 힘을 실어주자는 소리 아니냐? 녀석은 십호, 즉 그들의 하수인이었을지도 모르는 꼬마라고!"

"진무의 출신이 중요하지는 않아. 진무 역시 그들에 대한 반

감을 숨기지 않으니까. 즉, 진무가 십호든 아니든 문제가 될 것
은 없다는 말이지."

놀란 공손천을 직시하며 조봉팔이 진지하게 말을 이었다.

"생각해 보게. 시골 깡촌 출신의 골목대장이 정도맹주가 될
것이라고 누가 예측이나 했겠나? 같은 마을에서 닭이나 돼지
에게 괴상한 실험이나 한답시고 온 동네를 휘젓던 개구쟁이가
천하에서 으뜸가는 의원으로 성장할 줄 누가 알았겠느냔 말이
야."

잔잔한 조봉팔의 회고에 공손천도 왠지 짠해져서 고개를 끄
덕였다.

"세상은 그런 것이 아닐까? 우리가 예측하지 못했던, 또한
예측할 수도 없는 방향으로 흐를 뿐, 단지 우리는 그 가장자리
에서 발만 담그고 있는 구경꾼이 아닐까?"

"그래서 발을 한번 휘저어보자는 거냐?"

공손천의 말에 조봉팔이 희미하게 웃으며 말을 이었다.

"자네도 알다시피 진무는 염왕군림보를 무리하게 떼어낸
형태, 즉 불완전한 염왕보을 익혔다네. 불완전한 염왕보는 미
완의 염왕진기(閻王眞氣)로 운용되기에 일곱 걸음을 떼지 못하
는 것이고."

칠보무쌍의 염왕보다. 역으로 말한다면 일곱 걸음을 옮기지
못하면 염왕보가 아니라는 소리다.

그리고 진무는 일곱 걸음을 옮길 수 없다. 염왕보의 근간을
이루는 염왕진기 자체가 불안한 흐름을 보이기 때문이다.

“수라격체술도 단 일초만을 익혔지.”

공손천이 말을 받자 크게 고개를 끄덕인 조봉팔이 무언가를 회상하듯 눈을 감았다.

“그들에게 삼대불가득을 넘기고 만약의 사태를 염려하던 내게 제백심법으로 머릿속에서 기억을 지우시며 은하노인이 이런 말씀을 남기셨지.”

잠시 숨을 고른 조봉팔이 꿈결처럼 입을 열었다.

“언젠가, 언젠가…… 염왕의 진실한 무학[閻王眞武]이 이 세상에 나타난다면 모든 악업은 소멸될 것이라고.”

뒷짐 진 손을 슬그머니 풀고 두 주먹을 불끈 쥔 조봉팔이 선언하듯 말을 토했다.

“그리고 만약 염왕의 진실한 무학이 현세에 도래한다면 그 주인은 다름 아닌 진무라고 믿네!”

＊　　　＊　　　＊

……이 아이가 우리의 염원처럼 염왕이 되어 모든 악업을 소멸시킬지, 아니면 악마, 그 자체로 남아 세상을 피로 물들일지는 아무도 장담할 수 없네.

하지만 우리에겐 선택의 여지가 별로 없어.

다른 부탁은 하지 않겠네. 그저 진무가 염왕보 일곱 걸음이나 제대로 뗄 수 있도록 염왕진기를 안정적인 형태로 변환시켜 주게나.

어차피 군림보의 군림지기와 융합하지 않으면 염왕보 자체만으로는 불완전할 수밖에 없고, 진무가 군림보를 얻을 확률은 거의 없다고 봐도 무방하다네.

그러니 우리가 할 일은 진무의 내재된 힘을 극대화시켜 주는 도리밖에 없는 실정이야.

친구에게의 부탁이 아니라 생사침존 공손천이라는 의원에게 부탁하네.

부디, 부디…… 염왕진기를 제어해 주게.

진무의 전신을 추궁과혈하는 공손천의 이마에서 한줄기 땀방울이 떨어져 내렸다.

빨갛게 상기된 볼, 신중하기 그지없는 눈빛, 그리고 세심한 손놀림. 의학에 매진한 지 어언 오십여 년이지만 지금처럼 신중하게 환자의 용태를 살핀 적이 얼마나 있을까.

본디 추궁과혈 자체만 해도 엄청난 심력과 체력, 그리고 내공력을 필요로 하는 요상법이다. 거기다 엉망진창으로 뛰노는 기운들까지 통제하자니 공손천은 그야말로 죽을 맛이었다.

하지만 어쩌겠는가. 미우나 고우나 친구의 부탁인 것을. 또한 공손천 자신도 친구의 생각에 어느 정도 동의를 했기에 이런 시술을 단행했던 거다.

문제는…….

"어, 시원하다. 거기, 거기 좀 팍팍 부탁하오."

지그시 눈을 내리감은 진무의 입에서 터져 나오는, 그야말

로 정통 싸가지 밥 말아먹은 요구에 공손천의 입술이 푸들푸
들 떨렸다.

추궁과혈이 어떤 시술인가? 생사기로에 놓여 있는 절체절명
의 환자들이나 눈에 넣어도 아프지 않은 자식 또는 제자에 한
해서 특별히 베푸는 요법이 아닌가?

'이놈이 뭐가 예쁘다고!'

당장이라도 때려치우고 싶었지만 친구의 애절한 눈망울이
생각나 가까스로 마음을 다잡은 공손천이 손을 움직이는데 진
무는 태평하게도 주저리주저리 늘어놓았다.

"어, 좋네. 이건 뭐, 홍루의 아이들 저리 가라인걸?"

홍루의 아이들이라면 기생을 두고 하는 말이다.

기생의… 안마?

"이놈아! 지금 노부가 안마 따위를 한다는 것이냐!"

끝내 폭발한 공손천이 버럭 소리를 지르자 게슴츠레 눈을
뜬 진무가 고개를 갸웃거렸다.

"얼레? 안마가 아니었소?"

"으으으……."

이를 악문 공손천이 근처에 놓여 있던 침 하나를 본능적으
로 집어 들다 폭포수와도 같은 한숨을 토하며 손을 거두었다.

'에휴, 말년에 이 무슨 꼴인지.'

이래서 친구는 잘 사귀어야 한다고들 하던가?

잊어버릴 만하면 한두 가지씩의 크고 작은 골칫거리를 짊어
지고 와서는 막무가내식으로 버팅기기 일쑤요, 거절이라도 할

라치면 오뉴월에 사나흘은 굶은 똥개의 눈초리로 매달리니 이제는 방문 자체가 공포였다.

요 몇 년간 잠잠해서 속이 다 시원했거늘.

흐트러지는 정신을 공고히 하며 공손천이 엄숙하게 진무를 타일렀다.

"이놈아, 지금 노부가 행하는 시술은 천고에 다시없는, 그런 귀한 것이다. 그러니 깐죽거리지 말고 황송하게 생각해야 한다."

"큿! 황송은 무슨!"

"그래도 이놈이!"

"해주기 싫으면 하지를 말든가! 누가 해달라고 했남?"

투덜거리기는 했지만 진무도 느끼고 있었다. 공손천이 전신의 대혈을 풀어주기 시작하고부터 전과는 차원이 다르게 몸이 가뿐해졌다는 사실을.

단 나흘 만에.

슬그머니 고개를 돌린 진무가 추궁과혈에 여념이 없는 공손천을 보고는 고개를 돌렸다.

고맙다. 황송할 정도까지는 아니더라도 고마운 마음이 없다면 거짓말이다. 하지만 그런 감정을 표현하기엔 그의 마음에 드리운 어둠의 그림자가 너무도 컸다.

밀어내야 한다고 생각하지만 아직까지는 무리다.

"그놈의 기운들, 뭘 그리 처먹었는지 몰라도 힘 하나는 고금 제일이로구나. 꼭 제 주인을 닮은꼴이야. 아무튼 내일부터는 네놈도 놀고먹지는 못할 것이다. 노부의 인도에 따라 진기를 돌려야 하니 고생문이 훤하구나.”

툴툴거리면서도 땀조차 닦지 않고 정신없이 손을 놀렸기에 진무의 입가를 적시는 한줄기의 미소를 공손천은 볼 수 없었다. 쩍쩍 갈라진 대지를 어루만질 듯한 단비 같은 미소를.

*   *   *

……이 늙은이의 말을 잘 듣게. 인지하고 있는지 몰라도 자네가 익힌 무학은 미완성에 불과하네. 아니, 미완성이라는 표현도 과분하다고 할 수 있지.

반쪽짜리라면 절반의 위력이라도 발휘할 수 있으련만 자네의 무학은 무리하게 떼어낸 상태에서 보다 손쉽게 학습시키는 것을 목표로 마구 난도질해 놓았기에 언제든 문제를 일으킬 소지가 있단 말일세.

그렇게 불안정한 기운과 초식은 차근차근 자네를 갉아먹고, 종내 파국으로 이끌게 될 것이네. 정제되지 않은 염왕진기는 투쟁 본능에만 충실하여 자네의 몸을 망쳐 놓을 테니.

다행히도 소천의 의학은 편작이나 화타에 비견할 수는 없겠으나 능히 천하에서 손꼽을 수준이기에 자네의 불안정한 염왕진기를 최대한 안정적으로 인도할 것이네.

그리고 불완전한 초식은 이 늙은이와 상의해 보도록 하세나. 모든 것은 결국 하나로 통한다는[萬流歸宗] 말처럼 삼

염왕진무(閻王眞武) 215

대불가득이 천고의 무학이라고는 하지만 결국 사람의 몸놀림에 불과할 뿐.

부족하나마 이 늙은이가 가진 재주와 지식을 종합하여 삼대불가득 가운데 염왕보와 수라격체술을 풀어본다면 어느 정도의 성과는 거둘 수 있을 거라 믿네.

길은 하나가 아니니까……

조봉팔의 얘기를 듣던 진무가 눈살을 찌푸렸다.

"왜 이리 잘해주는 거요? 내가 비록 매력덩어리라는 것은 잘 알고 있지만 노인네들까지 환호할 정도는 아닌데."

"허허허… 자네는 충분히 매력이 있네. 암, 매력이 있고말고."

이렇게 나오면 답이 없다. 하지만 진무의 눈에 맺힌 의심의 불씨는 여전히 타오르고 있었다.

"아니야, 아니야. 뭔가 있어."

사실 뭔가 있긴 하다.

찔끔한 조봉팔이 입을 다물자 여전한 눈으로 그를 훑어보던 진무가 불쑥 물었다.

"솔직히 털어놓으시오. 내게 뭘 원하는 거요?"

"으음……."

잠시 숙고하던 조봉팔이 묵직한 음성으로 되물었다.

"자네 말대로라면 십호가 우연히 무학을 알려준 것이니 '그들'과는 아무런 연관이 없거늘, 어째서 '그들'을 쫓는 건가?"

"음? 음……."

이번에는 진무가 미간을 구기며 생각에 잠겼다.

입술을 잘근잘근 깨물며 뭔가를 궁리하던 진무가 차분하게 대답을 기다리는 조봉팔의 모습에 힘을 얻었는지 어색하게 웃으며 입을 열었다.

"그러니까… 그게… 음… 약속 때문이라고 한다면 믿을까나……."

"약속?"

"그렇소, 약속."

떠듬거리던 진무가 신색을 바로 했다.

"내 비록 노인장처럼 오랜 풍상을 겪어보지 못했으나 무릇 사내라면 몇 가지의 생활신조는 지키면서 살아야 한다고 생각하오."

"오, 맞는 말이야."

무릎을 치며 조봉팔이 동의하자 희미하게 웃은 진무가 검지를 우뚝 세웠다.

"그 가운데에 가장 중요한 것은 역시 신의가 아닐까 생각하거든, 신의."

"지당한 말이야, 신의는 소중한 가치라고 할 수 있지!"

"또한 신의의 근간을 이루는 것은 약속일 거요."

눈을 들이 먼 하늘가를 보던 진무가 나지막이 독백했다.

"떠나기 전, 십호가 이런 말을 했었소. 만약 그들이 움직임을 보인다면 반드시 막아달라고. 최소한 그들의 존재를 만천하에 알려야 한다고.”

아련한 눈동자를 조봉팔에게 돌린 진무가 강인한 의지를 담아 내뱉었다.

“약속은 반드시 지킬 것이오.”

진무의 말을 곱씹던 조봉팔이 머리를 흔들었다.

모호하다. 이렇게 되면 또다시 진무와 십호는 동일인이 아니라는 거다. 그렇지만 진무를 십호에 대입시키지 않으면 공손천의 말처럼 상황 자체가 붕 떠버린다.

그렇다면 진무의 약속은 스스로에 대한 다짐일까?

아무튼 한 가지만큼은 확실하다.

그것은…….

“내 수많은 기인협사를 대했지만 진정한 장부는 몇 보지 못했다네.”

팔짱을 끼고 진무를 응시하던 조봉팔이 그의 어깨에 손을 얹으며 고개를 끄덕였다.

“자네는 장부라네. 그 약속을 반드시 이루어보도록 우리 노력해 보세.”

진심이 담뿍 들어간 조봉팔의 손길이 부담스러웠을까. 가만히 그의 손을 밀어내며 진무가 허허롭게 웃었다.

“마음은 고마운데 이건 나의 일이오. 노인장이 상관할 계제가 아니란 거요. 뭐, 노인장도 그들에게 빚이 있는 것은 사실이지만 혼자서 해결하시구려.”

뜻밖의 단호한 거절에 조봉팔이 눈썹을 우뚝 세웠다.

"이런 답답한 사람을 보았나! 그들이 그렇게 만만했다면 이 늙은이가 이십여 년을 노심초사로 보냈겠나! 그들은 마치 유령처럼 은밀하고 독사처럼 위험한 존재들이야! 거기다 이해할 수 없을 정도로 놀라운 정보력까지 갖추었다고 했지 않나!"

하지만 진무는 귀를 휘적휘적 팔 뿐, 여타의 동요가 없었다.

"그렇게 구구절절 설명하지 않아도 충분히 숙지하고 있는 사항들이라오."

"허어… 그렇다면 더더욱 혼자의 힘으로 해결할 수 없다는 사실을 잘 알고 있다는 소리 아닌가!"

"그렇게 얘기하니 결론이 그렇게 이르는군."

입맛을 쩝쩝 다시고는 진무가 의자에서 일어섰다.

"하지만!"

조봉팔을 굽어보며 진무가 잘라 말했다.

"이건 어디까지나 사적인 일이오. 이 진무의 개인적인 사안이라 이거지. 그러니 노인장은 다른 데 가서 사람을 알아보든가 하시오."

철벽과도 같은 진무의 완고함에 조봉팔이 말을 잇지 못하고 멍하니 앉아 있었다.

조금은 미안했을까. 조봉팔을 돌아본 진무가 멋쩍게 웃었다.

"솔직히… 사제의 연을 맺을 정도로 우리가 가까운 것도 아니지 않소? 그리고 엉망진창인 기운을 다잡아주는 마당에 무학적인 면에서까지 신세지고 싶지 않소. 이 점 이해해 주시구려.”

“사제의 연이라고 했나?”

조봉팔의 반문에 진무가 고개를 끄덕였다.

“뭔가 착각을 했군. 이 늙은이는 자네와 사제의 연을 나눌 생각은 없었다네. 사제의 연이라니⋯⋯.”

언감생심이지, 하며 자조적인 미소를 띤 조봉팔이 의자를 돌려 진무를 마주 보았다.

“비록 참가했다고는 하지만 삼대불가득은 어디까지나 은하노인, 그리고 은월선자께서 창안하신 무학. 그리고 그것들을 익힌 자네에게 내 어찌 감히 사제의 연을 맺길 바랄까. 이 조봉팔, 비록 막무가내에 자기중심적이라지만 적어도 파렴치한은 아니네.”

“음?”

의외다. 자신이 가진 지식과 재주를 전수한다면서 사제의 연을 맺을 생각조차 하지 않았다니. 같이 노력해 보자는 말이 그런 맥락에서 나오지 않았다는 건가?

“무상으로 제공하겠다고? 그건 너무 부담스러운 일이라 이쪽에서 거절하겠⋯⋯.”

“그렇다면 대가를 지불하면 되잖나?”

조봉팔이 불쑥 말허리를 자르자 멍하니 그를 바라보던 진무가 피식 웃었다.

“큭큭⋯ 결국 원하는 것이 있었다는 얘기였잖아? 역시 사람의 속은 모를 일이야.”

대체 어떤 일이 있어 이토록 비뚤어진 시선으로 세상을 대하도록 만들었을까. 상대방의 가슴을 난도질하듯 비틀린 조소를 날리며 진무가 조봉팔의 면전에 얼굴을 가져갔다.

"군자연한 척, 강호에 남은 마지막 영웅인 척은 혼자 다 하시더니만 영감도 속물이라는 걸 자인하는군. 어디 한번 그 대가에 대해서 들어보도록 합시다."

의자에 척하니 앉아 다리를 꼬고 킬킬거리는 진무에게서 눈을 뗀 조봉팔의 입가에 어린아이를 어르는 듯한, 그런 자애로운 웃음이 걸렸다.

"간단하네. 약속을 지켜주면 돼."

"……?"

황당한 대답에 고개를 갸웃거리던 진무가 콧등에 주름을 잔뜩 잡았다.

약속을 했다면 반드시 지켜야 한다. 그런데 눈앞의 영감과는 약속을 한 기억이 없으니 미칠 노릇이다. 하지만 철혈신권의 입에서 허언이 나올 리도 없지 않은가.

"도통 모르겠네, 대체 무슨 약속을 말하는 거요?"

"십호라는 젊은이와의 약속 말일세. 그리고 그것은 이 늙은이의 소원이기도 하지."

오 년 전의 성급했던 금분세수로 여하한의 강호사에 개입할 수 없는 조봉팔이다. 그리고 이십 년이라는 시간을 역행하듯 문제가 발생했다. 원죄처럼 그의 마음을 짓누르던 문제가.

"기분 나쁘게 들릴지 모르지만 자네의 문제는 이 늙은이의

문제요, 자네의 약속은 이 늙은이의 잘못을 바로잡는 일이라
네."

"음……."

눈에 띄게 침착을 되찾은 진무의 앞에 앉은 조봉팔이 먼 옛
날을 회상하듯 눈을 감았다.

"전에도 말했을 거야, 늙은 사람들에게도 보석 같은 시절이
있었다고. 맞아, 있었지. 하지만 이 늙은이에겐 보석을 제대로
깎을 시간조차 주어지지 않았다네."

너무 일렀던 정도맹에의 입문. 크고 작은 대소사에 치여 여
가 시간이라는 건 그저 남의 일처럼 여기며 흘러간 시간들. 세
월의 여류 속에 높아만 가는 지위와 그에 따르는 책임.

"결국 야심만만했던 청년 조봉팔은 온데간데없었고, 남은
건 사신의 한 명이자 정도맹의 얼굴이라는 철혈신권이었지."

찬찬히 진무를 바라보는 조봉팔의 얼굴에 서리처럼 희미한
회한이 맺혔다.

"잊혀지는 이름처럼 불행한 것은 없다네."

"그래도 명호는 남았잖소."

진무의 대답에 조봉팔이 고개를 끄덕였다.

"그것이 청춘을 버린 대가라고 생각했지. 하여 아들놈에게
도 같은 길을 강요했던 거야. 그런데 자네를 보니 모든 것들이
부질없다는 생각이 드는구먼."

"나를 보고?"

우뚝 세운 검지를 돌려 진무가 자신을 가리켰다.

“그래, 자네는 매우 간단하게 세상을 바라보고 있어. 어찌 보면 단순하다고도 여겨질 정도로.”

“칭찬이야, 놀리는 거야?”

“글쎄? 칭찬도, 놀림도 아닐지도 모르지. 또한 그 둘 다일지도 모르고. 아무튼 중요한 건 그런 자네의 방식이 부럽다는 거야.”

누구나 자유를 갈구한다. 그리고 누구나 현실이라는 벽에 가로막혀 자유를 머릿속으로만 갈구한다. 그렇게 갈구하다 보면 울타리는 점점 높아지고 뛰어넘을 생각은 밀려나 버린다.

잊혀지는 이름처럼.

그래서 사회라는 울타리에서 존재는 익명성으로 떠돌기 마련이다. 형체가 없는 유령과도 같이.

조봉팔의 회고에 진무가 머리를 벅벅 긁었다.

“이것 참⋯⋯.”

이때 문이 벌컥 열리며 상기된 표정으로 공손천이 들이닥쳤다.

“나이도 어린 놈이 능구렁이처럼 뭘 그리 재는 거야!”

벌떡!

“자꾸 놈, 놈, 하지 마쇼! 듣는 놈 기분 나쁘니까!”

“얼씨구, 저놈 봐라? 아주 경로사상을 거꾸로 매달아놨네? 이놈아, 내가 먹은 밥그릇을 가지런히 진열하면 월궁까지 닿을 거다!”

“흥, 나도 먹을 만큼은 먹었다고!”

고개를 모로 꼬고 콧방귀를 날리는 진무를 죽일 듯 노려보던 공손천이 조봉팔에게 버럭 소리를 질렀다.

"야야, 관둬, 관두라고! 저런 꼬마 놈에게 구걸하는 것도 아니고 뭐 하는 거야? 다 집어치우란 말이다!"

"어이구, 나로서는 황송할 노릇이네요! 추궁과혈인지 안마인지 필요없고, 삼대불가득인지 뭔지도 됐으니까 그냥 좀 내버려 두란 말이야!"

공손천을 한번 째려본 진무가 휙 고개를 돌려 조봉팔에게 외쳤다.

"지키지 말라고 애원해도 약속은 지킬 테니 걱정 붙들어 매시구려. 그럼 이만 가오!"

뚜벅뚜벅 걸음을 옮긴 진무가 방 문고리를 막 잡아가는데 고개도 돌리지 않고 조봉팔이 툭 뱉었다.

"수라격체술의 제이초를 알고 싶지 않은가?"

우뚝.

걸음을 멈추고 그대로 굳어 있던 진무의 몸이 천천히 돌았다.

"수라… 격체술의 제이초?"

그렇지만 조봉팔은 대답이 없었고 공손천의 눈은 한껏 치떠졌다.

"뭐야, 이초식이라니? 정말로 수라격체술의 두 번째 초식을 알고 있다는 거냐?"

여전히 망부석처럼 자리를 지키는 조봉팔의 태도에 공손천이 뭐라고 덧붙이려다 고개를 가로저었다.

이러니저러니 해도 죽마고우다. 그리고 친구는 자신의 말처럼 막무가내에 자기중심적이기는 하지만 적어도 파렴치한은 아니다. 얘기를 하지 않았다면 그만한 이유가 있을 터.

조금 섭섭하긴 하지만 믿을 도리밖에.

"이것, 기가 막힐 일이로군!"

박수를 치며 진무가 빈정거렸다.

"며칠 전까지는 제백인지 뭔지 하는 심법으로 깡그리 잊어버렸다는 이초식이 어떻게 다시 생각났을까? 뭔가 이상한걸? 혹시 말이야, 처음부터 제백인지 뭔지 하는 심법 자체가 없었던 것 아냐?"

"후후……."

자신만만한 미소. 그리고 느긋한 조봉팔의 대답.

"난 분명히 제백심법에 의해서 삼대불가득의 '대부분'을 잊었다고 했네, 대부분 말이야. 그렇지?"

"핫!"

이제야 생각난 듯 진무가 깜짝 놀라자 조봉팔은 한껏 여유롭게 말을 이었다.

"설마하니 대부분이라는 말과 전부라는 말이 같은 뜻이라고 생각하는 건 아니겠지?"

삥—

억울하다! 뭔가 사기를 당한 것 같은데 반박할 길이 없다!

"더, 더러운 말장난이잖아!"

“적어도 속인 적은 없다네.”

태평스러운 대꾸.

“으으으…….”

어깨를 부르르 떨던 진무가 ‘알 게 뭐야’ 하며 다시 몸을 돌렸다.

그러나…….

“지금 나간다면 영원히 수라격체술의 이초를 접할 수 없을지도 모르네.”

차마 떼어지지 않는 발걸음.

알고 싶으냐고? 당연히 알고 싶다! 두말하면 입 아플 정도로 알고 싶다! 아직은 뼛속까지 강호인, 뭐, 이런 생각까지는 없지만 무학에 대한 집념은 진무 역시 남다른 터였다.

그렇지만 여기서 지고 들어가면 바보 될 것 같아 이러지도 저러지도 못하고 주먹만 푸들거리던 진무가 볼멘소리로 물었다.

“무학은 가르쳐 주겠지만 사제의 연은 맺지 않겠다……. 빙빙 돌리지 말고 원하는 바를 얘기하시구려.”

“언제는 공짜라면 양잿물도 마실 용의가 있다고 하지 않았나?”

버럭!

“뭐야, 언제부터 따라다닌 거야, 이 음흉한 노인네야! 완전 찰거머리가 따로 없잖아!”

“쟤가 원래 집요하다니까.”

　공손천이 심드렁하게 진무를 두둔하자 조봉팔이 머쓱한 미소를 지었다.

　"관심의 표현이라고 이해해 주게. 아무튼 공짜는 죽어도 받지 않겠다는 이유가 뭔가?"

　"쪽팔리니까."

　"음?"

　"쪽팔리잖아, 사내놈이 공짜나 좋아하면."

　"흐음……."

　뚱한 표정의 진무를 주시하던 조봉팔이 턱을 쓰다듬다 아, 하며 박수를 쳤다.

　"그럼 이렇게 하세나. 이 늙은이가 요구 조건을 하나 제시할 테니 마음에 들면 받아들이게나."

　"요구 조건이라……."

　마땅찮은 얼굴로 조봉팔을 바라보던 진무가 슬쩍 자리에 앉았다, 입으로는 신소리를 늘어놓으면서.

　"그럼 얘기해 보시오. 대신에 들어준다는 보장은 없소."

　"그럼, 그럼. 들어보고 결정해야지."

　마주 앉으며 조봉팔이 사람 좋은 미소를 지었다.

　"음… 간단하게 말해서 이런 존재가 되어주게."

　"어떤 사람?"

　진무가 관심을 보이자 조봉팔이 손으로 무언가를 때리는 시늉을 했다.

　"두드려 맞는 정이 아니라 두드리는 망치 같은 존재, 쫓기는 사슴이 아니라 뒤쫓는 야수 같은 존재, 마지막으로……."

열기 띤 음성으로 조봉팔이 말을 맺었다.

"죄도 없이 처벌받는 무능력자가 아니라 죄의 경중을 냉정하게 가리는 저울 같은 존재."

조봉팔의 말에 입을 떡 벌린 진무가 투덜거렸다.

"전혀… 간단하지 않아……."

"그런가?"

조봉팔이 고개를 갸웃거리는데 공손천도 입술을 툭 내밀었다.

"내가 봐도 간단하지 않아. 아니, 너무 복잡해. 뭔 놈의 요구 사항이 그리 많아?"

"그랬나?"

허허, 웃은 조봉팔이 턱을 문지르며 고심하다 천천히 일어섰다.

"이 좋은 말을 두고 내 무슨… 다시 말하도록 함세."

"뭐요?"

"염왕진무."

"염왕진무?"

진무가 반문하는데 친구의 마음을 헤아린 공손천이 저도 모르게 버럭 소리 질렀다.

"참으로 답답한 놈이로군! 염왕의 진실한 무학을 발현하여[閻王眞武] 속세의 악업을 심판하는 염왕으로서의 진무[閻王眞武]가 되어달라는 말 아니겠냐!"

지음이라고 했다. 옥신각신, 티격태격, 만나면 하루라도 조용한 날이 없는 친구였건만 대번에 심중을 이해해 주니 그저 고맙기만 해서 조봉팔이 공손천에게 고개를 끄덕여 보였다.

"염왕… 진무?"

조봉팔이 던진 네 자를 곱씹던 진무가 두 노인을 외면하며 다탁을 짚고 일어섰다.

"아아, 피곤하다. 저 못된 의원 영감이 내일부터 고생할 거라고 협박을 해서 이만 자러 가야겠소. 얼마나 들볶으려고 저러는 건지……."

문을 닫고 진무가 나가자 멍하니 서 있던 공손천이 조봉팔에게 쪼르르 다가갔다.

"정말로 저놈이 인세의 악업을 잠재울 염왕이 될 수 있겠냐?"

"사실 진무가 무엇이 되든 관심없다네."

"그게 무슨 소리야? 염왕진무라며?"

허허롭게 웃은 조봉팔이 진무가 나간 문을 보며 중얼거렸다.

"염왕으로서의 진무도 좋고 다른 무엇으로서의 진무도 좋지. 그렇지만 내가 진심으로 바라는 건 오직 하나, 규칙이나 상식에 머무르지 않는, 그런 자유로운 진무가 되었으면 하네."

말을 맺은 조봉팔이 공손천의 어깨에 손을 둘렀다.

"뭐, 뭐냐! 재수없게!"

"가만 좀 있게나. 어릴 때는 늘 이러고 하루 종일을 쏘다니지 않았는가?"

"이거 놔라! 나이 칠십 먹고 이 무슨 주책 맞은 짓거리냐! 어서 놓으란 말이다"

"가끔은 이런 것도 좋잖아?"

파닥거리는 친구의 어깨를 힘주어 쥔 조봉팔이 나이답지 않은 웃음 지으며 유쾌하게 말했다.

"저 친구의 말마따나 생사침존과 철혈신권이 합작으로 만든 작품이 불량품이면 쪽팔리지 않겠는가! 자, 내일부터는 정신없이 뛰어야 할 것이야! 그러니 오늘은 코가 비뚤어지도록 마셔보자고!"

자신의 방으로 들어온 진무가 침상에 벌렁 누워 천장을 뚫어지게 바라보았다.

"무엇이 된다, 라……."

뒷목을 받치고 있던 오른손을 내밀어 이리저리 살피던 그가 곧 고개를 뒤로 꺾으며 탄식했다.

"나는 지금 어디로 가고 있는 걸까……."

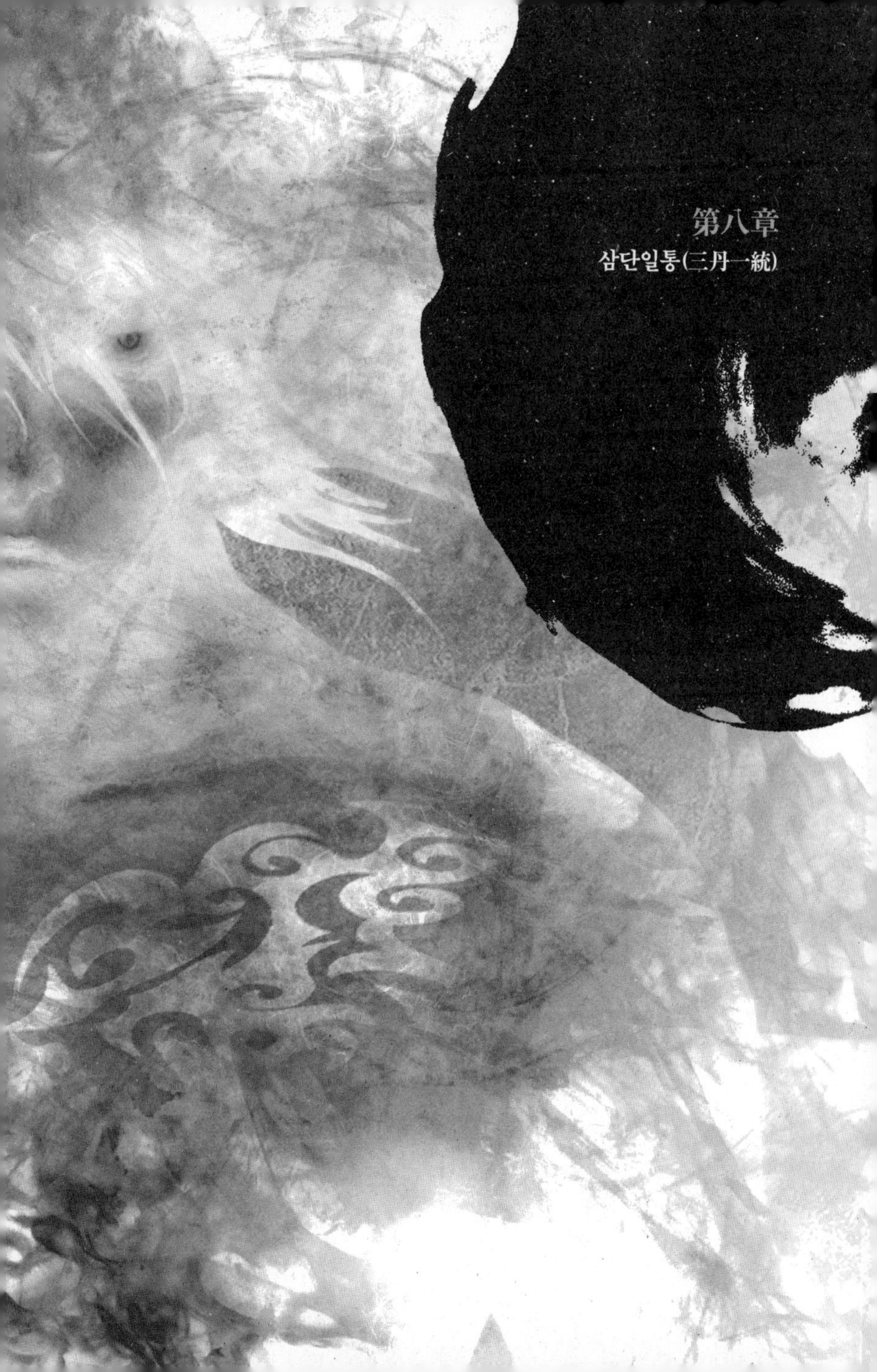

第八章
삼단일통(三丹一統)

염왕진무
閻王眞武

고생 정도가 아니다!

이건 그야말로 지옥이 따로 없었으니까!

"큭, 크으으윽!"

가부좌를 튼 채로 오만상을 찌푸리는 진무의 등에 손을 얹은 공손천이 매섭게 다그쳤다.

"여기서 멈추면 일주야의 노력이 도로아미타불이 된다! 있는 없는 힘을 모조리 쥐어짜 내서 기를 돌리란 말이야!"

"크윽!"

목에 핏발까지 세우고 용을 쓰던 진무가 끝내 몸을 앞으로 굽히며 큰 숨을 토했다.

"켁! 켁! 켁! 죽어도 못하겠어!"

“이런 멍청한… 일주야가 지나도록 중단전까지도 진기를
밀어 올리지 못하면 어쩌라는 거냐.”

손을 내리지도 않고 멍하니 진무의 등판을 바라보던 공손천
이 투덜거렸다.

“쯔쯔쯔… 끈기도 없어, 그렇다고 잠재력이 대단한 것도 아
니야, 저력도 없어, 대체 이런 놈을 뭐 볼 것이 있다고 가르치
자는 거야?”

숨을 헐떡이던 진무가 고개를 홱 돌렸다.

“자꾸 이놈, 저놈 하지 말라니까!”

“그럼 뭐라고 불러주랴, 어린놈아?”

“좋은 이름 놔두고 왜 자꾸 놈, 놈, 타령이오!”

“좋은 이름?”

눈동자를 위로 올려 골똘히 생각하던 공손천이 고개를 끄덕
였다.

“맞구나, 좋은 이름을 두고 왜 이놈, 저놈 했을까?”

뭔가 묘한 웃음을 배어 물며 공손천이 속삭였다.

“그럼 다시 시작해 보자꾸나…… 십호야.”

카르릉!

“누가 십호인데!”

“자자, 흥분하지 말고 어서 기를 돌려라, 십호야.”

능글맞은 공손천의 얼굴에 정의의 기치를 바로 세우는 일권
을 날리고 싶었지만 차마 아무런 행동도 하지 못하고 부들부
들 떠는 진무에게 늙은 쥐는 여전히 재촉했다.

"이러다 해떨어지겠다. 어서 기를 돌려라, 십호야."

"으으으……."

힘들기는 조봉팔과의 시간도 마찬가지였다. 아니, 더 힘들면 더 힘들었지 공손천에 비해 전혀 떨어지지 않았다.

마당 한가득 찍혀 있던 발 모양에 맞춰 몸을 놀리던 진무가 걸음이 엉켜 엉덩방아를 찧자 추상같은 조봉팔의 다그침이 시작되었다.

"답답한 일이로고! 대체 십호라는 아이에게 무엇을 배운 것인가! 보법의 기본 원리조차 파악하지 못하고서 어떻게 염왕보를 사용했단 말인가!"

"제기… 랄……."

이게 보법의 기본이라고? 한숨에 전후좌우의 모든 방위를 점한 후, 디딤 발만을 바꿔 역으로 다시 방위를 점하는 보법을 어떻게 기본적이라고 말할 수 있을까?

또 모른다. 철혈신권 같은 절대의 고수에게는 이런 보법이 기본일지도.

"갈 길이 태산이거늘 투덜거릴 시간이 어디 있는가! 벌떡 일어서지 못하나!"

"예, 예, 일어나야지요, 암요, 일어니고말고요."

빈정거리면서 억지로 일어선 진무가 신중하게 발을 옮기다 또다시 엉덩방아를 찧었다.

콰당!

"아, 이거 쉽지 않네! 은근히 사람 잡는 보법이잖아!"

식식거리는 진무를 냉엄하게 노려보던 조봉팔이 턱을 조금 치켜들며 탄식했다.

"이깟 풍운조화보(風雲造化步)에 막혀서 한 달을 보내다니, 내가 사람을 잘못 봤다는 건가……."

누구나 이런 말을 들으면 자존심이 상하는 법이다. 기대를 받는 입장에서 실망의 대상으로 전락한다면 참기 어려운 일이니까.

그런데 풍운조화보라고 했나? 강호십대보법 가운데 공격과 수비의 전환이 가장 빠르다는 전환보법의 태두와도 같은 보법이 바로 풍운조화보가 아니겠는가.

또한 철혈신권의 독문 보법이기도 하고.

한마디로 강호의 최정상 보법이라는 얘기인데 조봉팔은 무학에 갓 입문한 초보자들이나 익히는 것으로 치부를 하고 있었고 이를 알 리 없는 진무의 자존심은 난도질당하는 형편이었다.

"좋다, 좋아. 내 더러워서 끝내고 만다."

팍! 팍! 팍!

이전과는 비교도 할 수 없으리만치 단호하면서도 재빠른 발놀림.

'오오!'

지켜보던 조봉팔이 마음속으로 감탄하고 진무의 몸은 희뿌연 형체만 남긴 채로 사라지는 순간, 그의 발이 진로를 벗어났다.

삐끗!

꼬당!

“어이쿠!”

다시 주저앉은 진무가 머리를 벅벅 긁었다.

“잘되고 있었는데. 아, 그거… 마음처럼 쉽지 않네.”

“답답한지고. 형태로만 받아들이니 그런 결과가 나오는 것 아니겠나.”

“형태?”

진무가 고개를 들자 조봉팔이 장삼을 휘날리며 발자국들 위에 섰다.

“사물을 파악하는 데 있어 그것의 본 모양을 살피는 건 기본이라 할 수 있지. 그렇지만 사물의 진정한 본질을 파악하려면 시각적인 모습에서 탈피해야 한다네.”

“뭔 말인지…….”

진무가 툭 입을 내밀자 가만히 눈을 감은 조봉팔이 넋두리처럼 중얼거렸다.

“바람과 구름이 서로 어우르고 다독이며 천지간의 조화를 불러온다지만[風雲造化] 불쌍한 늙은이는 그저 비바람에 몸을 내맡긴다네…….”

사사삭!

말이 끝나기도 전에 그의 몸은 한줄기 빛이 되어 커다란 연무장을 온통 휩쓸고 다녔는데 일견 구름과도 같고, 일견 바람과도 같아서 손으로도, 눈으로도 쫓기 어려웠다.

입을 떡 벌리고 조봉팔의 움직임을 주시하던 진무가 강시처럼 벌떡 일어서며 무언가를 중얼거리기 시작했다.

"풍운조화, 풍운조화……."

"음?"

보법을 멈춘 조봉팔이 넋 나간 사람처럼 비척거리는 진무를 보고 눈을 빛냈다.

"풍운조화, 풍운조화… 조화를 불러오는 것은 바람도, 구름도 아니요, 오직 나 자신의 발로이니……."

잠꼬대처럼 같은 말을 반복하던 진무가 까닭 모를 소리를 늘어놓으며 발자국 위에 섰다.

"모든 조화는 마음에서 비롯되고, 마음으로 귀결된다. 결국 풍운은 조화의 수단일 뿐……."

턱!

발을 떼자 진무의 몸은 위태롭게 흔들거리며 발자국들을 누비기 시작했다. 처음과 별로 다를 바가 없는 모습.

'흐음… 아직은 무리인가…….'

조봉팔이 시선을 돌리려는데 비틀거리던 진무의 신형에 변화가 생겼다.

"그리고 마음의 주인은 자신일지니 조화도, 풍운도, 모두 허상이런가……."

사삭!

순간 발걸음이 급해지며 진무의 모습이 서서히 변했다.

"아, 아니, 저건!"

저도 모르게 조봉팔이 소리 지르는데 붉은 구름이 되어버린 진무의 신형이 연무장을 빠르게 휘젓고 다니기 시작했다.

"이를테면 염왕… 조화보라고 불러야 하나?"

어느새 나타난 공손천이 연무장을 제집처럼 쓸고 다니는 진무를 보며 중얼거리자 조봉팔이 무겁게 침음했다.

"정말 놀라운 아이다. 단 한 달 만에 풍운조화보를 제 것으로 만들었음은 물론, 그것을 자신만의 형태로 변환시키고 있으니."

"뭐, 사실 나도 놀라고 있어."

염소수염을 잡아당기며 공손천이 인상을 구겼다.

"일주야 만에 중단전까지 기를 밀어 올리려고 들지 않나, 한 달도 지나지 않아 중단전에서 기를 돌리면서 놀지 않나, 아무튼 괴물은 괴물이야, 저놈."

"그래, 상단전까지 올리는 데는 얼마나 걸릴 것 같나?"

조봉팔의 물음에 공손천이 손가락 세 개를 꼽았다.

"삼 년?"

놀란 조봉팔을 보며 공손천도 맥없이 대답했다.

"기절초풍할 일이지. 아무리 내가 추궁과혈로 기의 운용을 도운다고 하지만 단 삼 년 만에 삼단일통(三丹一統)을 이룰 인산이 어디 있겠냐고. 그렇지만 시금의 추세내로라면 가능할 것도 같거든."

삼단일통. 인체에 존재하는 세 개의 단전, 즉 상단, 중단, 하단전을 차례로 뚫어 종내 이 세 곳의 진기들을 자유로이 왕래

시키는 단계. 범인이라면 몇십 년을 고련해도 꿈꾸기 어렵다는 경지인데.

대견한 눈으로 진무를 보던 공손천이 문득 생각난 것처럼 조봉팔에게 몸을 돌렸다.

"네 쪽은 어떠냐? 뭔가 보이는 거야?"

"지금 보고 있잖나."

보고 있다. 철혈신권의 독문 보법이라는 풍운조화보를 한 달 만에 제멋대로 편집하는 모습을.

"이 추세라면 일 년도 지나지 않아서 밑천이 털릴 판이야. 그것으로 기초는 탄탄히 받쳐 주겠지."

염왕보와 수라격체술의 첫 번째 초식은 분명 위대한 무학이다. 그러나 진무는 무공의 기초부터 체계적으로 밟아온 상태가 아니기에 발전에 한계가 있었다.

이를 눈치 챈 조봉팔은 수라격체술의 두 번째 초식을 가르치기보다 우선적으로 기본을 다져 주는 형편이었고, 반발하던 진무 역시 필요성을 깨달았는지 그의 가르침에 발맞춰 노력하고 있었다.

"이 년째부터 본격적으로 염왕보와 수라격체술의 두 번째에 도전해 봐야겠지. 생각만 해도 가슴 설레는 일이야."

*   *   *

비감한 표정으로 마주 앉은 공손천과 진무가 약속이나 한

듯 고개를 끄덕이고 가부좌를 틀었다.

"이제……."

"시작하자!"

힘있는 눈으로 공손천을 보고는 몸을 틀어 진무가 내공을 운기했다.

'오늘은 반드시!'

진무의 등에 장심을 붙이는 공손천의 표정 역시 무거웠기에 둘이 불러온 긴장감으로 대기가 팽팽하게 부풀어 오를 지경이었다.

우웅―

진무의 몸에서 핏빛 혈무가 피어나기 시작하자 장심에 힘을 배가시킨 공손천이 힘껏 독려했다.

"그래! 잘한다! 계속 치고 올라가라!"

우우웅!

공손천의 격려 때문일까, 혈기는 더욱 짙어졌고 그에 따라 전신에서 땀방울이 솟아올랐지만 진무는 이를 악물고 분산되었던 내공을 하나로 모으는 데 열중했다.

"좋아, 좋아! 중단전을 완전히 돌았다!"

여기까지는 일사천리다. 문제는 상단전이다. 완고한 철벽처럼 상단전의 빗장은 열릴 생각을 하지 않았기에 이 부근에서만 무려 일 년하고도 반을 허비하고 있는 상태였다.

으드득―

어금니를 갈아붙이며 진무가 힘차게 기를 뽑아 올리자 핏빛은 점점 짙어져 그의 몸은 붉은색의 구름에 완전히 가려졌다.

'최고다! 오늘이야말로 그날이야!'

말이 세 개의 단전이지, 상단전은 하단전과 중단전과는 차원을 달리하는 곳이다. 오죽하면 하단전은 노력, 중단전은 의지로 되지만, 상단전을 여는 것은 천운이라는 말이 있을까?

그렇기에, 그렇게 어렵기에 상단전을 여는 것만으로 일류의 반열에 올랐다라는 말이 나온다.

하지만, 하지만 아무리 힘들더라도 열고 말 것이다!

"조금만 더! 조금만 더 힘을 써라! 너를 위해서, 나를 위해서!"

"으으윽!"

오만상을 찌푸리며 운기에 열중하던 진무의 몸이 푸르르 떨리다 급격히 식어버렸다.

"아아……."

낙엽처럼 사그라지는 혈무. 그리고 허탈한 공손천의 눈동자.

"헉! 헉! 헉!"

벌떡 일어서서 가슴을 부여잡고 괴로워하는 진무를 노려보던 공손천이 발을 구르며 소리 질렀다.

"왜! 왜! 안 되는 거야! 왜!"

"미안하……."

"이건 미안하고 말고의 문제가 아니야! 미안하고 말고 할 계제가 아니라고!"

씩씩거리던 공손천이 바닥에 철퍼덕 주저앉았다.

"아아, 미치겠네. 도대체 이유가 뭐지?"

"다 내가 자질이 부족해서……."

"아니."

어깨를 늘어뜨린 진무가 힘없이 중얼거리자 고개조차 돌리지 않고 공손천이 뇌까렸다.

"솔직히 네 자질은 최고다. 오십 년이 넘도록 사람을 진료했지만 너만 한 자질과 근골을 가진 녀석은 본 적이 없어."

허망하게 웃으며 공손천이 바닥의 흙을 한 움큼 쥐었다.

"내가 부족한 게지, 내가……."

쥐었던 흙을 슬그머니 바닥에 뿌리며 공손천이 무릎을 폈다.

안 되는 건 안 되는 거다. 반드시 보상을 받는다면 그건 더 이상 노력이라 부를 수 없을 터. 이만큼이라도 따라와 준 진무가 고맙고 안쓰러울 뿐. 시간은 아직 많다.

다만 조금 아쉬울 노릇이지만.

"많이 지쳐 보이는구나. 오늘은 여기까지 하자."

그답지 않게 자애로운 웃음으로 진무를 다독인 공손천이 털레털레 걸음을 옮겼다.

"에휴… 그놈에게 뭐라고 얘기한다……."

"음?"

여전히 앉아 있던 진무가 눈을 빛냈다.

"그놈이라니, 신선 노인네 말이오?"

“그래.”

“신선 노인네가 왜요? 요즘도 괴롭히는 거요?”

“그게 아니라…….”

쓴웃음을 지은 공손천이 몸을 돌려 양팔을 들었다.

“녀석에게 호언장담을 했었거든. 책임지고 삼단일통을 이루어줄 것이란 말을.”

“언제요?”

“삼 년 전…….”

“삼 년 전이면…….”

손가락을 굽혀 수를 헤아리던 진무가 어느 순간 두 눈을 한껏 치떴다.

“오… 늘?”

희미하게 웃으며 가던 길을 재촉하는 공손천이었는데 느닷없는 손길 하나가 그의 어깨를 틀어쥐었다.

“다시 갑시다.”

“뭐?”

“다시 가자고! 여기서 끝낼 수는 없잖아!”

“무리다. 네 몸 상태로 보아…….”

“상관없어! 약속은 반드시 지켜져야만 한다고! 어서 하자니까!”

펄펄뛰는 진무를 우두커니 바라보던 공손천이 입을 한일자로 닫으며 힘차게 고개를 끄덕였다.

“그래, 하자!”

“아자! 아자! 아자!”

만세 삼창으로 분위기를 쇄신한 진무가 가부좌를 틀고 앉자 그 어느 때보다 비장한 얼굴이 되어버린 공손천이 두 주먹을 불끈 쥐었다.

아마도 지금의 진무는 손가락 하나 들 수도 없을 정도일 거나. 하지만 자신을 위해, 약속이라는 가치를 지키기 위해 몸을 던지고 있을 터였다. 그렇다면 자신도 그에 걸맞는 화답을 해야 할 터.

휘르릉!

공손천의 눈에서 신광이 줄기줄기 뻗어 나왔다.

'잠능전수대법(潛能傳受大法)…… 그저 알아두기만 했던 시술법이거늘.'

잠능전수대법이란 내공을 이루는 근원적인 힘, 즉 원정내단을 녹여서 만든 기력을 사용하여 대상이 되는 사람을 돕는 기법이다.

원정내단을 녹였기에 시전자가 일으키는 내력은 순수하고도 강력하여 피시술자는 거부반응이 거의 없는 상태로 내력을 받아들일 수 있다는 장점이 있으나 원정내단이라는 것 자체가 한 번밖에 응축되지 않는지라 잠능전수대법 역시 평생에 단 한 번만 펼칠 수밖에 없다는 악점도 있는 시술법이다.

결정적으로 잠능전수대법을 펼친 후, 시술자는 내공력의 이 할 이상을 잃는다는 치명적인 단점까지 가진 시술법이기에 강호에서 발을 뺄 생각을 하지 않은 이상 누구라도 꺼리는 대법이라 하겠다.

'네가 건다면 나도 건다!'

청춘도 무색해질 패기를 담은 눈으로 진무의 등판을 바라보던 공손천이 두 손을 쭉 뻗었다.

"하단전!"

우웅—

공손천의 인도로 진기를 끌어올리던 진무가 내력의 흐름이 너무도 편안해서 깜짝 놀랐다.

'오늘 내 몸 상태가 괜찮은 편인가?'

그렇지만 잡념은 거기까지. 이제부터는 없는 힘까지 바득바득 긁어모아야 할 판이다.

"중단전!"

우우웅!

피어오르는 혈무로 전신을 휘감은 진무가 입으로 신음 소리를 뱉기 시작했다.

"으으으……."

"아직 멀었다! 이 기세로 곧장 상단전을 치받아라!"

"크으윽!"

상단으로 올라간 진기가 상단전의 빗장과 씨름을 시작하자 진무의 몸은 땀으로 푹 젖었고, 내력을 도인하는 공손천의 몸도 사시나무처럼 떨렸지만 둘은 멈출 줄을 몰랐다.

"쿠아아악!"

"조금만! 조금만 더 힘을 써라!"

"악! 아악! 아주 사람을 잡아라!"

"곧 된다, 곧 된다고! 젖 먹던 힘까지 모조리 털어라!"

푸시시—

바람과는 달리 점차 엷어지는 혈무. 진무의 말마따나 상단전 하나 열자고 사람을 잡을 판이라 공손천이 조심스레 물었다.

"그만… 할까?"

"뭔 헛소리요?!"

고통으로 얼룩진 음성이었지만 결의 하나만큼은 놓치지 않은 진무의 목소리에 공손천이 혀를 찼다.

"이놈아, 넌 최선을 다했다고! 오늘은 날이 아닌 듯싶으니 그만 하자."

"웃기지 마!"

이를 악문 진무가 이빨 새로 잘근잘근 씹어서 말을 뱉어냈다.

"크으윽… 최선을… 최선을 다했다면 포만감이 있어야 하잖아. 그런데 가슴에선 아직도 부족하다고 난리를 친다고."

최선을 다했다면 누구보다 자신이 먼저 안다. 그리고 진무는 아직 최선을 다했다고 생각하지 않았나 보다.

"헉, 힉… 부, 분명히 일러두는데……. 만약 여기서 그만두면 평생을 저주할 테다!"

"허어……."

완고하기 이를 데 없는 진무의 등을 보던 공손천이 모든 내력을 장심에 집중시키며 힘차게 이를 물었다.

그래, 우리 한번 멋지게 깨져 보자꾸나!

"상단전이다! 빌어먹을 상단전의 관문을 날려 버려라!"
"제기라알!!!!"
그리고…….
쾅!
북 치는 소리와 함께 진무가 펄쩍 뛰어올랐다 나자빠졌다. 전신을 흥건히 적신 땀을 닦지도 않고 달려든 공손천이 그의 맥을 확인하고 덩실덩실 춤을 췄다.
바닥을 기는 진무를 방치한 채로.
"우하하하하! 드디어 삼단일통이다! 삼단일통이라고! 대단해, 정말 수고 많았다, 십호야!"
"혁, 혁… 십호… 아니랬지……."
정확히 삼 년째의 일이었다.

"자자, 오늘은 노부가 쏜다! 먹고 싶은 것이 있으면 모조리 시켜라! 원한다면 전대 정도맹주라도 삶아줄 용의가 있다!"
공손천은 신이 나 있었다. 물론 조봉팔도 신이 났고, 진무도 기분이 최고였다. 통째로 빌린 객잔은 숙수와 점소이를 제외하고 단 세 사람만이 자리했건만 그 어느 때보다도 시끄러웠고, 흥겨웠다.

"글쎄, 이놈이 정말로 삼 년 만에 삼단일통을 이룰 줄을 어찌 알았겠어?"

"그야 이 몸이 천재니까 그렇지!"

"그게 아니라 인도자가 천재 의원이라서 가능했다, 이놈아!"

"푸하하하하!"

신나게 먹고 마시고… 비워지는 술 단지와 풀리는 눈빛. 그렇지만 모두의 흥은 그칠 줄을 몰랐다.

그렇지만 삼단일통의 여파는 만만치 않은 것이었다.

툭.

쿨쿨쿨.

꼬닥꼬닥 졸다 끝내 탁자에 얼굴을 묻은 진무가 코를 골기 시작하자 유년기의 어느 하루를 끄집어내어 옥신각신하던 두 노인이 고개를 돌렸다.

"자는데?"

"피곤했을 테니."

"박박 악을 쓸 때는 좀 그렇지만 이렇게 보니 새끼 고양이 같지 않나?"

조봉팔이 거하게 한 잔 들이켜며 웃자 공손천이 코가 떨어져 나갈 정도로 콧방귀를 날렸다.

"어이구, 고양이들이 모두 얼어죽었나 보다, 새끼 고양이는 무슨!"

진무를 일별한 그들이 다시 얘기를 시작하려는데 괴상한 소리가 들려왔다.

"으으으… 제기랄……."

"잠꼬대까지 하는군."

조봉팔이 인자하게 웃자 공손천이 입을 툭 내밀었다.

"아주 가지가지를 해라."

하지만 진무는 진지했다, 자면서까지. 오만상을 쓰며 괴로워하던 진무가 이를 갈았다.

"끄으응… 빌어먹을… 상단전……."

"허허, 자면서도 상단전과 씨름 중인가?"

머리라도 쓰다듬을 미소로 조봉팔이 일어서자 공손천이 그를 말렸다.

"놔둬 봐, 놔둬 봐. 이것 재미있다."

"허… 이런 짓궂은 친구."

말과는 달리 조봉팔도 슬그머니 자리에 앉았다. 아마 그 역시 재미있었나 보다. 이런 두 못된 노인의 관전 사실도 모른 채 진무는 꿈속에서 상단전과 악전고투를 벌였다.

그러던 어느 순간 다시 진무는 코를 골았다.

쿨쿨쿨.

"벌써 끝인가?"

조봉팔이 아쉬워하자 그를 노려보며 공손천이 일어섰다.

"이런 표리부동한 같으니! 나더러는 짓궂다고 하면서 더 즐겼구나!"

"허허허."

조봉팔을 무시하고 겉옷을 벗은 공손천이 진무에게 다가갔
다.

“이렇게 자면 제아무리 고수라도 감기 걸리…….”

“……고마워요.”

“……!”

뜻밖의 말에 우뚝 멈춰 선 공손천이었는데 진무는 여전히
중얼거렸다, 물론 꿈속에서.

“정말 고마워요… 공손… 숙부.”

뭔가 찌르르한 것이 올라와 공손천이 손을 꼭 쥐는데 이를
지켜보던 조봉팔이 은근하게 물었다.

“어떤가, 사람 하난 잘 골랐지?”

“흥! 잘 고르긴 뭘 잘 골라! 제 증조할아비뻘에게 숙부라니,
버르장머리없는 놈 같으니라고!”

어색했을까. 괜스레 고개를 돌린 공손천이 눈만 움직여 진
무를 바라보았다.

숙부라, 그리 나쁘지만은 않구먼…….

*   *   *

삼단일통을 이루고도 일 년이라는 시간이 더 흐르자 진무의
엉덩이는 가끔씩 들썩거렸다. 이곳, 생사침전(生死針展)에 머
문 지 올해로 사 년을 꽉 채웠으니 당연한 일일 수도.

공손천과 조봉팔은 무엇이 그리 바쁜지 자리를 비우는 날이 많아졌다. 그렇지만 진무는 구태여 묻지 않았고, 두 노인 또한 설명하지 않았기에 언제부터인가 그들은 소 닭 보듯 서로를 대했다.

"잠시 다녀오겠네."

"또요?"

"나도 나갔다 온다, 십호야. 집 잘 봐라."

"크르릉!"

기르는 똥개에게 집을 맡기는 사람처럼 공손천까지 말을 남기고 사라지자 연무장의 가장자리에 솟아 있는 바위에 엉덩이를 붙이고 앉은 진무가 떠가는 구름을 바라보며 이상한 노래를 불러댔다.

"구름아아~ 너는 어디로 가느냐아아~ 나하 느은~ 달린다~ 하얀 고향으로오~"

뒤돌아볼 사이도 없을 정도로 정신없이 흘러간 사 년이었다. 정말이지 치 떨리도록 힘들었고, 어금니가 부러져 나갈 정도로 고달팠던 세월을 보내고 나니 인생관 자체가 바뀐 진무였다.

그래도 이곳은 포근했다. 언젠가 맞이했던 지옥과 달리 이곳에서의 지옥은 따뜻했다.

뭐, 결국 지옥은 지옥이었지만.

어차피 염왕진기는 근본적인 해결책이 마련되지 않으면 완전한 통제가 불가능한 터, 다행히 삼단일통을 이루었기에 그럭저럭 염왕진기를 돌리는 데 무리는 없었다.

당연한 것이 한 곳에서만 머물던 기운을 이제는 두 곳에서 더 머물게 할 수 있으니 훨씬 안정적인 진기의 운용이 가능해진 것이다. 그리고 삼단일통의 부수적인 효과로 공력까지 증진했으니 더 바랄 나위가 없었다.

이를테면 단칸방에서 살던 이가 방 세 칸짜리 집으로 이사한 형국이라고나 할까.

무학에 관한 이야기를 한다면…… 조봉팔이라는 사람들 다시는 보고 싶지 않을 정도로 호되게 당했지만 그 덕에 단면만 바라보았던 무(武)의 실체에 조금은 접근하게 되었으니 원망만 할 수도 없다.

솔직히 감사하게 생각한다.

다 좋다! 다 좋은데 이제는 움직여야 할 때다! 벌써 사 년이라는 세월이 흘렀고 얼굴까지 조금 변해 버렸단 말이다! 앳된 청춘이었는데 어느 결에 부리부리한 장한이 되었다!

조봉팔은 여전히 귀엽다며 웃지만.

'오늘은 반드시 얘기해야지.'

다짐하며 진무가 엉덩이를 뗐다.

"자, 뭐부터 해볼까나?"

복습은 목숨이다!

조봉팔이 달고 사는 말이다. 또한 진무도 인정하는 바이다.

복습은 생명이라는 사실을. 반복에 반복을 거듭함으로써 완성의 길로 치닫는 것이 바로 무학이라는 사실을. 같은 초식이라도 열 번 수련한 이와 열한 번 수련한 이의 이해도는 다르다는 걸.

동의한다! 충분히 동의하는 바이다!

그리고 이 모든 걸 위해서는…….

"청소를 해야지!"

빗자루 하나를 고고하게 비껴들고 진무가 연무장으로 향했다.

어지러이 찍힌 발자국들과 대련의 흔적들은 어제의 고된, 그야말로 빡센 수련의 결과였기에 이 모두를 깨끗이 제거해야 새로운 기분으로 복습에 임할 수 있을 것이다.

넓은 연무장을 물끄러미 보던 진무가 곧 이를 물고 힘차게 외쳤다.

"쓸어버리자!"

이때…….

"새, 생사침존 계신가!"

다급한 목소리. 그리고 더욱 다급한 발걸음.

반사적으로 고개를 돌린 진무의 앞으로 커다란 인영이 떨어져 내렸다.

"음? 너는 누구냐?"

광량한 목소리. 그보다 더욱 광량한, 아니, 우람하기까지 한 신체. 그 나이의 것이라고는 도저히 믿을 수 없는 근육을 불룩거리며 거대한 노인이 성큼성큼 다가왔다.

‘어?’

그런데 노인의 상태는 좋지 않았다. 전신을 물들인 피는 말할 나위도 없었고, 여기저기 찢겨져 나간 의복으로 볼 때 꽤나 힘겨운 여정을 걸어왔다는 반증이 성립된다.

“생사침존께서 시동(侍童)을 두었나? 몰랐군.”

‘시동?’

진무가 똥 씹은 표정을 짓는데 근육노인은 그의 빗자루를 힐끔거리며 거침없는 어조로 물었다.

“아이야, 생사침존은 어디 가셨느냐? 침전에 안 계신 거냐?”

“나갔소.”

퉁명스런 진무의 대답에 살짝 눈살을 찌푸린 근육노인이 재차 물었다.

“교육을 안 시킨 모양이로군. 아직 새내기라서 그런가? 뭐, 아무튼 어디 간다고 하시더냐?”

“모르오.”

“몰라?”

“원래 말없이 나간다오.”

“끄응!”

생사침존의 부재도 당황스럽거니와 시동으로 보이는 청년의 응대가 마음에 들지 않아서 근육노인이 침음을 흘리다 문득 어깨에 매달려 있는 보자기를 손으로 확인했다.

“화급한 일인데… 이를 어쩐다…….”

어쩔 줄 몰라 하던 근육노인이 뭐라고 하려는데 귀청이 찢어질 듯한 호각 소리가 들렸다.

"빠르군, 벌써 여기까지 이르다니!"

고개를 돌려 어딘가를 응시하던 근육노인이 진무에게 손짓을 했다.

"아이야, 어디로든 피해라! 네가 말려들 필요는 없으니!"

"피하라고?"

자신을 가리키며 멀뚱멀뚱 눈알을 굴리는 진무가 답답했는지 근육노인이 제 가슴을 탕탕 쳤다.

"그것참, 버르장머리가 없으면 눈치라도 밝아야지! 돌아가는 정황을 보면 모르겠느냐! 어서 피하란 말이야!"

"쩝쩝……."

예전이면 벌써 발작했을 만한 소리. 하지만 사 년 동안 귀가 닳도록 듣다 보니 이제 저 정도는 일도 아니라서 진무가 귀를 휘적휘적 팠다.

"에잇, 됐다! 죽든 살든 네 팔자니 나를 원망하지 말 것이다!"

근육노인이 몸을 돌리자 그의 어깨에 매달려 있는 보따리가 눈에 들어와 진무가 고개를 갸웃거렸다.

'어라, 저건?

보따리 속에 들어 있는 물건의 정체가 대충 짐작이 갔기에 진무가 근육노인의 전신을 샅샅이 훑었다.

'보쌈을 할 나이는 아닐 테고, 그렇다면 환자라는 건가?

뭐, 넘쳐 나는 힘으로 미루어 전자도 불가능한 가정만은 아니었지만.

 쓸데없는 생각을 하며 진무가 킬킬 웃는데 멀리서 까만 점들이 솟아나 맹렬한 속도로 다가오기 시작했다.

 "으음… 이십사 멸절파황대(二十四 滅絶破皇隊) 전부라는 건가?"

 근육노인이 침중하게 얼굴을 굳히는데 점차 다가온 점들이 뚜렷한 실체가 되어 침전으로 날아들었다.

 "얼씨구, 그냥 넘네?"

 진무가 입을 딱 벌리는데 침전으로 들어선 스물다섯의 인영이 근육노인의 앞으로 내려섰다.

 처처척!

 그야말로 절도있는 움직임. 장삼 하나 흐트러지지 않을 정도로 군더더기없는 동작까지. 아마도 이들은 고도의 훈련을 거친 고수 중의 고수들일 터였다.

 반듯하게 도열한 백색 장삼의 스물다섯 명이 근육노인에게 시선을 던지다 그중 한 사람이 앞으로 나섰다.

 "고작 여기까지인가요?"

 서늘하기 그지없는 음성. 목소리의 주인공의 이십대 중반의 단발여인이었는데 음성에 실린 관록은 그녀의 만만치 않은 전력을 말해주는 듯했다.

 "후후… 천하에 이름 높은 구유절편(九幽節鞭) 지한옥(池寒玉) 소저께서 직접 물으니 무서워서 죽겠구먼그래."

 근육노인이 짐짓 몸을 떨자 지한옥이라 불린 여인이 싸늘하게 웃었다.

"강호를 쩌렁쩌렁 울리는 약로(藥老)께서 그 무슨 엄살이십니까?"

서늘한 인상만큼이나 시원시원한 목소리. 단발여인의 대꾸는 조용한 가운데 상대방을 윽박지르는 힘이 있었기에 이들의 대치를 멀뚱멀뚱 보던 진무가 콧등을 매만졌다.

뭔가… 어정쩡하다.

진무의 입장이 어정쩡할지는 모르지만 근육노인의 상황은 어정쩡한 것과 거리가 멀었다. 멀어도 한참을 멀었다.

"이것 곤란하게 됐군. 한시가 촉박할 때에 이십사 멸절파황대 전원은 물론 구유절편까지라니."

입을 툭 내밀고 투덜거리던 근육노인이 불컥거리는 자신의 알통을 한번 쓰다듬었다.

"뭔 상처들이 그리 많대요?"

빗자루를 늘어뜨린 진무가 묻자 가슴을 슬슬 쓰다듬으며 근육노인이 비 맞은 중처럼 쫑얼댔다.

"이따위 자잘한 외상 따위로 나를 곤란하게 할 수는 없지, 암! 빌어먹을 내가중수법에만 당하지 않았다면 저 조무래기들을 벌써 황천길로 보내 버렸을 거다!"

"흐음……."

진무가 턱을 쓰다듬는데 단발여인이 앞으로 나섰다.

"왜 일을 힘들게 만들려고 하시는 건지 모르겠군요."

"내 비록 처지가 좋지는 않으나 사해상방의 졸개들에게 핍

박당할 정도는 아니다!"

단발여인을 바라보던 근육노인이 일갈하자 주위는 삼엄한 기운이 내려앉았지만 그녀에겐 별다른 감흥을 주지는 못했나 보다.

"분명 말씀드리지만……."

바람에 짧은 머리를 살랑거리며 단발여인이 붉은 입술을 경쾌하게 나풀거렸다.

"그것만 주신다면 저희는 즉시 사라질 것입니다."

주지 않으면 끝장을 보겠다!

"좋다! 이십사 멸절파황대가 얼마나 대단한지 모르지만 이 능용헌(能庸軒), 지닌바 전력의 힘으로 너희들을 상대해 주마!"

쿠우우우!

근육노인이 눈을 빛내자 그의 주위로 돌개바람이 일었다.

'능용헌?'

제삼자가 되어 구경하던 진무가 살짝 고개를 옆으로 틀었다. 능용헌이라는 이름, 그리고 약로라… 언젠가 의원 영감이 언급한 것도 같은데.

진무가 열심히 머리를 짜내는데 근육노인의 강력한 기개를 주시하던 단발여인이 고개를 숙였다.

"어쩔 도리 없네요. 악로께의 무례는 나중에 사과드리도록 하겠습니다, 그럼."

그녀가 한발 물러서자 스물네 명의 백의인이 전면으로 나섰다.

"오냐, 전부 나서야 이 늙은이도 흥취가 일겠지."

휘르릉―

대답없이 백의인들이 기세를 돋우자 그들의 사이엔 팽팽한 긴장감이 가득 찼다.

이때…….

"지금 뭐 하는 거지?"

팔짱을 낀 진무가 툭 내뱉자 모두의 시선은 그에게로 쏠렸다.

"누구……?"

단발여인이 의아한 기색을 보이며 그의 빗자루에 시선을 던지자 진무는 바닥에 침을 퉤, 뱉었다.

이놈의 빗자루, 속 썩인다.

"내가 누군지가 중요한 게 아니라 이곳이 어딘지가 중요한 거야."

이곳은 침전이다. 사람이 다쳐서 나가는 곳이 아니라 사람을 살리는 장소라는 거다.

함축적인 그의 말에 잠시 생각하던 단발여인이 고개를 끄덕였다.

"과연 그렇군요. 이곳이 생사침존 노선배님의 거처라는 사실을 잠시 망각했네요."

깍듯이 포권하는 단발여인을 날카롭게 주시하던 진무가 고개를 모로 틀었다.

만만치 않은 여인이다. 비단 아름다운 용모만이 아니라 행동거지 또한 똑 부러지니 도대체 빈틈이라는 것을 찾기 어렵다. 한마디로 상대하기 껄끄러운 여인이다.

"저 역시 생사침존 노선배님의 거처에서 소란을 벌이고 싶은 생각은 없습니다. 단……."

고개를 들며 포권을 푼 단발여인이 근육노인을 보며 서늘하게 말했다.

"저분의 동의가 있어야겠지요."

띵—

지적받은 근육노인이 눈을 부라렸다.

"이런 건방진! 그렇다면 노부가 생사침존의 처마 밑으로 기어들어 온 참새라는 말이더냐!"

"변명은 됐고……."

근육노인의 말을 싹둑 자른 진무가 턱을 살포시 들었다.

"꺼져."

순간의 정적. 멍하니 진무를 바라보던 단발여인과 근육노인이 합창하듯 입을 열었다.

"예?"

"뭐?"

"꺼져라. 의원 영감한테 볼일 있는 사람만 빼고."

단발여인의 입꼬리가 서서히 올라갔다.

"꺼지라……."

피식 웃은 단발여인이 팔짱을 꼈다, 마치 진무처럼.

"능력이 될까요?"

같은 말을 전에도 들었다. 그때도 그랬고 지금도 그렇지만

진무의 대답은 오직 하나다. 뭐, 전과 다르다면 이번은 통보를 한다는 정도일까

"누가 좋을까?"

빙글—

까, 자가 끝나기 전에 반원을 그리며 몸을 돌린 진무가 오른쪽 끝에 서 있는 백의인에게 쇄도했다.

"헉!"

느닷없는 돌진에 백의인이 손을 들어 상대하려는데 이미 진무는 그의 가슴으로 들이닥쳐 있었다.

퍽!

뭐가 어떻게 됐는지도 모르는 순간, 백의인은 진무가 들고 있던 빗자루의 끝에 가슴을 격타당하고 무너져 내렸다.

휘이잉—

이 황당한 사건에 모두가 굳어 있는데 오연하게 빗자루를 둘러멘 진무가 나른하게 물었다.

"부족한가?"

시간이 정지된 것처럼 굳어버린 사람들. 그러나 현 상황을 받아들이는 데 그리 오랜 기간이 필요하지는 않았다.

"이런 건방진 놈!"

버럭 소리를 지르며 백의인들이 나서려는데 섬섬옥수를 내밀어 그들을 제지한 단발여인이 진무를 응시했다.

다소의 놀람을 감추지 않고.

"과연 생사침존이 기거한다는 침전, 용담호혈이 따로 없

군요."

빗자루 든 종놈도 한가락 한다는 얘기로 들렸지만 진무는 개의치 않았다.

"어쩔 거요?"

곱게 나갈래, 더 맞을래?

그렇지만 단발여인에게도 물러설 수 없는 사정이 있었다.

"소란을 원치는 않았건만."

살포시 한숨지은 단발여인이 냉엄한 신색을 회복했다.

"이 일로 생사침존 노선배님과 척이 지더라도 할 수 없겠지요."

그녀가 눈짓을 하자 열두 명의 백의인이 앞으로 나섰다.

"이놈들, 상대는 여기다!"

소외되어 있었던 근육노인이 버럭 소리를 질렀다.

사실 그는 지금 기가 막히다 못해 쓰러질 지경이었다. 비록 상태가 좋지는 않았지만 약로 능용헌이 누구인가? 사사겹천 가운데 사로에 속하는 약로가 바로 그 아니겠는가.

강북무림에서 능용헌이라는 이름은 적어도 사신만큼이나 무서운 것이었거늘.

하지만 빗자루를 든 시동에게는 별로 대단한 존재로 여겨지지 않았나 보다. 아니, 조금 불쌍하고 딱한, 그래서 보호의 대상 징도로 비쳐졌음이 분명했다.

"됐소. 노인장은 보따리 풀고 물이나 한잔 빠시구려."

"뭐? 지금 노부더러 한 말이냐?"

하지만 진무는 이미 열두 명의 앞으로 나선 상태였다, 물론 빗자루를 어깨에 걸친 채로.

"흠……."

열두 무인을 훑던 진무의 시선이 그들의 어깨 뒤로, 정확하게 나머지 열한 사람에게 머물자 단발여인이 고개를 돌리며 혀를 찼다.

'멸절파황대 전부를 원한다는 거야?'

어처구니없을 정도의 뱃심, 그리고 객기. 그런데 이런 어처구니없는 행동들이 너무도 자연스럽게 다가와 단발여인이 입술을 꼬옥 물었다.

대체 누굴까. 생사침존이 제자를 거두었다는 말은 들어본 적이 없었거늘. 제자라고 하기도 뭐한 것이, 생사침존 공손천이라고 하면 암기술로 일가를 이룬 인물인데 눈앞의 사내는 그런 것과는 거리가 멀어 보였으니까.

아무튼 생사침존과 연관이 없다면 그의 연무장에서 비질을 할 리는 없을 터. 불패사존이라는 이름에 빛나는 생사침존과 문제를 일으켜서 좋을 것이 없겠지만 단발여인의 얼굴은 단호했다.

살다 보면 절대로 포기하지 못하는 경우가 있고, 그녀에게 있어서 오늘이 바로 그날일 것이다.

"무례는 나중에 사과드리도록 할게요."

단발여인의 명령 아닌 명령이 떨어지자 열두 명은 진무를 가운데 두고 넓게 포진했다.

"그러니까 상대는 나라니까!"

근육노인이 팔뚝을 불끈거리며 나섰지만 이미 열두 무인은 진무에게 접근하고 있었다.

"에잇!"

근육노인이 주먹을 말아 쥐고 전장으로 향하려는데 비단 찢어지는 소리가 들리며 단발여인이 그의 앞을 막아섰다.

"부족하나마 상대해 드리도록 하지요."

"직접 나선다는 건가? 그래, 좋다! 백발혈국에 비견된다는 멸절파황대주 구유절편이 얼마나 무서운지 내 몸소 체험해 보리라!"

근육노인이 노호성을 지르며 나서는데 열두 무인은 진무의 주위를 빙빙 돌면서 기묘한 방위를 점했다.

"저, 저건 십이성궁진(十二星宮陣)? 뇌로(腦老)를 어떻게 한 것이냐!"

십이성궁진은 귀계와 진법만으로 사로의 반열에 오른 뇌로의 삼대절진 가운데 하나였다. 강호의 소란이 싫어서 그 어떠한 단체와도 인연을 맺지 않는다는 뇌로의 절진이 어떻게 이들에게서 펼쳐지는 걸까.

"뇌로께서는 두 달 전에 문상(文相)의 제의를 흔쾌히 수락하셨지요."

"이이익, 아주 강호 전제를 매수하려 드는구나!"

"가치라는 것은 간사하니까요."

"그래도 불구대천의 원구는 아닐진대 십이성궁진이라니!

정말로 생사침존과 같은 하늘을 이고 살지 않겠다는 거냐!"

근육노인이 발작을 할 만도 한 것이, 십이성궁진은 피와 죽음만을 남기는 죽음의 진법이기 때문이었다. 이름에서도 알 수 있듯 열두 명이 한 조가 되어 펼쳐지는 이 진법은 사방과 사유를 역으로 짚어서 상대방의 공세를 무력화시킴은 물론 그렇게 형성된 공력을 나머지 넷에게 집중하여 공격을 담당하는 네 사람은 평소의 세 배에 달하는 내공력을 사용할 수 있게 된다.

개개인이 일류를 상회한다고 알려진 멸절파황대원들일진대 세 배의 힘을 얻게 된다면?

근육노인이 금방이라도 뛰쳐나가려 하자 단발여인의 채찍이 허공을 갈랐다.

"한눈을 파신다면 제가 섭섭하지요."

짜악!

비단에 깊숙한 흔적을 남기고 돌아오는 채찍은 독사처럼 음험했기에 근육노인도 경시하지 못하고 공력을 모으며 투덜거렸다.

"제기랄, 평소라면 해볼 만한 싸움이련만. 상황이 좋지 않구나!"

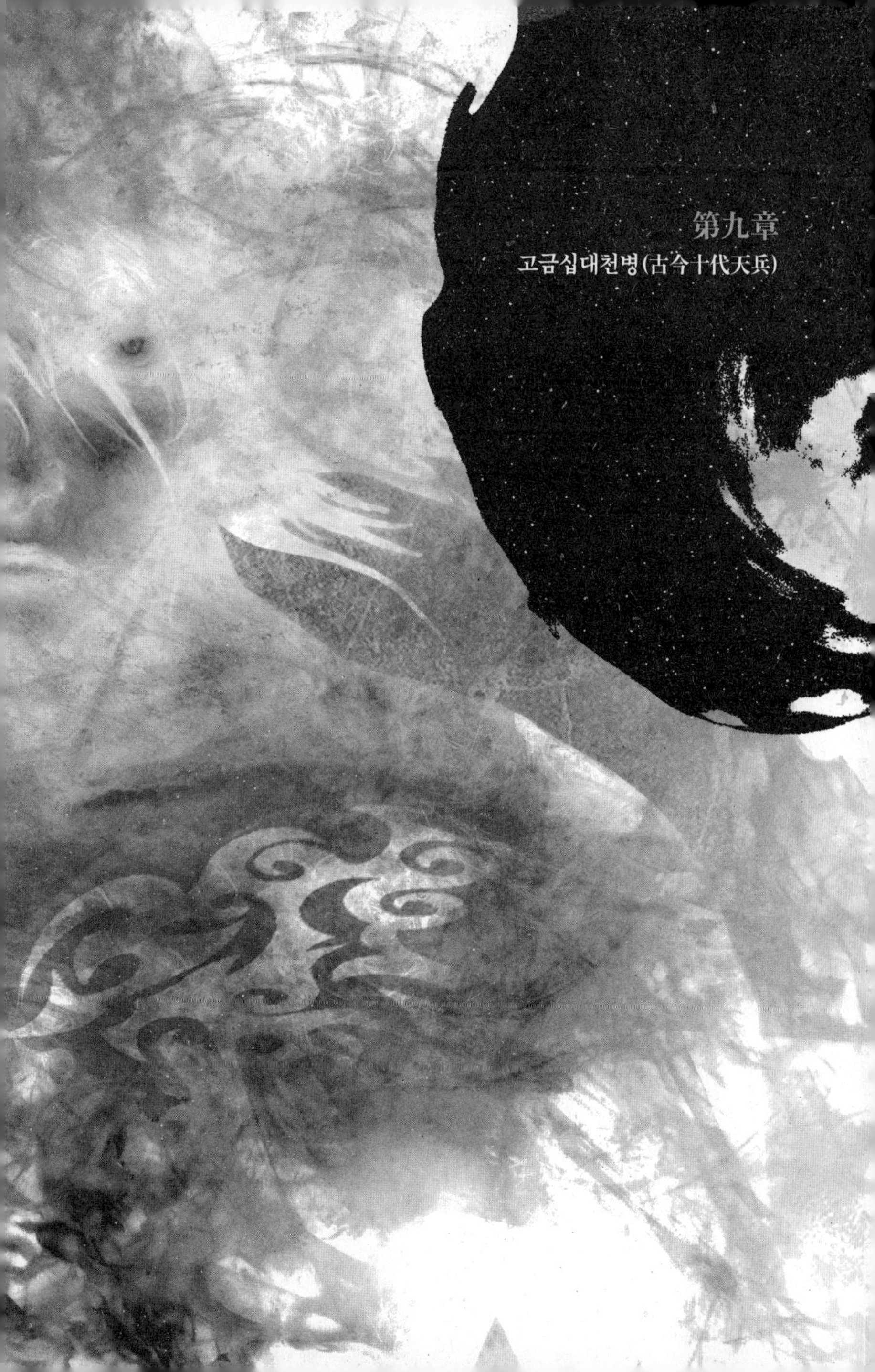
第九章
고금십대천병(古今十代天兵)
第九章
고금십대천병(古今十代天兵)

염왕진무
閻王眞武

　열두 명의 무인이 무언가를 꾸민다는 건 알았지만 어디부터
공격을 해야 할지 판단할 수 없어서 진무가 그들의 움직임을
눈으로 쫓는데 빙빙 돌기만 하던 이들이 일순간 동작을 멈췄
다.

　그리고…….

　우우웅!

　갑자기 파생되는 기운!

　‘뭐야, 이거?’

　그저 서 있을 뿐인데 백의인들의 주위로 강력한 강기막이
형성되었다.

　“십이성궁진 발동!”

중앙의 백의인이 외치자 전면에서 네 사람이 튀어나왔다.

"격살(擊殺)!"

그들의 돌진에 주먹을 말아 쥔 진무가 빠르게 오른손을 내질렀다.

파앙!

'어라?'

주춤 물러선 진무가 네 사람의 진격을 망연히 바라보았다.

"그 정도의 주먹질로는 흠집조차 내지 못할 십이성궁진이다!"

달려나오는 넷 가운데 하나가 낭랑하게 외치자 나머지 세 사람이 일제히 장력을 날렸다.

"합(合)!"

쿵쿵쿵!

네 사람의 장풍을 가까스로 피한 진무가 오른손에 들려 있던 빗자루를 꼬나 쥐고 크게 떨쳤다.

퍼억!

이번에도 무위. 네 사람은 마치 방어막과도 같은 기운에 둘러싸여 있었기에 진무의 공격은 그들의 앞에서 번번이 튕겨나왔다.

"산(散)!"

뭉쳐서 들어오던 네 사람이 구령이 떨어지자 부챗살 퍼지듯 갈라지며 동서남북의 네 방위에서 진무를 압박했다.

"타아앗!"

이대로 당할 수만은 없었기에 진무도 기합성을 지르며 가장 먼저 도달한 백의인을 향했으나 뒤따라 들어온 방위를 무시할 수 없어서 움찔 몸을 굳혔다.

퍼억!

한순간 날아온 장력이 진무의 배에 격중하자 뒤이은 세 가닥의 공격이 파도처럼 진무를 짓밟았다.

파파팡!

몸을 굽혀 충격을 최소한 진무가 고개를 들려는 찰나, 흩어졌던 네 사람이 방향을 바꾸었다.

"종(縱)!"

일직선으로 겹쳐 선 네 사람이 앞사람의 등판에 장심을 붙이자 선두의 백의인이 양손을 기묘하게 틀면서 손바닥을 힘차게 밀었다.

"가라!"

쿠르릉!

천둥 치는 소리와 함께 그의 장심에서 회오리와도 같은 장력이 뻗어져 나왔다.

"이야야압!"

진무 역시 물러서지 않고 빗자루로 쳐냈지만 장력은 너무도 막강했다.

쾅!

"커억!"

자루만을 남긴 채로 산산이 부서진 빗자루, 그리고 뒤로 튕겨 나간 진무가 이빨 사이로 핏물을 흘렸다.

"십이격체전력(十二隔體傳力)이라니! 뇌로가 미쳤구나!"

십이성궁진의 무서움은 다름 아니라 열두 사람의 힘을 자유자재로 나눈다는 데 있었다. 그 가운데에서도 십이격체전력은 열두 사람의 기력을 한 사람에게 집중하는 수법으로써 진법을 창안한 뇌로도 봉인하겠다는 말을 했을 정도로 사이한 진식이었거늘.

"이제 끝낼 때가 된 듯하네요."

약로의 움직임을 봉쇄하며 단발여인이 눈짓을 하자 십이성궁진을 지휘하던 백의인이 고개를 끄덕이며 외쳤다.

"횡(横)!"

그의 지시에 일렬로 서 있던 백의인이 대열을 풀고 어깨를 나란히 하며 손바닥을 쭉 내밀었다.

"설마 저 아이를 죽일 셈이냐!"

"자신의 행동은 자신이 책임져야 하는 법. 할 수 없는 일이지요."

단발여인이 냉막하게 말하며 고개를 돌렸는데 놀랍게도 그녀의 눈엔 진하디진한 아쉬움이 담겨 있었다.

'이게 다인가요, 소추 공자(掃帚公子)?'

"종(終)!"

쿠르릉!

다시 한 번 뇌전이 떨어지며 네 사람의 장력은 비틀거리는 진무를 덮쳐 갔다. 네 가닥의 장력에 담긴 위력은 상상을 초월하는 것이었고 진무에게는 막을 힘도, 저항할 기력도 남아 있지 않았다.

"후우……."

포기했을까, 방임적으로 어깨를 늘어뜨린 진무가 날아드는 장력을 멍하니 바라보다 눈을 감았다.

"결국 악마를 불러내는군……."

뭉클뭉클―

그 말과 함께 진무의 몸에서 붉은 아지랑이가 피어올랐고 네 사람이 날린 장력은 그의 몸을 여지없이 강타했다.

파파파팡!

무방비로 장력을 두들겨 맞은 진무가 눈을 번쩍 뜨자 일출처럼 붉게 타오르는 눈동자가 이글거렸고 장력을 날린 네 사람이 알 수 없는 공포감에 주춤 뒤로 물러섰다.

"뭐, 뭐야?"

"저놈, 뭐지?"

"내가 누군지는 중요하지 않다니까."

천천히 몸을 편 진무가 뭉클거리는 혈무와 함께 앞으로 나섰다.

"나가랄 때 나갔어야지."

파박!

나른하게 중얼거린 진무가 발을 기묘하게 교차하자 그의 몸은 한줄기 구름으로 화했다.

"조화를 불러오는 것은 바람도, 구름도 아니요, 오직 자신의 발로이니……."

쿠르릉!

붉은 구름[赤雲]이 되어버린 진무가 네 사람을 쏜살같이 지나쳐 방위를 밟고 있던 백의인에게 들이닥쳤다.

콰과광!

소리조차 지르지 못하고 쓰러지는 동료들을 구할 사이도 없이 방향을 바꾼 진무가 공격을 담당했던 넷에게 쇄도했다.

"이, 이런!"

"악마 같은 놈! 죽어라!"

발악하듯 외치며 네 사람이 장력을 뿌렸지만 그대로 장력을 감내하며 붉은 구름이 들이닥쳤고 백의인들의 눈에서 경악과 공포가 떠오르는 순간 이미 그들은 바닥에 몸을 뉘여야만 했다.

타다앙!

"한줄기 붉은 구름을 빌어 천지만물의 조화를 논해보노라[赤雲造化]……."

조용히 말을 맺은 진무가 핏빛 아지랑이 속에서 이빨이 드러날 정도로 웃었다.

"여기까지는 신선 노인네의 타령이었고……."

빙글.

경쾌하게 몸을 돌린 진무가 입을 떡 벌리고 있던 단발여인에게 날아들었다.

"이제부터는 내 방식으로 싸워보자고."

너무도 빠른 전환. 붉은 구름이 되어 십이성궁진을 박살 낼 때도 빠르다 여겼지만 지금의 돌진은 엄청난 속도와 예리함을 품고 있었기에 단발여인이 크게 놀라 소리 질렀다.

"감히!"

짜악—!

단지 오른손을 까딱했을 뿐인데 비단 폭 찢어지는 소리가 들리며 진무의 앞을 거대한 사선이 막아섰다.

"훗!"

채찍을 무시하고 그대로 달려든 진무의 기세에 단발여인이 눈을 치뜨는데 그의 독보적인 연환 공격이 시작되었다.

타다닥!

오른 주먹을 내지르는 것을 기점으로 발화된 진무의 공격은 거침없이 펼쳐졌기에 정신없이 채찍을 휘두르며 막던 단발여 인이 끝내 뒤로 물러서며 어깨를 들썩였다.

"후욱— 후욱—"

"지쳤나?"

대답을 들을 생각이 없었나 보다. 이글거리는 혈애를 안고 물음이 전달되기도 전에 달려든 진무가 지옥의 사자처럼 단발 여인을 압박하자 그녀의 입에서 기이한 신음 소리가 새어 나 왔다.

"헉— 허억—"

　너무나 빠른 공격. 숨 한 번 제대로 돌릴 사이도 없이 몰아
치는 진무였기에 단발여인의 호흡이 거칠어졌고 그에 따라 채
찍질도 둔화되어 갔다.
　화려한 등장과 비교되는 몰락.
　하지만 그녀에게도 마지막의 한 수가 있었다.
　"타아앗!"
　발악처럼 채찍을 휘둘러 거리를 번 단발여인이 호흡을 바로
하며 중얼거렸다.
　"결국 악마를 불러낸다고 했나요?"
　"음?"
　일변한 기세. 금방이라도 허물어질 듯 위태로웠던 단발여인
이었는데 지금의 기도는 일인지하만인지상이라는 말을 실감
케 하고 있었다.
　진무가 고개를 갸웃거리는데 단발여인이 선언하듯 한마디
를 남겼다.
　"악마가… 천병(天兵)을 불러내는군요."
　파악!
　그녀가 팔을 들자 채찍을 감쌌던 빨간 가죽이 터져 나가며
시꺼면 흙빛의 채찍이 나타났다.
　"아, 아니, 그건 설마 고금……!"
　근육노인이 눈을 빛내며 소리 지르자 성큼 앞으로 나선 진
무가 팔짱을 꼈다.
　"천병이라……?"

천병이라 함은 신의 군대, 혹은 신의 병장기라는 말이다.

"정말로 천병이라면 지옥과는 상극이겠군그래."

씨익 웃은 진무가 붉은 눈동자를 번들거리며 한 걸음 옮기는데 단발여인이 가볍게 채찍을 휘둘렀다.

짜악!

텅!

전진이 막혔다!

무적의 호신강기, 혼돈혈애로도 감당이 어려운 채찍질이라니!

우뚝 걸음을 멈춘 진무가 뭉클거리는 혈무 사이로 눈을 빛냈다.

"이것 봐라?"

하지만 이 말은 단발여인이 하고 싶었다.

'세상에 구유묵영편(九幽墨影鞭)을 정통으로 맞고도 단지 '이것 봐라'가 다인가?

구유묵영편이 어떤 병장기인가? 전설처럼 전해지는 고금십대천병(古今十代天兵) 가운데 당당히 아홉 번째 서열을 차지하고 있는 무적의 병장기란 말이다.

고금십대천병. 일초반식의 무학도 없는 촌부라도 획득하는 순간 능히 절정을 바라보는 고수가 된다는 신화 속의 병장기들.

이백 년 전, 무려 삼천여 명의 사상자를 낳아 종국에는 일곱 개의 크고 작은 방파가 멸문의 길을 걷게 되었다는, 일명 곡한

혈사(哭恨血史)라는 이름으로 불리는 혈겁의 주인공이 단 두 자루의 병장기라는 걸 알았을 때 무림인들이 받은 충격은 말로 설명할 수 없는 것이었다.

더욱 놀라운 것은 그것들이 고금십대천병이라 불리는 열 자루의 무기 가운데 두 개라는 사실이었다. 하지만 두 자루의 병장기는 나타날 때처럼 소리 소문도 없이 사라졌고 고금십대천병이라는 이름은 전설이 되어버렸다.

그리고… 이백 년이란 세월을 격한 지금, 고금십대천병 가운데 하나가 나타난 것이다!

구유묵영편.

내공을 돋우지 않아도 채찍에서 우러나는 사기(邪氣)만으로 능히 상대방을 제압할 수 있고, 단 일 푼의 내력만이라도 사용한다면 대리석이라도 산산조각을 낼 만큼 강력한 힘을 가진다는 채찍.

그야말로 고금을 통틀어 가장 강력한 채찍이라는 얘기인데.

'대체 이 사람, 뭐야?'

놀라기는 진무도 마찬가지라 공세를 잇지 못하고 단발여인을, 정확히 말해 그녀가 들고 있는 채찍을 유심히 바라보았다.

아홉 마디로 이루어진 채찍은 거무튀튀한 기운이 몽실몽실 배어 있었다. 그리고 채찍의 끝을 장식하는 역삼각형의 돌기는 요사스러운 빛을 발하며 하늘거렸기에 전체적으로 검은 독사와도 같은 생김새였다.

채찍을 노려보던 진무가 눈을 감고 탄식했다.

"저딴 채찍에도 멈칫거리는데 뭐가 천고의 강기라는 거야."

삥!

저딴 채찍?

단발여인이 파르르 어깨를 떨었지만 진무는 여전히 툴툴거렸다.

"빌어먹을, 이게 무슨 꼴이람? 기세만큼은 천하에서 제일이라더니 그냥 막혀 버렸잖아?"

발로 흙무더기를 툭툭 치던 진무가 씹어뱉듯 말을 맺었다.

"쪽팔리게."

날카로운 눈으로 진무를 쫓던 단발여인이 좌우로 채찍을 흔들며 나섰다.

"쪽팔리다……."

독사의 그것처럼 흔들리던 역삼각형의 머리가 꼿꼿이 서자 단발여인이 차갑게 뇌까렸다.

"과연 이번에도 그런 말을 뱉을지 궁금하군요."

선언하듯 말을 마치며 그녀가 살짝 어깨를 흔들자 두 개의 사선이 허공을 찢었다.

쫘쫙!

"훗!"

발을 바꾸어 신형을 움직인 진무가 단발여인의 옆으로 돌아서자 기다렸다는 듯 방향을 바꾼 채찍이 그를 노렸다.

짜악!

오른쪽 어깨로 채찍을 받아낸 진무가 이를 물며 왼쪽 어깨로 단발여인을 윽박지르자 채찍의 손잡이로 막았다.

쾅!

"컥!"

폭음이 울려 퍼지며 단발여인이 뒤로 튕겨 나가자 그대로 따라붙은 진무가 오른쪽 어깨를 내밀었다.

"어딜!"

교갈과 함께 단발여인이 손을 떨치자 구유절편은 기묘한 각도로 휘어지며 진무에게 날아들었다.

짜악!

채찍을 받아낸 진무의 오른쪽 어깨를 그대로 단발여인에게 향했고 미처 손을 쓰지 못한 그녀였기에 그의 전진은 사신의 메아리처럼 공포스러운 것으로 다가왔다.

쾅!

"이, 이런 어깨치기라니!"

단순무식이라고밖에 표현할 수 없는, 그런 거침없는 어깨공격. 이것이야말로 강호삼대불가득 가운데 무한 전진 공격식이라는 수라격체술의 제일초, 광혈격돌이라는 걸 그녀가 어찌 알겠는가.

비척비척 물러선 단발여인이 신형을 바로 하는데 따라붙지 않은 진무가 나른하게 말했다.

"영감들 귀가할 시간도 가까워지는데 그만 하자고."

으득—

이런 수모라니!

　구유묵영편을 으스러져라 잡은 단발여인이 야무지게 이를 물었다.

　만약 방금 전에 진무의 공세가 이어졌더라면 그녀의 상황은 지극히 곤궁했을 것이다. 쉽게 말해, 봐줬다는 얘기다.

　'정말로 놀라운 사람이로구나!'

　누가 그랬던가, 강호는 드러난 것보다 드러나지 않은 것들이 훨씬 무섭다고. 움직이는 것보다 정지한 것들이 역동적일 수 있다고.

　탄식하던 그녀가 구유절편을 감아 조용히 앞으로 내밀었다. 이른바 채찍으로 바치는 포권.

　"사해상방(四海商幇)의 삼황대주(三皇隊主) 지한옥, 이제부터 구유묵영편의 주인으로서 전력을 다해 상대하겠어요."

　"음……."

　담담하게 받아들였지만 진무의 눈가에 미미한 떨림이 있었다. 사해상방은 그리 만만한 단체가 아니었으니까. 정도맹, 그리고 구천마련과 더불어 천하를 삼분하는 세력이었으니까.

　그렇기에 구유묵영편이라는 이름은 그다지 신경 쓰지 않았는데 근육노인이 펄쩍 뛰었다.

　"역시 고금십대천병이었더냐!"

　"고금십대천병?"

　"그렇다! 구유묵영편은 분명 고금십대천병 가운데 하나다! 또한 고금십대천병이 무서운 건 그 무기를 운용하는 초식들에 있다!"

근육노인의 말처럼 고금십대천병은 무기 자체가 발산하는 위력도 대단하지만 각 병기마다 새겨져 있는 고유의 초식대로 움직일 때 진정한 힘을 발휘한다고 했다.

잠시 굳어 있던 진무가 턱을 쓰다듬으며 웃었다.

"그러니까 최선을 다하지 않으셨다?"

무언의 긍정. 지한옥의 담담한 눈을 쫓던 진무가 고개를 조금 숙여 묵빛 채찍을 응시했다.

"사정은 마찬가지야."

쿵!

이쪽도 전력을 다하지 않았다!

당당한 진무의 태도에 냉엄하기만 하던 지한옥의 눈망울에 야릇한 열기가 스치고 지나갔다.

"좋군요."

"그것 다행이로군."

뜬금없는 말을 주고받은 두 사람이 서로를 바라보다 뒤로 한 걸음 물러섰다. 핏빛 아지랑이로 전신을 감싼 채로 붉은 눈망울을 번득거리는 진무와 단정한 차림새로 검은 채찍을 하늘 거리는 지한옥의 대치는 일견 대조적으로 다가왔다.

"당신은 단장정회육식(斷腸情懷六式)을 받을 자격이 있어요."

"단장정회… 어쩐지 슬픈 울림이로군."

진무의 대꾸에 지한옥이 쓰게 웃었다.

"초식의 뒤안길엔 더욱 큰 슬픔이 남겠지요."

좌악좌악!

좌우로 채찍을 휘두르던 지한옥이 팔을 떨치며 날아올랐다. 설명하기 어려운 아련함을 품에 안고.

"타아아!"

쫘악!

여태까지와는 완전히 다른 무거움. 그녀가 만들어낸 사선은 마치 천지를 양단할 기세로 진무에게 날아들었다.

"흐읍—"

무서운 기세로 다가오는 채찍을 바라보던 진무가 짧게 숨을 들이마시자 그를 감싸던 혼돈혈애의 밀도가 한층 더 촘촘해졌다.

쿵!

염왕보의 발동을 알리는 바닥의 족적과 함께 한 걸음을 뗀 진무의 몸을 채찍이 강타했다.

파앙!

혼돈혈애를 뚫지 못하고 크게 휘어져 나가는 채찍이었는데 지한옥은 손목만을 이용하여 방향을 바꾸었다.

'과연… 하지만 이제부터 시작이에요!'

야무지게 이를 문 지한옥이 엄청난 속도로 채찍을 내려치기 시작했다.

짜짜짜짝!

비틀린 만(卍) 자의 형태로 움직이는 그녀의 손처럼 진무의 몸을 뒤덮은 수십 개의 사선! 그리고 미친 듯이 솟아오르는 흙먼지!

이것이야말로 구유묵영편의 독문 초식인 단장정회육식 가운데 첫 번째 초식인 정한만리(情恨萬里)였다. 떠나간 이를 그리다 그리다 갈가리 찢겨져 나가는 마음처럼 온 세상을 잘라버릴 기세로 몰아닥친 채찍.

쿵!

엄청난 예기에 눈을 뜨기도 버거웠지만 진무는 이글거리는 혈안을 앞세우며 또 한 걸음 옮겼다.

파바바방!

엄청난 속도로 혼돈혈애를 난타하던 채찍이 마지막의 한 방을 뒤로한 채 기이한 호선을 그리며 지한옥에게 돌아가자 목에 핏대를 세운 진무가 다시 한 걸음을 옮기려 발을 들었다.

"이야얏!"

날카로운 교갈이 터지며 지한옥이 채찍을 허공에서 크게 회전하다 무려 아홉 번을 내려쳤다.

쾅! 쾅! 쾅!

압도적인 위력! 미처 파공성이 들리기도 전에 아홉 가닥의 묵직한 기운이 진무에게 쏟아졌는데 그 힘과 세기를 보아 채찍질이라기보다 거대한 몽둥이를 휘두르는 느낌이었다.

이것은 단장정회육식 가운데 두 번째 초식인 상심구첩(傷心九疊)이었는데 아무리 상처를 받아도 떠나간 이를 못내 그리는 정인의 슬픈 마음처럼 단 한 점만을 노린 집중 공격이었다.

뭉클뭉클—

넘실거리던 핏빛의 아지랑이가 당만호와의 싸움에서처럼 진무를 빈틈없이 둘러쌌지만 이번에는 타격의 차원이 달랐다.

콰― 앙!

"흐윽!"

마지막 아홉 번째의 타격에 전진이 가로막힌 진무가 몸을 틀어 억지로 발을 딛었지만 그 흔적은 현저히 미약했고, 중첩된 타격으로 그의 움직임은 더뎌져 있었다.

'정말로 놀라운 사람, 놀라운 강기로구나!'

고금십대천병의 진실한 위력을 수십 차례나 버텨내고 있는 핏빛의 아지랑이, 그리고 그것을 운용하는 진무의 뚝심에 지한옥이 감탄을 금치 못했지만 그녀의 눈엔 더욱 진한 호승심이 피어났다.

이제는 방의 일 따윈 상관없었다. 저 오만한 괴물을 반드시 무릎을 꿇리고 말 것이다!

'고금십대천병의 주인으로서!'

여전히 비틀거리며 다가오는 진무의 모습에 어떤 위기감을 느꼈을까. 팔을 뒤로 젖혔던 지한옥이 손목을 까딱 움직였다.

팟!

'이것으로 끝이로군요. 잘 가요, 소추 공자.'

무음, 무형!

그 어떤 움직임도 없었는데 희뿌연 기운이 음모처럼 진무에게 다가섰다.

'단장지탄(斷腸之嘆)은 단장정화육식 가운데 후반부의 첫

번째 초식이자 호신강기만을 전문적으로 파괴하는 무학, 맨몸
으로 버텨낼 수법이 아니랍니다.'
　단장정회육식은 크게 전 삼식과 후 삼식으로 나뉜다. 물론
나눔의 기준은 위력이었고 전반부의 삼식만으로도 능히 천하
를 오시한다는 구유묵영편인데 후반부의 파괴력이 어떨지는
상상을 불허할 터.
　은밀한 귓속말처럼 날아드는 채찍을 멍하니 바라보던 진무
의 어깨가 꿈틀 움직였다.
　"내가 그만 하자고 했지……."

　……은하노인께서 만드신 무학의 요체는 바로 염왕진기
를 이용한 혼돈혈애의 활용에 있다네. 오보추혼 칠보무쌍이
라는 염왕보도, 무한의 전진 공격이라는 수라격체술도, 모
두 혼돈혈애가 있기에 가능한 수법이니까.
　하지만 자네는 보호의 수단으로써 혼돈혈애를 사용하고
있을 뿐, 그것의 진정한 힘을 끌어내지 못하는 실정이야. 수
라격채술의 첫 번째 초식인 광혈격돌 자체도 혼돈혈애로
몸을 가리는 정도라서인지 모르지만.
　이제 혼돈혈애이기에 가능한, 혼돈혈애만으로 펼칠 수 있
는, 그래서 진정한 수라격체술이라 불려도 손색이 없는 두
번째의 초식에 대해 논해보도록 하세.
　몸 밖의 아지랑이처럼 넘실거리는 혼돈혈애, 그저 존재하
는 것만으로 상대방의 공격을 팔 할 이상 잠식시킨다는 혼

돈혈애, 이것의 길이를 조절하여 상대방에게 뿜어낸다면 그 어떤 창보다도 무섭지 않겠는가?

강기로 이루어져 여타의 수단으로는 막거나 봉쇄할 수 없는, 그런 무적의 창! 기운이라는 속성상 생각 자체가 운용이기에 그 어떤 암기보다 빠른 속도를 지닌 창!

생각만 해도 가슴 벅차오르는 공격이 아니겠는가!

진정한 분노는 은연중에 표출되나 그 모습은 피의 광란이로다[默示狂血噴]!

우뚝!

피의 아지랑이가 변하고 있다!

갈대처럼 일렁이던 혼돈혈애들이 딱딱하게 굳어 곤두섰다 싶었는데 진무가 주먹을 쥐자 일순간 사방으로 폭사되었다.

구름의 뒤에서 고요하게 이글거리던 태양이 머리를 내밀며 온 누리에 빛을 뿌리듯 사방팔방으로 뻗어나가는 혈광의 모습은 장관이라는 말로밖에 표현할 수 없었으나 상대하는 이에겐 전율이었다.

파앗—

"뭐, 뭐야?"

이 기괴로운 장면에 지한옥이 놀라는데 단장지탄의 기운을 담은 구유묵영편과 혈무로 이루어진 창이 허공에서 충돌했다.

따앙!

쉿소리를 내며 허무하게 튕겨 나간 채찍을 회수할 틈도 없이 그대로 밀고 들어오는 혈무의 창을 피해보려 지한옥이 몸을 날렸지만 이미 공간은 진무의 혈창(血槍)으로 도배가 된 형국이었다.

타다당!

"아악!"

무려 세 방을 격타당하고 뒤로 나가떨어지는 지한옥에게 다가서며 진무가 음울하게 중얼거렸다.

"당신은 무려 세 가지의 죄를 범했어."

퍼억!

뒤로 젖혔던 주먹으로 지한옥의 얼굴을 가격한 진무가 담벼락에 붙어 가까스로 몸을 지탱하는 그녀의 턱을 받쳐 들었다.

"알량한 힘과 세력을 믿고 사사로이 남의 가옥에 무단 침입을 한 것이 그 첫째요……."

퍽!

"흐으윽—"

발로 지한옥의 배를 내지르자 몸을 굽히며 괴로워하는 그녀를 다시 잡아 일으킨 진무가 무감정한 어조로 말을 이었다.

"그만두자고 할 때 끝까지 고집을 부려 싸움을 크게 벌인 것이 그 두 번째라 할 수 있고……."

이때 열한 명의 백의인이 나섰다.

"대주님을 놔드려라!"

"죽음으로 대주님을 구해 드리자!"

벌 떼처럼 일어난 열한 명의 멸절파황대원에게 고개를 돌린 진무가 썩은 미소를 지었다.

"그래도 충정은 있다는 건가?"

웃음기가 채 가시기도 전에 진무의 몸에서 혈무로 이루어진 수십 개의 창이 폭사되었다.

피할 수도, 막을 수도 없는 묵시의 창[默示矛].

타다당!

"크아악!"

"커헉!"

그야말로 만부막적! 제자리에서 상대방을 굽어본 것뿐인데 열한 명의 일류고수는 손 한 번 제대로 써보지 못하고 당해 버린 것이다.

조금의 힘도 들이지 않고 상황을 종료시킨 진무가 뒷덜미를 잡은 지한옥에게 고개를 가져갔다.

"마지막으로……."

손잡이만 남은 빗자루를 뒤로 젖힌 진무가 선언하듯 말을 뱉었다.

"비가 오나 눈이 오나, 사 년간 형제처럼 지냈던 빗자루공[掃帚公]을 손잡이만 남겨놓고 부숴 버렸으니 이보다 큰 죄가 어디 있을까!"

"원하신다면 그런 빗자루 수십, 아니, 수백 자루라도 사드릴……."

애처로운 목소리로 지한옥이 입을 여는데 진무의 손길은 매정하기 그지없었다.

"천하에 빗자루공은 하나뿐이야!"

퍽!

"세상에, 이런 경우가!"

근육노인이 그가 할 수 있는 최대치로 입을 벌리며 빗자루의 손잡이로 얻어터지고 있는 지한옥, 정확히는 신나게 두들겨 패고 있는 진무를 바라보았다.

단 한순간의 역전! 절대의 열세라 여겼던 싸움이었는데, 이제 마지막이라 여겼던 대결이었는데 시동으로 보이는 녀석이 몸에서 핏빛 아지랑이를 뿜어내자 상황은 한순간에 뒤집혔다.

"뭐야, 정말로 대단하지 않은가!"

퍽! 퍽! 퍽!

"제, 제발 그만요!"

얼굴을 가리고 얻어맞던 지한옥이 비명을 질렀다.

자신이 이런 수모를 당할 것이라는 상상 따윈 꿈에서도 해본 적이 없었기에 더욱 슬프고 더욱 분했지만 현실은 냉정한 것이었고 지한옥에겐 반항할 힘조차 남아 있지 않았다.

사해상방의 최고위 수뇌부라는 사대천주(四大天主) 가운데 북방천주의 고명딸로 태어나 누구에게도 허리를 숙여본 적이 없을 정도로 오만하면서도 당당한 삶을 영위했던 그녀다.

원하는 것, 바라는 것은 뭐든 손에 넣을 수 있었으며 스물다섯이라는 나이가 될 때까지 남에게 아쉬운 소리 한 번 뱉어본 적이 없었단 말이다.

남자? 남자들은 모두가 속물이었다. 발끝의 때보다 못한 존재들이었고 하찮은 인생들이었다. 그래도 그들은 자신의 미모와 배경에 취해 온갖 헛소리를 늘어놓으며 접근해 왔다.

이런 바보들의 추잡함은 지한옥의 남자 경멸 사상을 확고하게 해주었다. 하지만 불행히도 세상은 남자들 위주로 돌아갔고 과거부터 내려온 관습의 틀은 너무나 공고하여 깨뜨릴 방법이 없었다.

지한옥이 안온함을 버리고 무학에 일로매진한 이유가 바로 이것이었다. 멍청하고 속물인 남자들에게 휘둘리는 무림이 싫어서 직접 뛰어들기로 마음을 먹은 것이다.

그리고 이제 남자에게 얻어터지는 자신을 보니 한숨이 다 나왔지만 일단 매질부터 피해야 할 판이라 지한옥이 고개를 숙이고 계속해서 비명을 질러댔다.

"제가 졌어요, 제가 졌다고요! 그러니 그만 좀 때리세요!"

우뚝―

정신없이 내려치던 손잡이가 범칫거리자 잽싸게 옆으로 피힌 지한옥이 고개를 들었는데 퉁퉁 불어터진 볼과 찢어진 입술은 처량하기 이를 데 없었기에 진무도 입상을 구겼다.

때리긴 많이 때렸다.

심경의 변화를 눈치 챘을까.

"무릇 강호는 비정하다지만 무방비의 패배자에게 이런 수모를 안겨주는 법이 어디 있나요! 적어도 사내대장부라면 이래서는 안 됩니다!"

말은 청산유수다. 그런데 퉁퉁 불어터진 볼과 입술로 말을 잇자니 발음이 영 이상하다.

잠시 생각하던 진무가 다시 손잡이를 들었다.

"아니야, 역시 당신은 더 맞아야겠어."

"제발!"

지한옥이 손을 번쩍 드는데 은근한 음성이 끼어들었다.

"아니! 이게 다 무슨 난리야?"

완연한 짜증을 얼굴에 가득 품은 공손천이 사방을 둘러보다 탄식했다.

"아주 생 난리판이로구먼. 뭐야, 어쩌다가 이렇게 됐어?"

공손천에게 몸을 돌린 진무가 손을 내리자 지한옥이 가슴을 쓸어내렸다, 적어도 저 무지막지한 폭력에서 벗어날 거라 안도하며.

"쩝쩝… 그게……."

마치 제 책임인 양 머리를 긁으며 진무가 자초지종을 설명하자 인상을 구기며 듣던 공손천이 근육노인을 바라보았다.

"허이구, 잘나디잘난 약로께서 이곳엔 어쩐 일로 왕림하셨나?"

"누군 뭐 오고 싶어서 온 줄 아시는가."

“홍!”

“쿵!”

별로 아름다운 사이는 아니었나 보다.

크게 콧방귀를 끼며 고개를 돌린 두 사람이 생각난 것처럼 지한옥에게 시선을 집중시키자 공손천이 그녀에게 다가섰다.

“일단 일어서시게.”

“예……”

망가진 얼굴이지만 천상이 여자인지라 의복의 흙먼지부터 터는 그녀의 몰골을 보던 공손천이 진무에게 와락 고개를 돌렸다.

“네가 그랬냐?”

“맞을 바엔 때려야지.”

“아이고, 이 무식한 놈아.”

머리를 짚으며 공손천이 지한옥을 가리켰다. 천하에서 가장 세련된 미모를 자랑한다는 사해상방의 자랑, 구유절편의 자태는 온데간데없고 그곳엔 흉물스러운 얼굴이 하나 놓여 있었으니까.

“누가 얻어터지래? 그런데 저건 너무하지 않느냐! 아주 사람을 병신 만들어놨잖아!”

“그만두자고 해도 계속 엉겨 붙었다니까!”

지지 않고 진무가 소리 지르지 기슴을 탕탕 치던 공손천이 진무에게 다가가 어깨를 툭툭 쳤다.

“자고로 여자는 살살 구슬려야지. 하기사… 무식하고 힘만 센 그 녀석과 지내다 보니 너도 인생관이 완전히 틀어졌구나."

"보지도 않고서 잘만 말하는군."

근육노인의 한마디에 공손천이 피식 웃었다. 아무리 그래도 명색이 불패사존인데 풍진사로보다 모를까. 하지만 그의 생각은 근육노인의 다음 말에 깨져 나갔다.

"고금십대천병 가운데 서열 구위인 구유묵영편을 단지 어르는 것만으로 잠재울 사람이 어디 있을꼬?"

"고금십대천병!"

깜짝 놀란 공손천이 지한옥의 손에 들린 묵빛 채찍에 시선을 던지다 새삼스런 마음이 되어 진무를 응시했다.

우리의 사 년은 헛되지 않았구나!

"관두고."

떨리는 마음을 가라앉히며 화제를 돌린 공손천이 지한옥에게 물었다.

"내 강호와 담을 쌓고 지내는 처지다 보니 사해상방과 약로의 문제에 대해서 아는 바가 없다네, 또 알아도 상관할 이유는 없고. 그런데 남의 집에서 이런 난리를 부리면 곤란하지 않겠나?"

"그 점은 사과드립니다."

이때 진무가 끼어들었다.

"그 점만 사과한다고?"

'허걱!'

반사적으로 몸을 움츠린 지한옥이 마구 주워섬겼다.

"아, 아니, 그만두자고 하셨을 때 계속한 점도 사과드리고, 빗자루공을 망가뜨린 것도 사과드리고……."

"빗자루공?"

눈을 끔뻑이던 공손천이 진무의 손에 들린 손잡이를 보고 고개를 갸웃거렸다.

'그나저나 사해상방의 지한옥이라고 하면 도도하기로 천하에 으뜸이라던데 저 녀석 한마디에 경기를 일으키다니, 대체 얼마나 팬 거야?'

"하지만……."

힐끔힐끔 진무의 눈치를 살피던 지한옥이 입술을 한번 축이고 정색을 했다.

"우리 사해상방 역시 이번의 일에서는 물러설 수만은 없는 노릇. 약로께서 이곳에 계신다면 본의 아니게 결례를 범할 수 있음을 말씀드립니다."

이렇게 되고 보니 우스운 꼴이 되어 근육노인이 펄쩍 뛰었다.

"걱정하지 마라! 급한 불만 끄면 있어달라고 애원해도 나갈 테니까! 그때 다시 보자꾸나!"

그렇지만 정작 기분이 나쁜 쪽은 따로 있었다.

"그 말은 사정에 따라 사해상방이 이 공손천을 윽박지를 수 있다, 이렇게 받아들여도 되겠나?"

뜻 모를 미소를 머금으며 공손천이 허리를 폈다.

쿠릉!

오 척 단신의 보잘것없는 노인네였는데 눈빛이 달라지면서 기도마저 일변하자 지한옥은 내심 인정할 수밖에 없었다. 공손천이 뿜어내는 기세는 그야말로 막강하기 이를 데 없었으니까.

'역시 사존이로구나!'

그렇지만 그녀에게도 사정이 있다. 이건 그녀가 결정할 사안이 아니란 말이다.

"이해를 하지 못하셨나 본데 본 사건은 저 혼자 판단 내릴 것이……."

"그럼 누구의 결정 사항인가?"

천천히 연무장에 들어서는 또 한 사람의 노인.

"어……."

근육노인이 고개를 갸웃거리다 헉, 소리를 내며 그 자리에서 엎어졌다.

"이, 이럴 수가! 맹주님! 맹주님 아니십니까!"

"허허, 아직도 맹주라는 소리. 그간 별고없으셨소?"

"이 능용헌, 맹주님의 보살핌으로 그저 살아가고 있지요!"

완강하기만 하던 근육노인이 오체투지의 예로 한없이 자신을 낮추게끔 만드는 노인. 그저 걸음을 옮기는 것뿐인데 만인을 압도하는 기세가 자연스레 흘러나오는 노인.

존재 자체로 군림이라는 말이 떠오르는 노인.

이런 사람이 하나 있다고 했다, 천하에 오직 한 사람이.

"철혈신권 노선배님께 사해상방의 지한옥이 인사드리옵니다!"

허리가 땅에 닿을 만큼 깊이 포권을 올리며 지한옥이 입술을 깨물었다.

'철혈신권이 어쩐 일로 이곳에 나타난 거지?'

철혈신권과 생사침존이 막역한 사이라는 건 삼척동자도 알고 있는 사실. 그렇지만 오늘도 같이 있을 거라고는 생각하지 못했기에 지한옥이 무거운 탄식을 흘렸다.

생사침존에 철혈신권까지라니.

"그래, 무슨 일인가?"

담담하게 포권을 받은 조봉팔이 묻자 지한옥이 난처한 얼굴로 말을 더듬었다.

"이, 이번 일은 방에서 극비를 요하는지라 함부로… 발설할 수 없사오니 부디 통촉해 주시길."

"이런, 내가 괜한 것을 물었군. 저마다의 사정이 있는 것을."

고개를 끄덕인 조봉팔이 너저분하게 자빠져 있는 백의인들을 보고 혀를 찼다.

"허, 충돌이 있었나?"

이거, 대답하기 어렵다. 허락도 없이 월장을 한 건 자신들이요, 그만두자고 할 때도 바락바락 달려든 것 또한 자신들이니 뭐라고 하겠는가.

　야속하게도 조봉팔은 엉망진창이 되어버린 지한옥의 얼굴
에 대해 한마디도 언급하지 않았다. 그렇기에 그녀로서는 설
명하기도 난감하고, 설명하지 않기도 난감한 처지에 놓인 거
다.
　꼼짝없이 죄인 신세가 되어버린 지한옥.
　“그… 그것이…….”

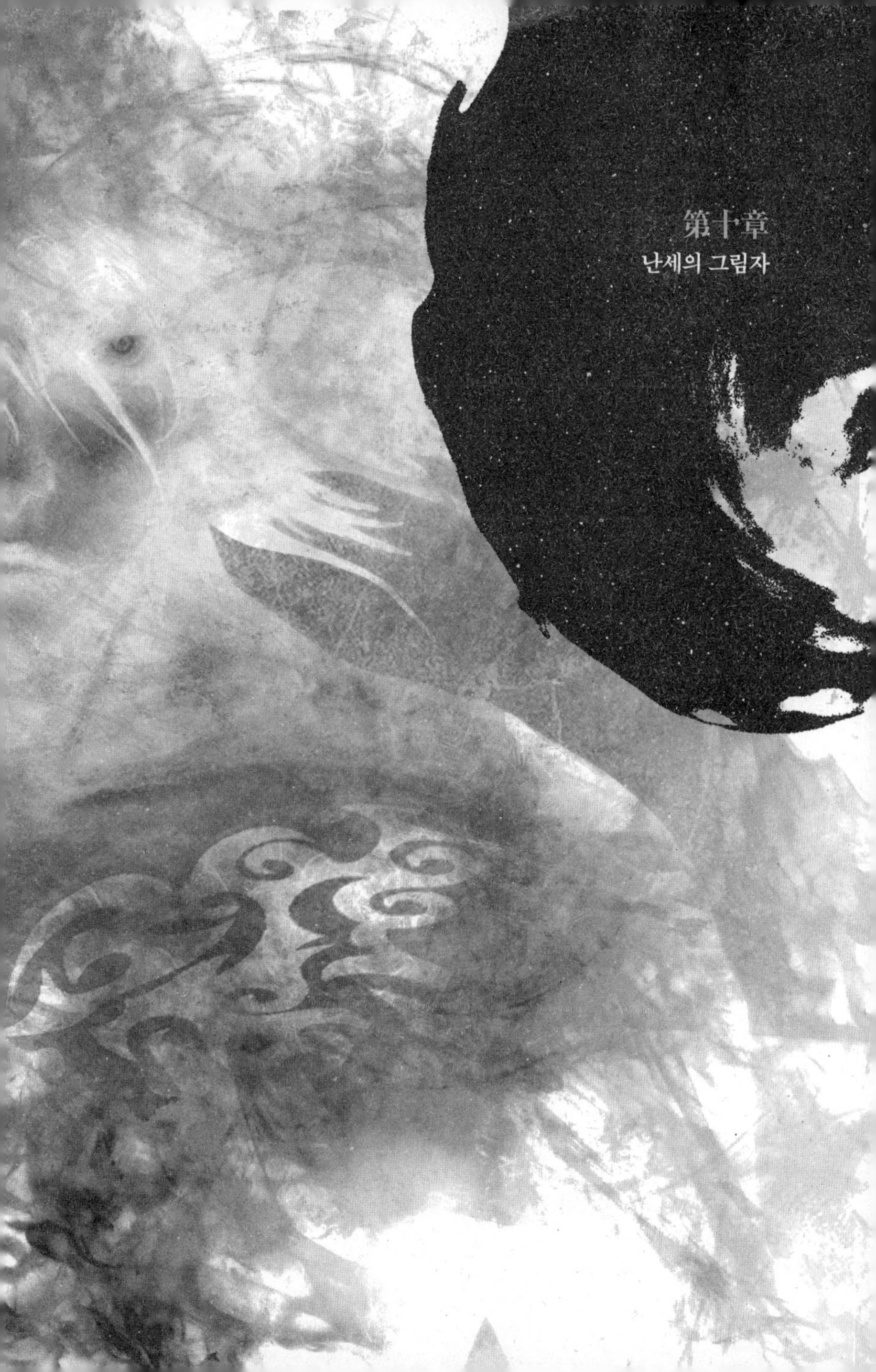
第十章
난세의 그림자

염왕진무
閻王眞武

염왕진무
閻王眞武

"그건 이 사람이 설명하겠소이다!!"

우렁찬 소리가 들리며 무려 이십여 장을 격하고 한 사람이 날아들었다.

"아, 아버님!"

신법만으로도 능히 절정의 고수라는 걸 약여하게 보여주는 사십대의 사내가 연무장에 착지하자 궁지에 몰려 있던 지한옥이 눈물을 흘리며 고개를 푹 떨어뜨렸다.

"그래그래, 수고가 많았다."

그와 반대로 약로의 얼굴엔 공포의 빛의 일렁였다.

"으윽, 과연 지승악!"

무서울 것이 없다는 풍진사로에게 등장만으로 두려움을 안

겨주는 사십대의 남자. 단정하게 빗은 머리와 잘 정돈된 옷차림, 그리고 여유로운 미소는 무림인이라기보다 부유한 한량처럼 보였으나 언뜻언뜻 비치는 패도적 기운은 그의 또 다른 일면을 보여주는 듯했다.

지한옥을 다독이던 사내가 주위에 널려 있는 멸절파황대를 보며 한숨지었다.

"고작 이런 꼴을 보려고 황금 삼백 냥을 들여 훈련을 시켰단 말인가. 답답한지고."

일견 조봉팔과 공손천을 무시하는 듯한 자세. 하지만 두 노인의 얼굴이 굳어지려는 찰나, 사내는 몸을 돌려 예를 표했다.

"아, 이런 결례를! 사해상방의 지승악(池乘嶽)이 두 분 노선배님께 인사드리오. 경황 중이라 예가 늦었습니다그려."

차분한, 그렇게 여유만만한 인사. 천하에 사신과 사존의 앞에서 이런 담담함을 보일 사람은 몇 안 될 것이다.

그리고 사내는 그럴 자격이 충분한 남자였다.

"무한장존(無限掌尊)이야말로 불패사존 가운데 으뜸이라 하더니 과한 소문만은 아니었군."

조봉팔이 고개를 끄덕이자 공손천이 입을 툭 내밀었다.

"쿵, 돈도 으뜸이지."

그렇다. 사내는 불패사존 가운데 장으로 천하를 제압한다는 무한장존이었다. 또한 사해용방의 최고위층이라는 사대천주 가운데 북방천주(北方天主)가 바로 이 남자, 지승악이었다.

"하하하… 과찬의 말씀을. 그런데 송구하오나 맹주께서는 어쩐 일로 이곳에 계신지요?"

"지우의 집에 방문을 할 때도 이유가 있어야 하나?"

뻥이다. 조봉팔은 공손천의 집에서 사 년 동안 기거했다. 물론 진무 키운답시고. 그러나 이런 정황을 알 리 없는 지승악은 그저 웃을 도리밖에 없었다.

"아, 물론 그렇소이다. 단지 시기가 묘해서 한 말씀 올린 것이지요."

금분세수를 했으니 이번 사건에서 빠져라!

반존대, 그리고 뼈가 담겨 있는 뒷말, 하나 예를 벗어나지는 않았으니 사람의 심리를 정확하게 읽고 그에 맞춰 반응하는 지승악이었다.

무림인과 상인의 두 영역을 넘나든다는 천하의 기인 지승악. 북방천주로서의 면모도, 무한장존으로서의 모습도 두루 갖췄으니 두려움 상대라 아니 할 수 없었다.

지승악의 뒷말에 숨은 진의를 파악한 조봉팔이 뒷짐을 지고 신비롭게 웃었다.

"물론 노부는 강호의 일에 관여해서 안 되는 몸이라네. 그것에 관해서는 구구절절하게 설명하지 않아도 너무나 잘 알고 있으니 안심하게나."

역시 뼈있는 응대. 모호한 암시로 조봉팔의 개입을 견제한 지승악이었는데 철혈신권은 구구절절이라는 단어로 그의 의중을 통박해 버린 것이다.

"하지만 말이야……."

천천히 걸음을 옮겨 공손천의 옆으로 다가간 조봉팔이 빙글 몸을 돌려 지승악과 대치했다.

"강호사와 연관이 없는 친구에게 봉변이 닥친다면 외면할 수만은 없는 일이지. 이건 금분세수하고는 무관한 문제니까."

"음……."

공손천이 이번 사건에 관련이 있다면 그의 거처에서 벌어지는 일에 관여할 수 없겠으나 만약 관련이 없다면 생사침존의 보금자리에서 발생하는 분쟁을 두고 보지 않겠다.

언변 좋은 지승악으로도 반박할 수 없는 얘기였기 때문에 침음을 흘리던 그가 포권을 하며 물러섰다.

"지당하신 말씀입니다. 급한 마음에 침존 노선배님의 거처에 무단으로 난입하여 소란을 일으킨 점, 깊이 사죄드리며 어떤 식으로든 변상을 하겠소이다."

나아갈 때와 물러설 때를 알아야 진정한 승부사라고 했다. 담백하게 물러서는 지승악의 태도에 조봉팔이 눈을 빛냈으나 그것은 나타날 때보다 빨리 사라졌다.

"휘익—!"

지승악이 짧게 휘파람을 불자 어디선가 사람들이 나타나 백의인들을 둘러업고 모습을 감추었다.

놀랍도록 신속한 일 처리. 어지럽던 장내는 순식간에 청소가 되어 그 어디에도 싸움의 흔적은 남아 있지 않았다.

굳이 흔적을 찾자면 일그러진 지한옥의 얼굴과 반동가리 난 빗자루공 정도일까?

"그런데 말입니다……."

장내를 거닐며 좌우를 살피던 지승악이 지한옥의 얼굴을 보며 폭포수와도 같은 탄식을 터뜨렸다.

"생사침존 노선배님, 가르침이… 좀 심하셨습니다."

"그게 무슨 말이지?"

공손천이 눈을 동그랗게 뜨자 손을 휘휘 저으며 지승악이 어색하게 웃었다.

"물론 후배의 잘못된 행동을 바로잡아 주시려는 발로에서 나온 행동이라는 것 정도는 잘 알지만 조금은 섭섭합니다."

"뭔 소리야? 내가 뭘 어쨌다고 이래?"

계속된 힐난에 공손천이 펄쩍 뛰었지만 지승악의 눈가엔 웃음기가 사라지지 않았다, 물론 완연한 비꼼을 담고.

"비록 강호에 몸담았다고는 하나 엄연히 여자임에 틀림없거늘, 다른 부위도 아니고 얼굴을 저리 망가뜨리실 것까지 있었나 모르겠소이다."

"아, 진짜 미치겠네! 내가 뭘 어쨌다고 이러는 거냐니까!"

씩씩거리는 공손천을 곁눈으로 바라보던 지승악이 고개를 저었다.

"허어, 평소의 담백하시던 생사침존께서 이리 당황하실 줄이야."

손해만 보고 갈 수 없다는 장시꾼의 기질이 드러나는 순간 이대로 물러난다면 실익도 없을뿐더러 대외적으로 망신까지 당하게 생겼기에 지승악은 생사침존을 몰아붙이는 것이었다.

'답 나왔는데 빼기는. 그럼 소옥이에게 철혈신권이 손을 썼을 리는 없는 노릇 아닌가?'

불패사존 중에 한자리를 차지하는 자타공인의 초고수, 생사침존이 무림말학에게 손을 썼는데 알고 보니 여자였더라. 얼마나 지독하게 팼는지 얼굴이 퉁퉁 불어터질 정도였다더라.

이거 죽이는 트집거리 아닌가!

생각을 굳힌 지승악이 사람 좋은 웃음을 피워 물며 진무에게 돌아섰다.

"자꾸 그러시면 시동 아이에게 물어볼 겁니다?"

이때 지한옥이 그의 팔을 잡았다, 매우 황급하게.

"아, 아버님! 잠시만!"

"됐다. 저리 부정하시니 증인이라도 청할 도리밖에 없구나."

"그, 그게 아니라요!"

"어허! 이제 매가 무서워진 것이냐? 답답하구나!"

이런 아이가 아니었다! 하고픈 말이 있으면 설령 옥황상제의 면전에서라도 당당히 피력할 담량을 가진 딸내미였다! 기면 기고, 아닌 건 목에 칼이 들어와도 아니라고 밝히던 아이였단 말이다!

그런데 이제는 슬금슬금 눈치나 살피는 모습을 보노라니 울화가 치밀어 올라 견딜 수가 없다.

"아, 진짜 열 받네! 이보시오, 노선배! 대체 얼마나 손을 썼기에 아이가 이리 주눅이 들어버린 겁니까?!"

“손을 쓰긴 누가 써!”

“그럼 저 상처들은 저절로 생겼답디까? 예? 저절로 생겼다는 거예요? 대체 말씀을 좀 해보시구려!”

상인의 계산은 집어던진 지 오래. 억울하고 분한 마음이 꽉 들어차 다른 생각을 할 여유가 없었기에 지승악이 공손천에게 삿대질까지 해가며 목청을 높였다.

“글쎄, 내가 손을 쓴 게 아니라…….”

“그럼 누구요? 철혈신권이 썼다는 말이라도 하고 싶으신 거요? 이 아이가 어떤 아인지나 알고 이러세요?”

“그게 아니라… 에휴…….”

둘의 하는 양을 지켜보던 진무가 빗자루 손잡이로 제 머리를 툭 쳤다.

“거참, 답답하네. 당사자에게 들어보면 답이 나올 텐데 뭘 그리 씨름하는 건지.”

그의 말에 쾌재를 부르며 지승악이 지한옥에게 빙글 몸을 돌렸다.

“거 좋은 얘기다! 소옥아, 무서워하지 말고 얘기해다오! 누가 널 그리 만들었느냐! 생사침존이냐, 철혈신권이냐?”

“그, 그게… 요.”

“떨지 말고!”

잠시 주위를 둘러보던 지한옥이 침을 꿀꺽 삼키고 눈을 감았다.

“그럼 말씀드릴게요. 저랑 싸운 분은…….”

"싸운 사람은?!"

뜸을 들이던 지한옥이 실눈을 떠 진무를 살짝 봤다.

"저분… 소협… 인데… 요."

머엉—

세상에, 이런 일이 벌어지다니!

딸내미의 이 한마디로 모든 정황이 파악되어 지승악이 힘차게 고개를 돌렸다.

"이, 이, 머리까지 때린 거요?!"

"뭐?!"

"이제 스물다섯 살이란 말이오, 스물다섯! 아무리 화가 나도 그렇지, 머리까지 손을 대면 어쩌란 거요?!"

목이 쉬도록 소리를 지른 지승악이 곧 인상을 환하게 펴며 딸의 손을 꼬옥 잡았다. 충격을 많이 받은 모양이니 사랑으로 보듬어주면 제대로 된 대답이 나오리라.

"소옥아, 겁낼 것 없다. 이 자리에서 너를 해칠 이는 아무도 없어."

묵묵부답.

"진실을 말해도 좋다. 이 지승악, 딸 하나 지켜내지 못할 만큼 무력한 사람이 아니란다."

그래도 묵묵부답.

침묵이 깊어지자 눈가에 머문 웃음기를 서서히 지우며 지승악이 또 한 번 펄쩍 뛰었다.

"그럼 뭐야! 정말로 빗자루 손잡이를 들고 있는 시동 녀석에게 얻어터졌단 말이냐?!"

"그, 그게……."

기어들어 가는 목소리로 지한옥이 사건의 전말을 털어놓기 시작하자 지승악의 눈썹이 번쩍 올라갔다.

"그래서… 저는 그냥 곱게 약로 노선배님을 청하려고 했는데……."

우두둑—

'히익!'

진무가 가만히 손마디를 꺾자 기겁을 한 지한옥이 말을 바꾸었다.

"아, 아니, 그러니까 멸절파황대를 앞세워 조금은 과격하게 약로 노선배님을 다그치는데……."

이러쿵저러쿵 사건이 진행되고 십이성궁진이 시동 녀석에게 깨졌다는 애기가 나오자 지승악이 이를 부득부득 갈았다.

"십이성궁진을 발동하고도 졌다……. 내참, 미치겠구먼. 아주 웃기는 일이야!"

"그게, 그러니까 붉은 구름처럼 변해서 종횡무진으로 사방을 쓸어버리는데……."

좋아 죽는 쪽도 있었다.

'역시 나의 가르침이 주요했구먼! 딱 들어보니 풍유조화보의 변형된 형태잖아!'

조봉팔이 주먹을 불끈 쥐고 쾌재를 불렀고,

'캬캬캬캬, 나의 삼 년간 노력이 발현된 순간이었겠군. 염왕보로 이 넓은 연무장을 온통 헤집고 다닌 후에도 호흡이 안정되었다면 어디까지나 삼단일통의 결과가 아니겠냐고!'

공손천이 턱에 손을 얹으며 키득거렸다.

"십이성궁진은 그렇다 치자. 너는 그럼 뭘 했느…… 아니!"

지한옥에게 시선을 던지던 지승악이 그녀의 손에 들린 물건을 보고 경악했다.

"너, 너, 설마 구유묵영편의 금제를 풀었단 말이더냐!"

지승악의 역정에 가뜩이나 아래로 향하던 지한옥의 고개가 아주 땅바닥에 붙어버렸다.

"생사지경이 아니라면 풀지 말라고 그렇게 일렀건만…… 자, 잠깐!"

구유묵영편의 금제를 풀었다는 건 그것을 사용했다는 말이고, 그 결과가 이 몰골이라면?

"아니야! 이 아비는 믿을 수 없다! 절대로 받아들일 수 없어! 어떻게 얻은 구유묵영편인데! 어떤 대가를 치르고 획득한 고금십대천병인데!"

이 순간, 두더지가 되고 싶은 지한옥이었지만 야속하게도 그런 인체 변환은 이루어지지 않았다.

"어쩌다 금제를 풀었다는 거냐?! 어쩌다!"

지승악이 버럭 소리를 지르자 대역죄인처럼 고개를 숙인 지한옥이 진무의 무한 어깨치기, 즉 광혈격돌을 회고했다.

"그 말을 나더러 믿으라고?!"

선불 맞은 멧돼지처럼 펄펄 뛰던 지승악이 몸을 돌려 잰걸음으로 진무에게 다가갔다. 같은 말을 연신 중얼거리며.

"믿을 수 없어, 믿을 수 없어, 믿을 수……."

떠억!

진무와 거의 주먹 하나 들어갈 만큼 붙은 거리에 버티고 선 지승악이 그를 노려보았다.

"딸내미가 미쳤나 보네."

"안됐구려."

"아침까지 멀쩡했던 아이가 반나절 만에 정신이 나가 버렸어."

"외상 후 심적인 공황 상태가 의심 가는구려. 속히 가까운 의원을 찾아보심이 어떨까 하오."

띵—

시동 놈의 대거리가 이래도 되는 건가?

진무와 공손천을 번갈아 바라보던 지승악이 고개를 갸웃거렸다.

"우리 아이 말에 의하면 고금십대천병이 자네에게 깨졌다고 하네. 어때, 웃기지?"

벅벅—

아무런 대답 없이 뒤통수를 긁는 진무의 전신을 훑던 지승악이 중얼거렸다.

"생각해 보게나. 이런 말을 누가 믿겠냐고. 당연히 우리 딸아이의 정신 상태를 의심할 수밖에 없는 일 아니겠나. 그런데……."

잠시 말을 끊은 그가 묘한 눈동자를 번뜩이며 진무에게 고개를 가져갔다.

"지금 보니까 그 말이 사실일지도 모른다는, 그런 어처구니없기까지 한 생각이 드는군. 자네는 어떤가?"

"내 생각을 듣고 싶소?"

검지로 자신을 가리킨 진무가 힐끔 지한옥을 보고 턱을 뒤로 뺐다.

"내 생각엔……."

말을 끌던 진무가 빠르게 잘랐다.

"따님은 지극히 정상이오."

단순하지만 엄청난 의미를 내포하고 있는 대답. 그렇지만 지승악은 놀라지 않았다. 상인과 무인의 상이한 두 가지의 세계를 왕래하는 기인다운 관록이 이런 것일까.

"그래, 그렇단 말이지……."

고개를 주억거리던 지승악이 공손천과 조봉팔에게 시선을 던졌다.

"십이성궁진으로 무장한 이십사 멸절파황대원 전원, 그리고 고금십대천병 중에 서열 구위인 구유묵영편까지 모두 한 사람에게 깨졌다……. 그야말로 개망신이 분명한데… 상대가 바로 저 아이다?"

두 노인은 대답할 말이 없었다. 아니, 대답할 필요를 느끼지 못했다. 하지만 지승악으로서는 할 말이 많았다.

"노선배님들은 이런 경우 어떻게 하시겠소이까? 그저 깜짝 놀라면서 대단하다는 말이나 연발할까요? 아니면……."

그의 하는 양을 뚱한 얼굴로 보던 진무가 가슴을 탕 쳤다.

"뭘 그리 빙빙 말을 돌리고 그러시오? 믿을 수 없다느니, 확인하고 싶다느니, 결국 한판 붙어보고 싶다는 것 아냐?"

불감청이언정 고소원이라 했다. 하지만 무작정 붙을 수만은 없다. 두 노인, 특히나 철혈신권의 눈치를 살피지 않을 도리가 없으니까.

지승악의 마음을 읽었을까, 조봉팔이 냉큼 말했다.

"난 상관없네."

질세라 공손천도 받아쳤다.

"나도 상관없어."

"허어……."

이 즉각적인 반응에 지승악이 저도 모르게 탄식을 터뜨렸다.

아직도 반신반의 상태. 그렇지만 두 사람의 반응을 보니 시동 녀석, 정말로 한가락 하나 보다.

"이렇다는군."

양팔을 벌리며 진무에게 돌아선 지승악이 딱딱한 얼굴로 중얼거렸다.

"나이 어린 사람에게 손을 쓴다는 게 내키지는 않지만 나름 지위라는 것이 있어서 이대로 돌아갈 형편이 아니라네."

으쓱—

대답 대신 어깨를 살짝 들어 올려 의사를 표현하는 진무가 얄미웠지만 몇 번의 헛기침으로 마음을 다스린 지승악이 힘겹게 말을 이었다.

"어험험험. 이, 이해해 주니 고맙군. 그, 그래서 말인데… 단 삼 초만 쓰겠네."

끄덕끄덕.

역시 고개 몇 번 끄덕여서 대답하는 진무의 얌통머리없는 태도에 천불이 끓어올랐으나 마음속에 참을 인 자를 수십 개 그려내며 화를 참고 지승악이 더듬거렸다.

"그, 그럼 준비, 하, 하시게나."

까닥까닥.

이런 저질적인 도발이라니! 손을 살짝 들어 제 쪽으로 움직이는 진무의 시건방진 태도에 더 이상 참지 못한 지승악이 허공으로 몸을 띄우며 호랑이처럼 고함을 질렀다.

"이런 오만한 노옴! 어디 얼마나 대단한 실력을 가졌는지 보자"

파앗!

"걔가 원래 좀 그래."

공손천이 중얼거리자,

"사람 속 읽는 능력이 탁월하지."

조봉팔이 조용히 받았다.

"이것이 첫 번째다!"

콰르릉!

지승악이 오른손을 살짝 뒤집자 뇌성벽력과도 같은 소리가 일며 장내에 한줄기 번개가 내리꽂혔다.

"이크!"

감히 맞설 생각을 하지 못했는지 나려타곤의 수법으로 데굴데굴 땅바닥에 구른 진무가 가까스로 첫 번째 장력에서 벗어나자 지승악이 분기탱천하여 소리쳤다.

"못난 망아지! 좋다, 이것도 피해보아라!!"

양손 가득 기운을 모은 지승악이 현란하게 손을 흔들자 헐레벌떡 일어선 진무의 앞으로 구름 같은 손바닥의 그림자들이 나타났다.

"어이쿠!"

폴짝폴짝!

화들짝 놀란 진무가 그야말로 꼬리에 불붙은 망아지처럼 이리저리 날뛰며 장력을 피하기 시작했는데 위태롭기 그지없어서 보는 이들이 손에 다 땀이 날 지경이었다.

'뭐, 뭐야?'

너무도 어설퍼서 제 발에 제가 꼬여 버릴 것만 같은 움직임. 그런데 용케도 단 한 방의 정타를 허용하지 않았기에 비틀거리는 진무를 보며 지승악이 놀람을 감추지 못했다.

'운해층층(雲海層層)을 저딴 거지 같은 동작으로 피한다는 거야?'

운해층층이 어떤 초식인가! 대막을 주름잡으며 자칭 사왕 가운데 하나라고 큰소리를 뻥뻥 내지르던 귀조응왕(鬼爪鷹王) 조환규(曹幻奎)를 떡으로 만들어 버린 수법이 아니던가!

당시 귀조응왕의 폭정에 신음하던 비단길의 상인들이 거금 칠백 냥을 들여 고용했던 남해의 고수, 남해십수(南海十手)도 변변히 손 한 번 써보지 못하고 패퇴한 마당에서 벌어진 쾌거였기에 이제는 대막의 전설로 남아버린 초식이 바로 운해층층이거늘!

'이, 이…….'

봐주면 안 되겠다. 이러다 정말로 개망신당할 판이다. 여태까지는 삼성의 공력만으로 상대했거늘 저 당나귀 같고, 망아지 같으며, 거지 같은 시동 녀석은 맞을 듯, 맞을 듯 모조리 피해 버리고 있었으니까.

"오냐… 네가 죽음을 자초하는구나!"

허공에 둥둥 떠서 진무를 굽어보던 지승악이 낮게 으르렁거리자 지한옥이 깜짝 놀랐다.

"아, 아버님! 설마 무한장법(無限掌法)을?!"

그렇지만 지승악은 딸을 돌아보지도 않고 음산하게 속삭였다.

"이제부터가 진짜다. 각오해라."

처음에는 시빗거리나 만들자고 잡은 트집이었다. 그런데 딸 내미의 증언으로 모든 게 엉클어져 버렸다. 결정적으로 시동 녀석의 유치한 도발은 그의 남은 이성을 산산이 흩어버려 이제는 무엇이 선이고 무엇이 후인지도 모를 지경이 되었다.

다만 한 가지, 저 깐죽이 시동 녀석은 반드시 박살 내버릴 것이다!

쿠르릉!

그의 장심에서 파란빛이 꿈틀거리자 조봉팔이 침음을 흘렸다.

"무한장법이라, 저 친구 정말로 해보려나 보구먼."

침음과 태도는 별개인가. 어느새 조봉팔은 바위에 앉아 팔짱을 끼고 있었고, 그의 편안한 관전 자세가 마음에 들었는지 슬그머니 엉덩이를 붙인 공손천이 나른한 목소리로 받았다.

"아아, 이런 자리에 술 한잔이 없다니. 아쉽다, 아쉬워."

움찔!

겨우 운해층층에서 벗어난 진무의 전신 세포들이 칼날처럼 곤두섰다.

'이거, 장난이 아닌데?'

대단한 예기. 조봉팔의 그것은 묵직하면서도 뭔가 압도적인 힘이 실린 기운이라면 지승악의 기도는 예리하면서도 음험했기에 진무의 주먹에 힘이 들어갔다.

무한장존. 사존 가운데 으뜸이자 실제 무학으로 논한다면 능히 사신의 반열도 넘볼 실력이라고 들었다. 그리고 직접 대하니 허언만은 아니라는 사실을 실감케 하지 않는가.

그리고 그 대단하다는 무한장존이 전력을 기울일 모양이다.

"무한장법은 모두 다섯 개의 초식으로 이루어져 있다. 또한 각 초식들은 저마다의 특징이 있기에 개별적으로 보일 수도 있지만, 그 모두가 유기적으로 연결되어 있기에 큰 틀에서 본다면 하나의 줄기라 할 수 있지."

난데없는 설명에 진무가 귀를 쫑긋거렸다.

"그 가운데 무한전륜(無限轉輪)은 멈출 줄 모르는 수레바퀴처럼 상대방의 굴복을 이끌어낼 때까지 적을 몰아치는 수법이라네."

"……!"

무한전륜이라… 그의 설명대로라면 어쩐지 광혈격돌과 비슷하지 않은가?

진무의 의중을 읽은 것처럼 지승악이 웃었다, 하얗게.

"딸아이가 무한의 어깨치기를 당해서 부득불 고금십대천병의 금제를 풀었다 하더군. 대체 얼마나 대단한 무한 공격이기에 아비의 말을 어겼나 궁금해서 말이지. 내 마음, 이해해 주겠나?"

진무 역시 웃었다, 더 하얗게.

"이해하지 않으면?"

"허허허……."

어처구니가 없었는지 너털웃음을 터뜨리는 지승악을 뻔히 쳐다보던 진무가 검지를 세웠다.

“하나 남았소.”

순간 너무도 유쾌해서 웃음이 터져 나올 것만 같았기에 지승악이 왈칵 고개를 돌려 버렸다. 살다 살다 이렇게 뻔뻔하고 낙천적이며 당당한 녀석은 처음 본다.

대체 이놈, 정체가 뭔가?

“그래, 하나 남았지.”

숨을 몰아쉰 지승악이 곧 신색을 바로하고 천천히 양팔을 들었다 싶었는데 이미 그의 손은 율동적으로 움직이고 있었다.

파바바방!

순식간에 퍼부어진 장력의 소용돌이!

처음의 장력이 도달했다 싶은데 어느새 다가온 두 번째의 공격이 그의 앞을 막아섰고 가까스로 피하려는 진무에게 세 번째의 초식이 들이닥쳤으니 전륜이라는 말이 실감나는 순간.

가장 무서운 점은…….

‘끝이 보이지 않잖아?’

이렇게 긴 호흡이 있을까 싶도록 유려하게, 또는 도도하게 이어지는 연환 공세에 진무가 주춤거렸다. 광혈격돌도 대단하지만 무한전륜장법.

징말로 무시운 초식 아닌기!

팍! 팍! 팍!

교묘하게 몸을 비틀어 진무가 무한전륜을 비껴내자 장력은 사정없이 바닥을 때렸다.

휘르르―

팬 흔적만큼이나 많은 양의 흙먼지들이 비산하고 관전하던 이들도 눈살을 찌푸리는데 물러서던 진무가 결국 한 방을 맞고 몸을 굽혔다.

이대로라면 좋지 않은 결과를 초래할 터. 어떤 식으로든 움직여야 할 때라는 걸 알았지만 진무는 무던히도 염왕진기를 돌리지 않았다.

쿠르릉!

그렇지만 연환 공격은 끝을 몰랐다. 이 순간만을 기다렸다는 듯 몰아닥친 장력들이 진무를 위협하며 날아들었다.

뭉클!

몸을 돌린 진무가 눈을 번쩍 뜨자 그의 어깨에서, 정확하게 말하자면 어깨에서만 혈무가 피어올랐다. 마치 그 부분만을 보호하려는 것처럼.

"타아!"

탕!

처음의 장력을 오른 어깨로 받아낸 진무가 두 번째의 것을 왼쪽 어깨로 받아내며 전면으로 나서자 지승악이 휘둥그레 눈을 떴다.

'무한전류장을 맨몸으로 받아낸다고?'

탕! 탕!

그 순간에도 쏟아지는 장력들을 번갈아 어깨로 받아넘기며 전진하던 진무가 양손을 바짝 붙였다.

탕탕탕탕!

급박해지는 동작! 엄청난 속도로 진무가 허리를 비틀기 시작했고 어느 순간부터 장력의 수보다 어깨의 교대가 빨라지기 시작했다.

언뜻언뜻 비치는 혈무와 함께!

팡!

마지막의 장력을 받아넘긴 진무가 지승악의 면전에 버티고 섰다.

핏빛 아지랑이는 언제 나타났냐 싶을 정도로 빠르게 자취를 감춘 상태. 그렇지만 지승악의 앞에서 오연히 버티고 서 있는 진무를 보노라면 ‘우뚝’ 이라는 단어가 너무도 어울렸다.

“흠······.”

잠시 생각하던 지승악이 팔을 내렸다. 더 이상 다그치지 않겠다는 의미.

“약속한 삼 초가 모두 흘렀구먼.”

담백한 태도. 얼굴에 떠올랐던 놀람은 이미 지워 버린 상태였으니 과연 무한장존이었다.

“그렇군요.”

역시 담담하게 받은 진무가 처음으로 포권을 올렸다.

“넓은 마음으로 사정을 봐주신 점, 진무가 무한장존 지승악 대협께 감사드리오.”

“아닐세, 아니야.”

손을 저은 지승악이 두 노인에게 돌아서서 깊숙이 포권했다.

“오늘 생사침존 노선배님의 거처를 어지럽힌 점, 사해상방을 대표하여 다시 한 번 사과드립니다. 차후 어떤 문제라도 발생한다면 지체없이 연락주시길 바라오이다.”

“그래, 의문점은 모두 풀렸나?”

공손천이 실실 웃자 겸연쩍은 미소로 대답을 대신한 지승악이 한구석에서 망부석처럼 서 있는 근육노인을 넌지시 바라보았다.

“약로 노선배, 지켜내지 못할 협기처럼 비참한 것은 없다는 사실을 명심하시오.”

“아니.”

말을 자르고 들어온 진무가 발로 돌덩이들을 툭툭 차며 중얼거렸다.

“지켜낼 자신이 있다면 그것은 이미 협기가 아니라 정의겠지. 지켜낼 자신이 없더라도 무모하게 달려드는 것이야말로 협기가 아닐까?”

“지켜낼 자신이 없더라도 달려드는 것이 협기라…….”

지승악이 진무를 뻔히 쳐다보다 하늘을 우러렀다.

“자네, 진무… 라고 했나?”

“그렇소.”

“기억해 두지.”

그 말을 끝으로 사인대교(四人大轎)를 부른 지승악이 올라타
자 진무를 빤히 쳐다보던 지한옥이 고개를 숙였다.

"빗자루공에 관해서는 정말로 미안하게 생각하고 있어
요."

"뭐… 신경 쓰지 마시구려, 이미 지난 일이니."

"아니요."

벌떡 고개를 치켜든 지한옥이 대들 기세로 진무에게 다가섰
다.

"허걱! 왜, 왜 이러는……."

"제가 반드시 천하에서 가장 훌륭한 빗자루를 선물해 드릴
거예요! 반드시!"

이거, 거절했다간 한 방 날아올 판이다.

"그, 그러시구려."

"그럼!"

야무지게 고개를 끄덕인 지한옥마저 가마에 몸을 싣자 사인
대교는 바람처럼 사라졌고 멀리 한 점이 되어가는 부녀를 지
켜보던 조봉팔이 바위에서 엉덩이를 뗐다.

"대충 정리가 된 건가?"

"아니, 이제부터 시작일지도 몰라."

따라 일어선 공손천이 곧 고개를 돌려 근육노인을 노려봤
다.

"저 인간이 나타나면 언제나 골치 아픈 일이 발생했거든. 이
번에도 그렇잖아. 이보시오, 약로! 대체 무슨 일을 벌이고 다

넜기에 사해상방의 떨거지들까지 끌고 다니는 거야!"

정신없는 사건 전개에 넋을 놓고 있던 근육노인이 그제야 퍼뜩 정신을 차렸는지 매고 있던 보따리를 풀며 소리 질렀다.

"침존! 침존! 여기 좀 봐주시오!"

"갑자기 친한 척은…… 컥?!"

보따리에서 나온 것은 실오라기 하나 걸치지 않은 나체의 여인이었다.

*　　　*　　　*

"아버님, 드릴 말씀이 없습……."

"괜찮다."

"정말로 이해하기 어려워요. 분명 그 인간, 온몸에서 혈무를 내뿜었는데, 마치 악마처럼."

"알고 있다."

지한옥의 변명 아닌 변명을 손짓으로 막은 지승악이 등받이에 몸을 묻으며 중얼거렸다.

"그 의뭉스러운 녀석은 최선을 다하지 않았다. 감히 이 무한장존을 상대로 말이야."

생각해 보니 기가 막히는 일이었지만 내색하지 않고 뭔가를 골똘히 생각하던 지승악이 지한옥의 허리춤에서 달랑거리는 묵빛의 채찍을 바라보며 무겁게 중얼거렸다.

"바야흐로 난세가 도래하는가……."

"예?"

"천병은 천병을 부른다는 전설을 알고 있느냐?"

"그런… 일이……."

상큼 눈썹을 치뜨는 지한옥이었는데 지승악의 얼굴은 침중하기 그지없었다.

"공백이 생기면 그만큼의 무언가가 발생하여 빈자리를 대체하곤 하지, 마치 한 수저 떠낸 죽처럼."

팔걸이에 얹은 손가락을 툭툭 움직이며 지승악이 위엄있게 말을 이었다.

"힘이란 그런 것이다. 필요 이상의, 그런 과도한 힘이 발생하면 반드시 그에 상응하는 힘이 반응하기 마련이다. 고금십대천병이 바로 이런 것이겠지. 불필요한, 그래서 난세가 아니라면 봉인되어야 마땅한 힘이라는 거다. 하지만 어떤 경로로든 힘의 금제가 풀어졌다. 이것이 무엇을 의미하는지 알겠느냐?"

"힘의 각축장이 벌어질 거란 말씀인가요?"

"옳은 말이다."

팔걸이를 짝 내려친 지승악이 눈을 빛냈다.

"무언가 움직이고 있다. 금제되고 봉인되어 있던 힘의 실체가 서서히 징믹을 빗고 있다는 말이다. 이제부디는 바빠질 것이야. 정신없이 분주한 나날이 될 터이니 마음 단단히 먹어야 할 것이다."

그의 말을 곱씹던 지한옥의 슬쩍 지승악의 눈치를 살피며
물었다.

"그런데 이번 건, 말이에요. 뭔가 이상하지 않으세요?"

"음?"

"누가 봐도 과할 정도의 무리수라고 생각해요. 득실의 계산
에 충실하기로 이름난 우리 사해상방의 방식이라 보기엔 무리
가 있어요."

하마터면 예리한 지적이라고 말할 뻔했지만 입을 굳게 다물
고 눈을 감은 지승악이 무겁게 중얼거렸다.

"대천주님이 친히 내리신 명이다. 뭔가 생각이 있으신 게
지."

"그래도……"

"됐다. 더 이상 토를 단다면 화를 낼 것이야."

"예……."

"또한 약로의 건은 대천주님께 어떻게든 설명해 보도록 할
테니 너무 걱정하지 말거라. 철혈신권까지 개입된 마당이니
큰 문제는 없을 것이야."

"알겠어요……."

다소곳한 딸의 대꾸에 허허, 웃으며 고개를 젖힌 지승악이
뜻 모를 미소를 머금었다.

"아! 그런데 빗자루공은 또 무슨 얘기냐?"

"그, 그게!"

완연히 생기를 찾은 지한옥이 빗자루공에 얽힌 사연을 종알

종알 늘어놓자 지승악이 박장대소를 터뜨렸다.

"푸하하하! 그래서 네 몰골이 그 모양으로 변해 버렸구나!"

소리 내 웃던 지승악이 곧 뚱한 얼굴이 되어 투덜거렸다.

"그러니까 싸구려 빗자루 하나 때문에 사해상방 북방천주의 고명딸을 이리 매질했다, 이건가? 괘씸한지고!"

"제, 제가 잘못한걸요……."

"아니다! 이건 그냥 넘어갈 사안이 아니야!"

폭풍과도 같은 기세를 불러일으키며 지승악이 등받이에서 몸을 떼자 깜짝 놀란 지한옥이 그를 만류했다.

풍류서생 같은 아버지가 한 번 화가 나면 얼마나 무서운 존재로 돌변하는지 뻔히 알기에.

"아, 아니에요! 제가 잘못한 일……."

하지만 무시무시한 기세와 달리 지승악의 입에선 엉뚱한 소리가 튀어나왔다.

"좋다! 내 억만금을 들여서라도 그 못된 망아지가 입도 뻥끗하지 못할 만큼 엄청난, 고금 유일무이의 빗자루를 만들어주리라!"

"에?"

이 황당한 대꾸에 벙쪄 버린 딸내미를 보지도 않고 다시 등받이에 몸을 묻은 지승악이 고개를 들고 중얼거렸다, 유쾌하게.

"허허. 진무라, 진무…… 강호에 괴상한 풍운이 불어오겠구나.”
　고개를 젖힌 탓에 지승악은 지한옥의 눈에 어린 야릇한 열기를 미처 보지 못했다.
　‘진… 무…….’

『염왕진무』 제2권에 계속…

청운하 新무협 판타지 소설

백팔번뇌

百八煩惱

세상은 날 버렸다.
나 또한 세상을 버렸다.

神이 선택한 그들이 흘린 쓰레기를…
난 그저 주워 먹었을 뿐이다.
그러므로 난 여전히 배가 고프다.

일류(一流)가 되기 위해서라면…
난 기꺼이 신마저 집어삼킬 것이다.

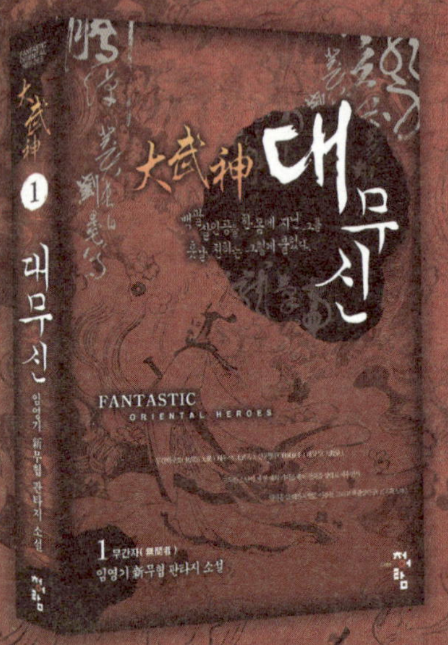

무간백구호(無間百九號). 태무악(太武岳).
신풍혈수(神風血手). 대살성(大殺星).

고독한 소년이 세 살 때의 기억을 좇아
천하를 상대로 싸우면서 열아홉 살 때까지 얻은 이름들.
그리고 백팔살인공(百八殺人功).

大武神

백팔살인공을 한 몸에 지닌 그를 훗날 천하는 그렇게 불렀다.